यू एंड मी

...इन द वैली ऑफ मैमरीज

चैट उपन्यास (भाग-2)

AF756190

मल्लिका मुखर्जी | अश्विन मैकवान

इस कृति में लेखक द्वय के निजी जीवन व घटनाओं का, चैट के माध्यम से किया गया, सटीक चित्रण है। वर्ण, व्यवसाय, स्थान, काल, घटनाएँ सम्पूर्ण सत्य है। गोपनीयता बनी रहे इसलिए कुछ पात्रों के नाम नहीं बताए गए या तो बदल दिए गए हैं।

प्रथम संस्करण: सितम्बर 2019
द्वितीय संस्करण: जुलाई 2022
टाइप : कोकिला

ISBN:

आवरण रचना: प्रशांत गोपाळ गुरव

STORYMIRROR
Stories that reflect you

प्रकाशक : स्टोरीमिरर इंफोटेक प्राईवेट लिमिटेड,
१४५, पहला माला, पवई प्लाझा,
हीरानंदानी गार्डन्स, पवई,
मुंबई-४०००७६, भारत

Web: https://storymirror. com
Facebook: https://facebook. com/storymirror
Instagram: https://instagram. com/storymirror
Twitter: https://twitter. com/story_mirror
Email: marketing@storymirror. com

सादर समर्पित

मेरे जीवनसाथी प्रिय पार्थो को-

आपके भावनात्मक समर्थन ने
मुझे हमेशा प्रोत्साहित किया है।
'सत्य' में मेरा विश्वास बना रहा है।

प्यारे सौरभ को-

भले ही मैं तुम्हारी जननी बनी
और माला तुम्हारी माँ,
तुम्हारे प्रति हम दोनों की
एक सी ममता बरकरार है।

प्रिय बेटे-बहू सोहम और आकांक्षा को-

तुम दोनों ने सदा दोस्त बनकर
मेरी उम्मीदों का पक्ष लिया है।
हमेशा मेरी प्रगति को प्रोत्साहित करते हो।

लाड़ले पौत्र विवान को-

तुम्हारी संगत मुझे
अपने सुनहरे शैशवकाल में ले जाती है।

मल्लिका मुखर्जी

सादर समर्पित

सर्वशक्तिमान परमेश्वर को-

जीसस, प्यार और क्षमा देने वाला ईश्वर है।

मेरा प्रभु है जो मुझे जीवन-मार्ग दिखाता है।

मेरे पूजनीय माता-पिता को-

स्व. श्रीमती कमला मैकवान

स्व. श्री शिवलाल मैकवान

आपका आशीर्वाद सदा हमारे साथ है।

मेरी जीवनसंगिनी प्रिय स्मृति को-

परिवार के प्रति सदा समर्पित तुम,

हर परिस्थिति में निस्स्वार्थ मेरा साथ देती हो।

स्नेहशील बेटियाँ हीरवा और प्रिया को-

तुम्हारा निरंतर समर्थन और प्यार मेरी पूँजी है,

तुम मेरे मानसिक संबल हो।

अश्विन मैकवान

बेमिसाल मोहब्बत की दास्तान

क़ुदरत का करिश्मा देखिए, "अभिनव इमरोज़" साहित्यिक पत्रिका के लिए सुदर्शन प्रियदर्शिनी के उपन्यास "पारो-एक उत्तर कथा" पर लिखते हुए मैंने कभी न सोचा था कि सचमुच कहीं एक पारो बैठी हैं, इकतालीस सालों से इंतज़ार, प्यार और विश्वास का दिया जलाए और उसका देव, अश्विन सात समंदर पार, बिना जाने इंतज़ार में है, एक दस्तक की! आप ने दस्तक दी, वर्चुअल वर्ल्ड कहलाए जाने वाली दुनिया के दरवाज़े पर और बदले में पाई ख़ालिस सोने जैसे रिश्ते की दौलत, अश्विन सर के उस दस्तक का जवाब देते ही!

वी ऑल हेव स्टोरीज़ बट हू इज़ लकी इनफ लाइक यू टू लिव देम एंड टू पूट देम इन ब्लैक एंड व्हाइट! आप दोनों की सच्चे दिल से लिखी इस नॉवल की दोनों कड़ियाँ, "यू एंड मी...द अल्टिमेट ड्रीम ऑफ लव" और "यू एंड मी...इन द वैली ऑफ मैमरीज" की समीक्षा तो नहीं कर सकती मैं। हाँ, आपकी कहानी, आपकी मोहब्बत, आपकी इबादत, आपकी दीवानगी जीना चाहूँगी आपके साथ। आपको पता है? इस कहानी को जीकर आपने दुनिया भर के उन सच्चे प्रेमियों को प्रेम के इल्ज़ाम से बरी कर दिया, उन मुक़दमों से जो चलते रहते हैं दिल, दिमाग और समाज की सोच की उन अदालतों में, जहाँ प्रेम गुनाह माना जाता है।

अलग-अलग राहों पर दो लोग एक साथ चल सकते हैं, बाकमाल है ये! इकतालीस साल के लंबे अंतराल के बाद मिलते हैं। एक दूसरे की कमज़ोरी नहीं बल्कि ताकत बनते हैं और लौटाते हैं, एक दूसरे को वो मुस्कुराहटें, वो पल, वो साल, वो दिन-महीने जो अचानक से समय की किसी गलत करवट के कारण मिस-प्लेस हो गए थे।

बालू की तरह समय बंद मुट्ठी से सरकता है- सुना था मैंने। लेकिन ये बालू के कण, जन्म लेते हैं एक अंतराल के बाद ख़ूबसूरत तराशे हुए कीमती मोतियों की शक्ल में, मैं न जानती थी। यह मोती तभी संभव हो सके कि आपकी यादों की सीप में वह हाथों से छूटी बालू पड़ी रही, प्रेम सागर में हिलोरे लेती, इंतज़ार करती रही सही पल का। और मेरी प्यारी दोस्त, साबित कर दिया तेरी मोहब्बत ने कि पाक मोहब्बत का एक लम्हा, सोलह बरस की बाली उमर की एक मासूम सी चाहत, भारी पड़ सकती है इकतालीस सालों पर!

अश्विन जी, आपने नॉवल में लिखा है कि मैं लेखक नहीं हूँ, लेकिन यह लिखते हुए मैं सोच रही हूँ कि आपको इस नॉवल का लेखक कैसे न कहूँ! अगर मल्लिका के मन के अरमान स्याही है, तो आप वह काग़ज़ हो, जिनके बिना इस स्याही का रंग कभी दुनिया की नज़र में न आ पाता। मल्लिका ने दस्तक देने की हिम्मत की लेकिन आज के ज़माने में, विदेश में बसे, चकाचौंध में रमे किसी अश्विन में कृष्ण की सार्थकता हो सकती है, अकल्पनीय है!

पार्थो सर में मुझे दिखाई दिया वह दोस्त जो हर पत्नी के तसव्वुर में रहता है, जिसके सामने वह अपनी रूह उधेड़ के रख सके। अश्विन सर, एक कलाकार, कितने उलझे हुए रास्तों पर बिना शिकायत चलता रहा। संगीत को विदेश में ज़िंदगी के संघर्ष के स्वर में खोकर, अपनी आवाज़ को ख़ामोश करता चला गया।

हारमोनियम पर चलने वाली उँगलियों को तंदूर में झोंककर, स्मृति मैम के प्यार और बलिदान के आगे नतमस्तक वो शख़्स, इनाम का हक़दार तो था मल्लिका कि कॉलेज में एक उत्सव के दिन, रिमझिम बरसात में जिन हाथों में अबीर लिए वह आप तक पहुँचा था, आज उन वक़्त की गर्दिश की भट्टी में तपे हाथों पर आप अपने स्नेहिल स्पर्श का मरहम लगातीं। क्या खूब मरहम लगाया आपने, उस चुप शख़्स को अपना मन कहना सिखाया, बहना सिखाया, उसके गुनगुनाते अतीत से मिलवाया, वर्तमान को सँवारा और भविष्य को एक राधा से मुलाकात की उम्मीद के सिरे से बांध दिया!

आपके प्यार को, जज़्बे को, इस सुरीली चैट को सलाम करती हूँ जिसमें रूमानियत के साथ साथ जीवन के कई पहलुओं पर चर्चा हुई। घड़ी की टिक टिक में बंधे बच्चे, काम पर जाने वाले मजबूर दिलों में चुप्पियाँ पसरती देखीं, विदेश की चकाचौंध में दीवाने हुए लोगों की जमीनी मुश्किलें देखीं। यह भी जाना कि पार्थो सर और स्मृति मैम को मिलाकर आप चार जन एक अनूठी मिसाल हो- प्रेम, दोस्ती और अपनेपन की। आपका नॉवल पढ़ना जैसे एक ज़िंदगी जीना था, आपकी सादगी भरी, चुलबुली-सी ईमानदार मोहब्बत के साथ।

मीनाक्षी मैनन

अंग्रेजी की अध्यापिका

कवयित्री, काउन्सलर एवं एंकर

होशियारपुर, पंजाब

(+91 94174 77999)

बस आप कह सकते हैं- "अल्टिमेट!"

प्यार सर्वोच्च हो या न हो, प्यार का सपना तो अंततः सर्वोच्च हो ही सकता है। किसी के सपने पर किसका अख़्तियार है? मल्लिका मुखर्जी और अश्विन मैकवान का चैट उपन्यास "यू एंड मी...द अल्टिमेट ड्रीम ऑफ लव" पढ़ा। ये एक अद्भुत प्रयोग है! यदि किसी लेखक या प्रकाशक द्वारा ऐसा दावा किया जाय कि जो कुछ है, सब सत्य या वास्तविक है तो इस बात में वक़्त गँवाना फ़िज़ूल है कि क्या कैसा है! तुरंत पढ़ने बैठ जाना चाहिए। और पढ़ने के बाद?

पढ़ने के बाद तो सब कुछ इतना आसान हो जाता है कि इस उपन्यास को एक लफ़्ज़ में भी बयां किया जा सकता है, बस आप कह सकते हैं- "अल्टिमेट"! ये उपन्यास आपको यक़ीन दिलाता है कि ज़िन्दगी खो जाए तो मिल जाती है। सपने फट जाएं तो सिल जाते हैं। सुख मुरझा जाए तो फ़िर खिल जाता है!

बस शर्त यही है कि कुछ "सुन्दर" हमारे रास्ते में आ जाए, हम "शिव" होकर उसे चाहें और उसे काल "सत्य" का प्रतिबिंबन बना लें। ज़िन्दगी के रास्ते में ख़ूबसूरती भी दौड़ी चली आती है, अगर हीरे सी दमकती आँखों से उसे तलाशा जाए। सब संभव है, मीठी बातें तो करो मुझसे!

प्रबोध कुमार गोविल

साहित्यकार

पूर्व प्रोफ़ेसर व निदेशक,

ज्योति विद्यापीठ महिला विश्वविद्यालय,

जयपुर, राजस्थान

मो. +91 94140 28938

सपनों की यथार्थवादी व्याकुलता

मल्लिका मुखर्जी और अश्विन मैकवान, लेखक द्वय ने संवाद के रूमानियत अंदाज़ को अपने उपन्यास “यू एंड मी...” (भाग-1 और भाग-2) का आधार बनाया है। भाषा की सरलता, रवानगी और साधारण नौजवान हौसला- सब को उन्होंने अपनी अभिव्यक्ति का औजार बनाया। उनके उपन्यास में भारतीय जीवन दर्शन, परिवर्तन की अहंकार विहीन आस्था, सामाजिक जीवन, जीवन के संकल्प, मानवीय पीडा और भविष्य की दृष्टि हर कहीं तरंगायित है। उपन्यास के तथ्य उनके अंतर की कथा को, जागरण की आस्था को और प्रेम की भाव धारा को समेटे हुए है। वास्तविकता का सुन्दर चित्र।

नायिका के मुग्धावस्था का प्रेम पत्थर पर कुरेदकर लिखने जैसा है। अनकहा फिर भी यह अहसास शाश्वत है। ऐसे ही कहे अनकहे आत्मीय प्रेम के उतार चढाव पर, 13500 कि.मी. दूरी तय करने में इकतालीस साल लग गए! दोनो विवाहित, संसारी, पर नायिका का पहला प्रेम अपनी जगह पर स्थिर। अनुभवजन्य भावों को ही इतनी सार्थकता के साथ चित्रित किया जा सकता है! यह उपन्यास दिल को झकझोर कर रख देता है।

इस चैट उपन्यास का स्वर न केवल अतीत की शक्तिमय चेतना की स्वरलिपि है, बल्कि अपने समय में संघर्षो और आहत सपनों की मर्म भेदी पुकार भी है। नायक अश्विन की अस्वस्थता के बारे में जानकर मल्लिका कातर हो उठती है। सुदूर विदेश में स्थित उनके कोलोन कैन्सर के दर्द को अपने आँसुओ की अंजली देकर कम करना चाहती है। यह उसकी संवेदनशील मानसिकता का प्रमाण है। मल्लिका के पति पार्थो, उनकी आन्तरिक शक्ति, साहस, उत्साह, एक अविचल हिमालय है! अपने पूर्ण मानवीय तेजस्विता के साथ वे पत्नी के साथ खड़े हैं।

मल्लिका की कलम से भारतीय आत्मा का पुनराविष्कार हुआ है। आध्यात्मिकता उनकी सबसे बडी ताकत है, जो परंपरा के आवरण को चीरकर जागृत प्रेरणा बन जाती है। निश्चित ही संवाद की शैली में लिखा गया यह उपन्यास हिन्दी साहित्य को एक अनमोल तोहफ़ा है।

डॉ. रानू मुखर्जी
कथाकार, अनुवादक
वड़ोदरा, गुजरात
मो. +91 98257 88781

हृदयोक्ति

अहमदाबाद जिले के बारेजड़ी गाँव की सार्वजनिक स्कूल से अपनी एस.एस.सी. की परीक्षा उत्तीर्ण कर, अहमदाबाद शहर की भारतीय विद्या भवन संचालित भवन्स कॉलेज में, प्रि. आर्ट्स में मैंने दाखिला लिया। आँखों में उच्च शिक्षा के सपने, मन में शहर के माहौल का डर, सीने में धड़कता दिल और उम्र का सोलहवाँ साल! मॉर्निंग कॉलेज होने के कारण बारेजड़ी गाँव से सुबह पाँच बजे की लोकल ट्रेन से सफ़र करते हुए, अहमदाबाद रेल्वे स्टेशन के पीछे स्थित मुख्य बस स्टैंड से बस में सवार होकर, शहर के शंकर भुवन बस स्टैंड पर उतरकर, फिर पंद्रह मिनट चलकर कॉलेज पहुँचती। अक्सर मैं ही सबसे पहले आने वाली छात्रा होती। समय काटने हेतु तीसरी मंज़िल के कॉरिडोर पर खड़ी देखती रहती, कॉलेज के गेट से आते हुए छात्रों को।

एक सुबह ऐसे ही खड़ी थी कि गेट से एक सुदर्शन युवक प्रविष्ट होता दिखाई दिया। लम्बा छरहरा बदन, गौरवर्ण, चमकता चेहरा, असाधारण रूप और संतुलित चाल। जैसे-जैसे नज़दीक आता गया, मेरी आँखें पलकें झपकाना भूल गई! दिल से एक आवाज़ उठी, 'अरे! यही तो है तेरे सपनों का राजकुमार!' उम्र के सोलहवें साल में यही होता है न! ज़िंदगी ख़ूबसूरत लगने लगती है, पलकों पे हसीन ख़्वाब सजने लगते हैं, चाहत के आसमान में मन परिन्दा बन उड़ने लगता है! दिल किसी को अपना प्यार देना चाहता है और ख़ुद भी किसी के प्यार में खो जाना चाहता है! धीरे धीरे वह कॉलेज के गेट में प्रवेश कर गया, पता नहीं कौन से वर्ष का छात्र है? योगनुयोग वह मेरा ही सहपाठी था! नाम- अश्विन मैकवान, धर्म- ईसाई। बस, नाम में ही उलझकर रह गई सारी अनुभूतियाँ! संकीर्ण समाज के बुने हुए ताने-बाने को तोड़कर, उस तक पहुँच पाने की क्षमता मुझमें नहीं थी। मन उड़ता रह गया, दिल धड़कता रह गया, आँखें तरसती रह गई!

हमारे बीच कभी कोई ऐसा संवाद न हो पाया कि उसके प्रति अपने प्रेम को अभिव्यक्त कर पाऊँ। कॉलेज जीवन यूँ ही बीत गया। परिवर्तन संसार का नियम है। जीवन रुक नहीं सकता, चलता रहा। जीवन के सारे उतार-चढ़ाव को पार करते हुए, सारी जिम्मेदारियाँ ईमानदारी से निभाते हुए मैं ख़ुद को एक निडर महिला के रूप में स्थापित कर चुकी थी। लेखन में व्यस्त होने के बाद आत्मविश्वास भी मजबूत हो गया था। जीवन का एक लम्बा अरसा बीत गया था, पर वह पृष्ठ अब भी सलामत था, मेरी जीवन-किताब में। मेरा पहला प्यार अनकहा रह गया था। न कह पाने की पीड़ा का बोझ मैं आज तक ढोए जा रही थी!

मेरी अति संवेदनशीलता के कारण ही उसकी यादों से जुड़े रहकर मैंने असीम पीड़ा को भोगा था, जिसकी भनक आज तक किसी को न लगी थी।

ज़माना तेजी से बदल रहा था। ऑनलाइन सोशल मीडिया 'फेसबुक' भारत में आया। मैंने 2 सितम्बर 2009 को अपना अकाउंट बनाया। समय ठीक से याद नहीं, पर मैंने सर्वप्रथम अश्विन को ही खोजने की कोशिश की। अफ़सोस! कई बार खोजा, उसका नाम नहीं दिखा। नॉर्मन विन्सेंट पील की पुस्तक 'द पावर ऑफ़ पॉजिटिव थिंकिंग' की एक पंक्ति है, 'आस्था की शक्ति चमत्कार करती है।' मैंने उम्मीद नहीं छोड़ी। वो मेरी ज़िंदगी के सोलहवें साल से पैंतालीस साल के दीर्घ समय को पार करते हुए, अब भी मेरे साथ चल रहा था! 2 जुलाई, 2018 को फिर एक बार फेसबुक पर उसे खोजने की कोशिश की और चमत्कार हुआ, उसका नाम दिखा 'अश्विन मैकवान'! मन एक झटके में अतीत का महासागर पार कर जा पहुँचा अहमदाबाद के भवन्स कॉलेज के प्रांगण में, जहाँ फिर मैं सोलह साल की एक छात्रा बनकर खड़ी थी! इन पैंतालीस साल के बाद भी एक ख़्वाहिश सलामत थी, उसे अपने मन की बात कहने की। उसके प्रति मेरी दीवानगी आज भी वैसी ही थी, लेकिन खोने-पाने की सीमा पार हो चुकी थी।

मैंने फ्रेंड रिक्वेस्ट भेजी, साथ में मैसेंजर पर अपना परिचय देते हुए दो पंक्तियाँ भी लिख दी। दूसरे दिन उसका पॉज़िटिव रिस्पोंस मिला। भले ही अपना ज़ख्मी रूप लेकर, सोलह साल की नादान उम्र में देखा सर्वांग सुन्दर सपना प्रत्यक्ष हुआ फेसबुक के पटल पर! उसका पहला मैसेज पढ़कर मेरे खंडित दिल की दीवारों से, उसकी याद में रिसते घावों को जो शीतलता का अहसास हुआ, उसे शब्दों में व्यक्त करना संभव नहीं। पैंतालीस साल के दीर्घ अंतराल के बाद, मेरे जीवन का एक प्रच्छन्न प्रेम का अध्याय अचानक मेरे सामने जीवंत हो उठा! जीवन की जिन घटनाओं को ज़माने की नज़र से बचाकर अपने दिल के तहख़ाने में क़ैद कर रखा था, कालचक्र एक वृत्त को पूरा करते हुए मुझे उन्हीं मोड़ों पर ले आया।

परिचय के साथ मैसेंजर पर संवाद शुरू हुए। संवाद के माध्यम से ही एक दूसरे को क़रीब से जानने का अवसर मिला। पता चला कि वह तो बरसों पहले बहुत दूर जा बसा है सात समन्दर पार, लॉस एंजेलिस, कैलिफ़ोर्निया में। भारत आने की संभावना भी नहींवत थी। संवाद होते गए कि कैसे दो नदियों के लहराते जल-से हमारे जीवन अलग-अलग राहों पर बहते गए। समय के साथ-साथ परिस्थितियाँ कैसे बदली और हम अपने-अपने संसार में व्यस्त हो गए। मैं लेखक हूँ यह जानने के बाद अश्विन ने कहा, 'मेरे जीवन में इतने उतार-

चढ़ाव है कि तुम एक उपन्यास लिख सकती हो।' मैंने तुरंत अपनी सहमति जताई। यही मेरे प्रेम की परम कसौटी थी।

चैट करते हुए हमने अपने व्यक्तिगत जीवन की उन सारी घटनाओं को शेयर किया जो आज तक अनकही रह गई थी। हमारी सोच, हमारी पसंद में साम्यता, दिल को हैरान कर देने वाली थी। आश्चर्य! अपने उपर ओढ़ी गई सारी परतों को उधेड़कर ख़ुद को जैसे हैं वैसा प्रस्तुत करने में अब हमें कोई डर नहीं लग रहा था! ज़िंदगी की अच्छी बुरी स्मृतियों का चित्रण करते हुए हम पर परिवार, समाज, संस्कृति का दबाव भी महसूस नहीं हो रहा था! अपने भ्रामक व्यक्तित्व के सारे आवरण हटाकर, स्फटिक की तरह पारदर्शी बनकर, एक दूजे के सामने पेश आने में हमें एक अद्भुत सुकून की अनुभूति हो रही थी! मन की आवाज़ में सदा द्वंद्व रहा, पर आत्मा की आवाज़ में एक ही स्वर मिला, परमात्मा का स्वर!

उसका जीवन मेरी कलम से पृष्ठ दर पृष्ठ ऐसे उतरता गया कि कब मेरा जीवन भी उसमें शामिल होता गया, पता ही न चला। हमारे द्वारा अनुभव किए गए जीवन के यथार्थ का चित्रण करते हुए, धीरे-धीरे हमारे संवादों ने आत्मकथात्मक रूप धर लिया। हमने अपने मन में दबी भावनाओं को उँडेलकर रख दिया, अपनी पीडाओं को घोला। अपने जीवन की राहों में आई सारी कठिनाइयों का भी ज़िक्र किया ताकि आने वाली पीढियाँ इसे पढ़े और सोचें कि समाज में क्या बदलाव की आवश्यकता है जिससे मानव सही अर्थों में मानव बन सके।

अश्विन से जीवन के अनगिनत विषयों पर संवाद करते हुए मुझे लगा कि अब जितने भी दिन बचे हैं जीवन के, मैं नहीं मानती किसी के व्यर्थ आदेश, नहीं सुनती किसी के निरर्थक उपदेश, नहीं चलती उस पथ पर जो मुझे पीड़ा देता हो, नहीं निभाती वो रिश्ते जो मुझे यातना देते हो, नहीं सोचती वे बातें जिनसे मेरा कोई वास्ता न हो। मैं जैसे एक चुनौती बनकर खड़ी हूँ इस दुनिया के सामने! आज इस उपन्यास के जरिए मैं संकीर्ण समाज की महत्वहीन बेडियों को तोड़कर यथार्थ दर्शन की ओर थोड़ा-सा भी आगे बढ़ पाती हूँ तो आने वाली पीढियों को एक नई दृष्टि दे पाऊँगी।

हमारी बातचीत को चैट उपन्यास का रूप देने की चाहत हम इसलिए भी नहीं रोक पाए कि उसे कहानी के रूप में ढालने से घटनाओं का हार्द नष्ट होने की संभावना थी। मैं वरिष्ठ कथाकार आदरणीय सूरज प्रकाश जी का तह-ए-दिल से शुक्रिया अदा करती हूँ। आपने हमें अपने बहु चर्चित चैट उपन्यास 'नॉट इक्वल टू लव' पर की गई हमारी चर्चा को इस उपन्यास (भाग-1) में शामिल करने की अनुमति दी। मेरी अंतरंग सहेलियाँ, वरिष्ठ

कथाकार प्रिय निशा चंद्रा, 'हस्ताक्षर' ई पत्रिका की संस्थापक एवं सम्पादक, जानी-मानी कवयित्री प्रीति 'अज्ञात' तथा कवयित्री विनीता ए. कुमार की मैं दिल से आभारी हूँ, आपने हमारे इस उपन्यास की पांडुलिपि को पढ़ा। आपके बेशकीमती परामर्श का लाभ हमें मिला। प्रिय प्रीति ने उपन्यास के भाग-1 की प्रस्तावना में तथा प्रिय मीनाक्षी मैनन, आदरणीय प्रबोध कुमार गोविल तथा डॉ. रानू मुखर्जी ने इस उपन्यास के भाग-2 की प्रस्तावना में अपने मूल्यवान अभिमत देकर हमें गौरवान्वित किया है।

मैं फेसबुक की शुक्रगुज़ार हूँ, जो सही मायनों में हमारा दोस्त बना। इतने मनमोहक आवरण पृष्ठ के साथ इस पुस्तक को प्रकाशित करने के लिए हम 'स्टोरीमिरर' की समस्त टीम का हार्दिक धन्यवाद करते हैं। मेरे अजीज़, अश्विन को क्या कहूँ? तुमने इस उपन्यास के लेखन में मेरे को-राइटर बनकर प्रेम के विशाल अर्थ को परिभाषित किया। हमारे जीवन की सच्ची कहानी, अगर समाज को अपनी व्यवस्था की त्रुटियों को सुधारने की दिशा में एक क़दम भी आगे बढ़ाती है, तो हमारा यह साहस सार्थक होगा। मेरा विश्वास है कि प्रेम का यह शाश्वत और निर्बंध स्वरूप ज़रूर पाठक के हृदय को गहराई से स्पर्श करेगा।

मल्लिका मुखर्जी,
अहमदाबाद, गुजरात

अनुभूति

क्या ज़िंदगी में ऐसा भी कभी हो सकता है? कॉलेज की मेरी क्लासमेट, सोलह साल की वो मासूम-सी लड़की! कभी मुझसे बात नहीं की, न कभी मुस्कुराई मुझे देखकर! मैंने फिर भी कोशिश की उससे बात करने की, पर उसने एक या दो शब्दों में जवाब दिए। ऐसी पागल लड़की ने पैंतालीस साल बाद अचानक मुझे फेसबुक पर फ्रेंड रिक्वेस्ट भेजी! क्या कहूँ? जिस कॉलेज को मैं भूल चूका था, वह नज़र के सामने तादृश हुआ। चैट करते हुए उसने मुझे अपना पहला प्यार कहा, फिर अपने प्यार का इज़हार भी किया। मेरे आश्चर्य की सीमा न रही! पता नहीं वह किस मिट्टी की बनी है, पर सबसे अलग लगी मुझे। ज़िंदगी के इतने उतार चढ़ाव को पार करते हुए, अपने परिवार के साथ बैलेंस्ड लाइफ बिताते हुए, कोई कैसे सिर्फ़ कॉलेज की पत्रिका में छपी एक तस्वीर के सहारे पैंतालीस सालों तक किसी के प्रति अपने प्रेम को महफूज़ रख सकता है? शायद कोई कहानी या फ़िल्मों में संभव हो!

मैं एक कलाकार था। गीत, संगीत, अभिनय ही मेरा जीवन था। नाटकों के रिहर्सल में, टेलीफ़िल्म्स, गुजराती फ़िल्मों की शूटिंग में व्यस्त रहता तो पढाई में मन न लगता। कॉलेज रेगुलर नहीं आ पाता था। मल्लिका यह अच्छी तरह जानती थी, फिर भी रोज़ मेरा इंतज़ार करती, सिर्फ़ एक नज़र मुझे देखने के लिए! वह मेरे अभिनय पर ही तो फ़िदा थी! विधि की विडम्बना ही कह सकते हैं, हमारी पसंद, हमारी मंज़िल एक होते हुए भी हम एक दूसरे के क़रीब न आ पाए और हमारी राहें जुदा हो गई।

हालात कुछ ऐसे बने कि मुझे अहमदाबाद की ख़ुशहाल ज़िंदगी छोड़कर लॉस एंजेलिस, कैलिफ़ोर्निया आना पड़ा। पिछले तैंतीस साल से मैं अपने परिवार के साथ यहाँ रहता हूँ। सिर्फ़ दो बार इंडिया में, अपने शहर अहमदाबाद जा पाया हूँ। मेरी जीवनसंगिनी प्रिय स्मृति ने कठिन से कठिन परिस्थिति में मेरा साथ निभाया, मेरा पक्ष लिया; लेकिन ये ख़त्म न होने वाला संघर्ष रहा। अपने परिवार को मुस्कराहट देने की चाहत में, मैं जीवन भर तूफ़ानों से जूझता रहा और धीरे धीरे मौन की अँधेरी गलियों में खो गया। मेरा काम ही ऐसा था कि वर्क प्लेस पर भी बातें करने की कोई गुंजाइश नहीं थी। दिन, महिने, साल बीतते गए। मेरी ज़िंदगी एक मशीन की तरह चल रही थी।

कभी-कभी पागल जैसा सोचता, क्या गुज़रे हुए वे सुनहरे दिन वापस लाए जा सकते हैं? जैसे कोई चमत्कार हुआ, मेरी प्रार्थना क़बूल हुई! उम्र की सीमा के पार जाकर मल्लिका

ने मेरे अंतरात्मा की आवाज़ को सुना। ईश्वर ने ही उसे मेरे पास भेजा। वो मेरे जीवन में उस वक़्त आई जब मैं किसी ऐसे व्यक्ति को तरस रहा था, जिसके साथ मैं अपने दिल की बातें शेयर कर सकूँ। अपने दिल का बोझ हल्का कर सकूँ। मल्लिका से बेहतर और कौन हो सकता था, जो मेरे एक-एक शब्द को सुनता, उसे महसूसता? संवाद करते हुए उसने काल का चक्र घुमाया और मुझे अतीत में ले जाकर उन सुनहरे दिनों की गलियों में खड़ा कर दिया, जिन्हें मैं सालों से तरस रहा था!

जीवन की चुनौतियों से लड़ते-लड़ते मैं तो प्रेम का माने ही भूल चुका था। महर्षि अरविन्द कहते हैं, 'प्रेम में सच्ची प्रामाणिकता तभी आ सकती है जब उसमें अंतरात्मा का तत्व हो।' हमने हमारे दिल में संग्रहित फीलिंग्स को व्यक्त करते हुए सत्य का अनुसरण किया। बातों-बातों में अहसासों का सफ़र तय किया। हमारी बातचीत में हमारी फीलिंग्स परत-दर-परत व्यक्त होती गई। हमारा नया और सच्चा रूप सामने आया। समाज में हमारी प्रतिष्ठा को शायद हानि पहुँचे, पर हमारी आत्मा का हित इसी में था।

अहमदाबाद की उन सारी जगहों, गलियों में वो मुझे ले गई, जिनकी सुहानी यादें आज भी मेरे दिल में सुरक्षित हैं। भवन्स कॉलेज, लाल दरवाजा, साबरमती नदी का वो किनारा, आश्रम रोड, टाउन हॉल, गुजरात कॉलेज का ड्रामा विभाग, गान्धर्व महाविद्यालय, इसरो का वह स्टूडियो, मेहता रेस्टोरेंट, माणेक चौक और न जाने कहाँ-कहाँ! सिर्फ़ अपनी मीठी बातों से उसने मेरे खालीपन को दूर किया, मुझे नया जीवन दिया। उसके प्यार की ऊँचाइयों को तो मैं छू भी नहीं सकता जो किसी बंधन का मोहताज नहीं।

मैंने अपनी उम्र के आख़िरी पड़ाव पर, अतीत में लौटकर मल्लिका के बाली उमर के प्यार को क़बूल किया, यह जानते हुए भी कि आज वह किसी और की अमानत है। अगर न करता तो अपने आपको कभी माफ़ न कर पाता। मैं अब उसे क्या दे सकता था, कुछ मीठे बोल के सिवा और वही तो माँगा उसने मुझसे! हमारे रिश्ते को अब कोई नाम की ज़रूरत नहीं रही। जिस रिश्ते का कोई नाम नहीं होता वह क्षितिज के पार जाकर अपनी पहचान बनाता है। हमारे साथ भी वही हुआ। 'मुझे तुमसे प्यार है।' यह बात काल से परे हो गई। इस रिश्ते में अब न कोई उलझन है, न ही कोई दम्भ। दोस्ती का यह रिश्ता हमें स्पिरिच्युआलिटी की ऊँचाई तक ले जाएगा।

पैंतालीस साल की देरी और 9300 माइल की दूरी के रहते भी, सारे सांसारिक रिश्तों की सीमा रेखाओं के पार जाकर वह मेरी हमराज़ बनी। जिस तरह मैंने बिना किसी संकोच अपने सुख-दुःख शेयर किए, ठीक उतनी ही आत्मीयता से उसने भी अपनी अनकही बातें

मुझ से शेयर की। हमें मानवीय व्यवहार और उसकी प्रतिक्रियाओं का डिटेल स्टडी करने का मौका भी मिला। बाहर से स्वस्थ दीखते हुए भी हम भीतर से कितने मेंटल स्ट्रेस से भरे होते हैं! विविध सामाजिक पेराडोक्स से निजात पाने हेतु ख़ुद से और समाज से लड़ रहे होते हैं। लगातार इस मनोदशा के चलते धीरे-धीरे हम डिप्रेशन के शिकार हो जाते हैं, हमें अहसास तक नहीं होता। मल्लिका से चैट करते हुए मैंने जाना कि लेखन तनावों से मुक्ति पाने का सर्वोत्तम मार्ग है। उसके निश्छल साथ के बिना भी जीवन तो कट ही जाता, पर वो सुकून और ख़ुशियों से वंचित रह जाता, जिसका मैं हक़दार था कभी!

अपने माता-पिता को कैसे भूल सकता हूँ! मुश्किल से मुश्किल हालातों में भी परिवार के सदस्यों से साथ सौहार्दपूर्ण माहौल बनाए रखा। संतानों की गलतियों को सुधारने की कोशिश की तो अपनी गलतियों को सुधारने की पहल भी की। मेरे भाई-बहन, उनका परिवार सब मेरे अपने हैं। रामचंद्र देसाई-राजश्री देसाई, शाहिद सैयद, मिहिर शाह, उनका सुहाना साथ मेरे जीवन का गोल्डन पीरियड था। उन्होंने मुझे, मैं जैसा हूँ वैसे ही चाहा। किसी भी समय उनसे मिलता, मेरा दिल से स्वागत करते। कॉलेज के ज़माने के मेरे प्रिय दोस्त संजीव मुंशी-गीता मुंशी, ध्यानेश महेता तो आज भी हमारे पारिवारिक मित्र हैं। हमारी दोस्ती में धर्म कभी बाधक नहीं बना। एल.ए. में मेरे घर के पास स्थित गुरुद्वारे में कार्यरत इंडियन सिख सज्जन मोहन सिंह जी भी मेरे बहुत अच्छे दोस्त है।

मेरे नाट्य गुरु आदरणीय जशवंत ठाकर सर, उनकी नाट्य संस्था 'भारत नाट्य पीठ', आदरणीय भरत दवे जी की नाट्य संस्था 'सप्त सिन्धु' और आदरणीय अरुण ठाकोर जी की नाट्य संस्था 'रंगमंडळ' को भी कैसे भूल सकता हूँ! गुजरात कॉलेज के ड्रामा विभाग के आदरणीय प्रो. जनक दवे सर, प्रो. सोमेश्वर गोहिल सर, भवन्स कॉलेज के आदरणीय प्रो. कमल त्रिवेदी सर, कॉलेज की हमारी नाट्य टीम के सभी साथी मित्र, टेलीफ़िल्मों के डायरेक्टर आदरणीय दीपक बावस्कर जी, निमेश देसाई जी, आप सभी आज भी मेरी यादों में सुरक्षित हैं। इसरो, अहमदाबाद के आदरणीय अवतार कौल जी, तुषार तपोधन जी, मेरु भाई गोहिल, रवीन्द्र निकम, नीतिन भावसार, मुकेश मिस्त्री, हर्षजीत ठक्कर, मीरा लाखिया मैम, इसरो स्टूडियो और प्रोडक्शन विभाग के सभी स्टाफ़, कितनी सुनहरी यादों को एक बार फिर तरोताज़ा कर दिया मल्लिका ने!

एल.ए. के ही निवासी मेरे दोस्त संजीव और मेरे भांजे हेतल डाभी का मैं दिलसे आभारी हूँ। संजीव ने कम्प्युटर सीखने के लिए मुझे प्रोत्साहित किया। आज मैं चैटिंग, मैसेजिंग, वोट्सएप, ईमेल, यूट्यूब, फेसबुक जैसे माध्यम से समस्त विश्व की गतिविधियों से जुड़

पाया हूँ। हेतल ने तो लैपटॉप उपहार स्वरूप देते हुए, मुझे इंटरनेट की बेसिक जानकारी दी, जिससे निश्चित रूप से मुझे लेखन में सहायता मिली। मेरी प्यारी बेटियों ने भी स्मार्ट फ़ोन भेंट देकर मुझे आधुनिक दुनिया से जोड़ा और मेरी नीरस रिटायर्ड लाइफ को जीवंत बनाया। मल्लिका ने तो न सिर्फ़ मुझे मेरी प्रिय हिन्दी भाषा से जोड़ा, मुझे लेखक तक बना दिया!

चैट करते हुए मैंने जब जाना मल्लिका लेखक है, मैंने अनायास ही कह दिया कि लॉस एंजेलिस की मेरी यात्रा एक दिलचस्प कहानी है। किसी दिन वह इस पर एक उपन्यास लिख सकती हैं। उसने तुरंत मेरी बात को स्वीकार किया। कथा के पात्र हम स्वयं बन गए तो निजी जीवन की घटनाओं का सही-सही वर्णन कर पाए। हम दोनों ने ख़ुद में जो अच्छा है और अपने दोस्त में जो अच्छा है उससे प्यार किया। हमारे पास जो संपूर्ण मानव जीवन की एक दृष्टि थी उसे शेयर किया। ये कहना भी उचित होगा कि उन दिनों की स्मृतियों को हुबहू अनुभूत कर पाएँ, इस ख्याल से हमने क़रीब चार महीनों के चैट में एक बार भी फ़ोन पर बात नहीं की, न ही वीडियो चैट किया। हमारी कहानी अगर नेचरल वेल्यूज ऑफ़ ह्यूमिनिटी को फिर से स्थापित करने में थोड़ी-सी भी प्रेरणारूप बनती है तो हमारा लिखना सार्थक होगा। आशा है, हमारा वार्तालाप पाठकों को ज़रूर पसंद आएगा।

अश्विन मैकवान

लॉस एंजेलिस, कैलिफ़ोर्निया

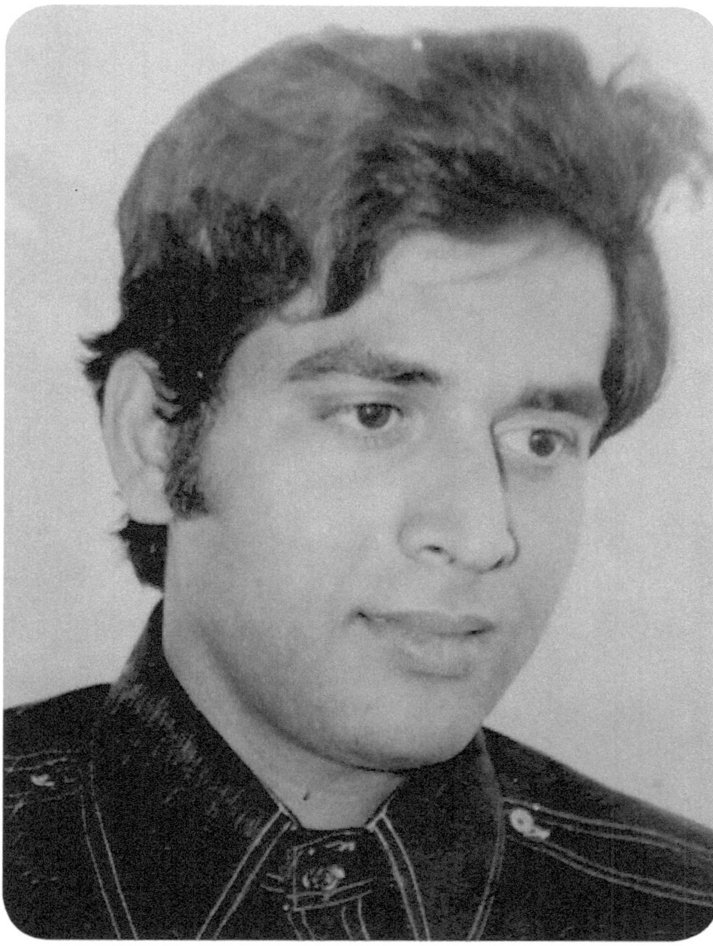

03 सितम्बर 2018, सोमवार रात 10.05

- कल तुमसे बात नहीं हो पाई, पेशंट अंकल के घर तुम्हारी व्यस्तता का सन्देश मिल गया था।

तुम नहीं आओगे जब, फिर भी तो तुम आओगे।
ज़ुल्फ़ दर ज़ुल्फ़ बिखर जाएगा फिर रात का रंग,
शब–ए–तन्हाई में भी लुत्फ़–ए–मुलाक़ात का रंग!

- सुबह-सुबह चाय पीते हुए ये क्या पढ़ रहा हूँ मल्लिका!
- वही जो लिखा है डियर। तुम्हारे प्रिय गायक जगजीत सिंह की आवाज़ में अली सरदार जाफ़री की ये नज़्म का वीडियो कल तुम्हीं ने भेजा है, भूल गए क्या?
- एक दिल, एक तमन्ना के सिवा कुछ भी नहीं.... अब तुम भी मेरी तरह गीत/गज़ल के रंगों में रंगने लगी!
- संगत का असर है जी! एक दिल, एक तमन्ना.. मिलेंगे तब मुलाकात होगी। कब और कैसे, ये तो वो ही तय करेगा जिसने हमें मिलाया।
- फेसबुक?
- तुम कब सुधरोगे अश्विन?
- तुम्हारे साथ बात करने लगता हूँ कि बिगड़ने लगता हूँ।
- और सुधरना भी नहीं चाहते।
- सच में नहीं चाहता, और बताओ।
- एक सितम्बर तक की हमारी बातचीत को चैट उपन्यास का रूप देने का सोच लिया है।
- वाह! ये तो अच्छी ख़बर है, लेकिन अभी बहुत कुछ कहना बाकी है और सुनना भी।
- जानती हूँ, इसलिए बाकी कहा-सुनी उपन्यास की अगली कड़ी में सम्मिलित कर लेंगे।
- हा...हा...अच्छा हुआ तुम मान गई।

- तुम कहो और मैं न मानूं?
- यक़ीन नहीं होता मल्लिका, कभी सोचा नहीं था तुम्हारे साथ मिलकर मैं कोई किताब लिखूँगा! यहाँ तक आते-आते तुमने मेरा दिलोदिमाग निचोड़ लिया।
- और तुमने क्या मेरे दिलोदिमाग में फूल खिलाये?
- तुम फूलों की बात करती हो? मैंने तो पूरा बगीचा उगा दिया।
- अच्छा जी, मान लेती हूँ। वैसे इस कार्य में तुम्हारी साझेदारी बराबर की रही बेटे, मगर तुम यहाँ होते तो न जाने कितनी बार तुम्हारी पिटाई होती।
- बेटा बनाकर फिर पीटने की बात करती हो? लगता है, मारप्रुफ़ जैकेट पहनकर आना पड़ेगा।
- बिलकुल, कहीं एयरपोर्ट पर ही न पीट जाओ, फिर भी आना तो होगा हीरो।
- अपनी मर्ज़ी से कहाँ अपने सफ़र के हम हैं?
  रुख़ हवाओं का जिधर का है, उधर के हम हैं।
- अहा! निदा फ़ाजली का शेर। कभी हवाओं का रुख़ इस तरफ़ भी होगा, देखना बन्धु।
- ज़रूर, एक बुद्धू, डरपोक, गूंगी लड़की जो अब मरने मारने पर उतारू है, उससे तो मिलना ही पड़ेगा। अब तुम्हारी बारी, लिखो।
- इस उपन्यास ने हमें ढूंढा, अवतरित होने के लिए।
- मुझे भी सही लगती है तुम्हारी बात। वरना जीवन की वह भूली दास्तान याद करवाने तुम क्यों मिलती?
- आज एक बात और बतानी है।
- बताओ।
- आज हमारे चैट उपन्यास की अगली कड़ी का शीर्षक भी मिल गया।
- बाय द वे क्या नाम सोचा है?
- 'यू एंड मी...इन द स्ट्रीट ऑफ मैमरीज'।
- बहुत अच्छा शीर्षक है, पर एक शब्द को बदलना चाहता हूँ।

- कौनसा?

- 'स्ट्रीट' को 'वैली' में बदल दो। स्ट्रीट में सिर्फ़ कच्ची-पक्की सड़कें होती हैं, जबकि वैली में पहाड़ी रास्तों के दोनों ओर ग्रीनरी और फ्लावर्स भी होते हैं।

- वारि जाऊं मेरे लेखक, बढ़िया चैंज बताया! मुझे ख़ुशी है कि इस बार हम किसी बात पर इतनी जल्दी एकमत हुए। अब नाम होगा, 'यू एंड मी...इन द वैली ऑफ मैमरीज'। ठीक है?

- बिलकुल ठीक, अब नाम के अनुसार फिर कुछ रोमेंटिक बातें भी लिखनी पड़ेगी, लड़की।

- सोचकर रखना लड़के, तुम्हारे जीवन में ऐसी फूलों-सी, वादियों-सी मुस्कुराती कौनसी घड़ियाँ है।

- जैसे-जैसे लिखते जायेंगे, कुछ याद आ ही जाएगा। तुम शुरुआत का एक मुखड़ा लिख देना, फिर गीत बनते देर न लगेगी।

- मुझे पता है, मुखड़ा मैं लिखूं तो अन्तरा लिखने में तुम मास्टर हो। मुझे तुम्हारी ट्रेन में ही चढ़ना था, पता नहीं स्टेशन मास्टर की बेटी होते हुए भी मैं यह ट्रेन कैसे मिस कर गई।

- तुम स्टेशन मास्टर की छोरी हो, ऐसे थोड़े ही ट्रेन जाने देती? आख़िर में लास्ट कोच में आकर मेरी पीठ पर सवार होकर मुझे घोड़ा भी बना दिया। अब उतरने का नाम नहीं ले रही...

- देखा, उपन्यास के लिए वैली बनने लगी!

- हम्म...

- याद है न? बचपन में एक बार तुम्हारी बेटी हीरवा ने तुम्हें घोड़ा बनाया था और तुम अंगूठे के बल गिरे थे! वो तो बहुत छोटी और नासमझ थी, पर मैं बड़ी और समझदार हूँ तो तुम्हें गिरने नहीं दूंगी।

- न ही तुम बड़ी हुई हो न ही समझदार। मुझे तो तुम अब भी वही भोली और नादान बालिके लगती हो जो मुझे एक प्रेमपत्र भी न लिख पाई।

- अब कितना सारा लिख रही हूँ! ब्याज समेत वसूल कर रहे हो काबुलीवाले!

- लो, अब ये नाम बाकी रह गया था।
- इस नाम से गुरुदेव टैगोर की कहानी 'काबुलीवाला' याद आ गई।
- मैं सुनना चाहूँगा।
- मुझे पता है, तुम जानकर भी मुझसे सुनना चाहते हो; पगले कहीं के।
- ये तो शम्मी कपूर की फ़िल्म का नाम है गोरी, 'पगला कहीं का'।
- जो तुम हो, गोरा। ये भी बता देती हूँ कि 'गोरा' टैगोर के उपन्यास का नाम है।
- बाप रे, इतना गुस्सा? पर हसीन है।
- वैसे आज यहाँ जन्माष्टमी है। अपने ज़माने के कान्हा, आवजो।
- सारुं त्यारे, आवजो।

04 सितम्बर 2018, मंगलवार रात 10.30

- मेरी सुबह, तुम्हारी रात। क्या कर रही हो?
- याद आई वो पहली बारिश,
  जब तुझे एक नज़र देखा था!
- ओ बारिश की दीवानी, मुझे एक नज़र देखा था तब बारिश जमकर बरसी थी। उस दिन की तुमने कई बार याद दिलाई है।
- कभी कभी अच्छा लगता है, यादों की उन सुहानी गलियों में घूमना।
- कभी-कभी डर भी लगता है।
- मुझसे?
- नहीं, तुम्हारी समझदारी से।
- देखा? तुम फिर बहस के मूड में आ गए।
- मल्लिका, चलो बहस नहीं करनी, पर डरने की बात पर वे दिन याद आ गए।
- कौनसे?
- जब ड्यूटी पर रहते पुलिस ने आकर मुझे हैंडकफ्स पहना दिए थे।
- मतलब हथकड़ी?
- वही।
- क्या बात करते हो ऐश? यादों की सुहानी गलियों से सीधे हथकड़ी पर आ गए?
- मैंने तुम्हें बताया था न, एजेंसी थ्रू मुझे रेजिडेंशियल केयर के तहत एक जर्मन बुज़ुर्ग पेशंट की देखभाल का काम मिला था, जो पार्किन्संस के मरीज़ थे।
- हाँ, तुमने यह भी बताया था कि इस तरह का तुम्हारा यह पहला काम था, जहाँ तुम्हें पेशंट के घर पर रहकर उनकी देखभाल करनी पड़ती।
- सही कहा तुमने, मैंने वहाँ 1992 से 1997 तक छह साल काम किया। 1997 में उनकी डेथ हो गई। फिर थोड़े थोड़े टाइम के लिए दो-तीन फ़ैमिली में काम किया।

1999 में मुझे एक रिच फ़ैमिली में एक सज्जन की देखभाल करने का काम मिल गया।

- हाँ याद है।

- कुछ समय के बाद उनकी डेथ हो गई। मेरे काम से संतुष्ट होकर उनके बेटे ने अपनी माँ की देखभाल का काम मुझे सौंपा, जो एल्कोहोलिक थी। अल्ज़ाइमर की पेशंट भी थी।

- हाँ, तुमने बताया था कि एइटी प्लस की उम्र में भी वे निहायत ख़ूबसूरत लगतीं। दिन में उन्हें सब याद रहता। रात होते ही वे सब कुछ भूलने लगतीं।

- तुम्हारी याददाश्त बड़ी तेज है, लड़की।

- आगे बताओ।

- उन मोहतरमा के दो बेटे थे। बड़ा बेटा डेविड अनमैरिड था, उनके साथ ही रहता था। उसने कुछ वर्ष होमगार्ड में नौकरी की, फिर घर पर ही रहने लगा।

- फिर?

- वह भी माँ की तरह एल्कोहोलिक था।

- ऐश, शराब का सेवन किसी भी लिहाज़ से सही नहीं माना जाता है।

- फिर भी अगर एक लिमिट में लिया जाए, सेहत का उतना नुकसान नहीं होता। डेविड की तो कोई लिमिट ही नहीं थी। हर ब्रांड की शराब पीता, वो भी रॉ; पानी या और बर्फ़ के साथ डाइल्यूट किए बिना।

- ये तो और भी नुकसानदेह था।

- वह किसी की सुनता भी न था। ड्रग एडिक्ट भी था।

- क्या बात करते हो?

- आगे सुनोगी तो पता नहीं क्या कहोगी! जिस दिन डेविड बैंक से पैसा लाता ठीक उसी रात, एक लड़की अपने बॉयफ्रेंड के साथ उसके लिए ड्रग लेकर आ जाती। उसके आने से पहले वह मुझे सारे डॉलर दे देता और कहता, 'छुपा कर रख लो।' वह लड़की थोड़ी सी ड्रग देकर ज्यादा पैसे मांगती।

- फिर?

- डेविड उस वक़्त नशे में धुत होता। लड़की के आते ही वह मेरे सामने आ जाता और कहता, 'मेरे डॉलर वापस कर दो।' मैं दे देता। सुबह जब उसे होश आता तब मुझे डाँटता कि मैंने उसके डॉलर संभाल कर क्यों नहीं रखे? मैं चुप ही रहता। मैं ऐसी लड़कियों से डरता था जो ड्रग्स के कारोबार में फंसी हुई थीं।

- तुम्हारी बात सुनकर मुझे अपने शरीर में कंपकंपी महसूस होती है। ऐश, तुमने किस तरह के लोगों के साथ काम किया!

- आगे कहानी और भी है डियर। डेविड जीवन से हारा हुआ व्यक्ति था, लेकिन दिल का बड़ा अच्छा था। जब भी मैं उसके साथ बाहर निकलता, वह अपने साथ डॉलर्स तो लेता ही, गोल्ड कॉइन भी लेता। यह बहुत महंगे होते हैं, तीन सौ से चार सौ डॉलर तक उसकी कीमत होती है। अगर रास्ते में कोई गरीब या होमलेस दिखाई देता तो उसे वह अपना गोल्ड कॉइन भी दे देता।

- उसके पिता तो मल्टी-मिलिओनर थे न?

- हाँ, उनकी अपनी बैंक थी, जिसके वे चेयरमेन भी थे। उन्होंने डेविड को अपनी प्रॉपर्टी में से कुछ नहीं दिया था। सारी प्रॉपर्टी और शेयर्स अपने छोटे बेटे के नाम कर दिए थे। छोटा बेटा चालाक था, पिता की प्रॉपर्टी से उसने अपना जीवन सफल बना लिया था। डेविड को बस यह हाउस ही मिला था।

- वो भी तो आलीशान था, जिसका ज़िक्र तुमने पहले भी किया था।

- मल्लिका, बेल एयर जैसे आलीशान रेजिडेंशियल एरिया में उनका हाउस था, जहाँ हॉलीवुड के बड़े स्टार्स रहते हैं।

- एरिया अब पता चला।

- बेल-एयर, सांता मोनिका माउंटेन के ग्रीन फुटहिल में बसा है और इसकी घुमावदार सड़कों के किनारे आलीशान, बड़े हाउसिज हैं। यहाँ चार बड़े एंट्री गेट हैं। यहाँ 'बेल-एयर कंट्री क्लब' और शानदार और हिस्टोरिकल 'होटल बेल-एयर' भी है।

- वाह!

- डेविड के ऐसे एटीट्यूड के कारण ही पिता उससे नाराज़ थे। हर महीने वे उसे सिर्फ़

छह हज़ार डॉलर देते। उसी में से वह अपना ख़र्चा चलाता।

- अश्विन, जैसे-जैसे सामाजिक तथा सांस्कृतिक मूल्य क्षीण होते गए, पारिवारिक रिश्ते कैसे बिखरते चले गए!
- यहाँ तो सभी अपनी ज़िन्दगी अपने हिसाब से जीना चाहते हैं, कोई किसी की तकलीफ़ नहीं समझता। डेविड की एक गर्लफ्रेंड थी जो कुछ दिन उसके साथ रही फिर पता नहीं, किस बात को लेकर दोनों में झगड़ा हो गया। डेविड ने उस लड़की को घर से बाहर निकाल दिया।
- उस लड़की ने कुछ न कहा?
- लड़की ने कोर्ट में केस कर दिया और कोर्ट ने डेविड को ऑर्डर दिया कि पंद्रह दिनों तक उसे कम्युनिटी वर्क करना पड़ेगा।
- मतलब?
- मतलब, सफाई कर्मचारी का ऑरेंज कलर का जामा पहनकर रोड पर सफाई का काम करना पड़ेगा।
- आश्चर्य! एक मल्टी-मिलिओनर का बेटा रोड पर सफाई का काम करता था?
- यहाँ के कानून बड़े सख़्त है, मल्लिका। उसकी एक और गर्लफ्रेंड थी जिसके साथ भी इसकी न बनी। वह भी चली गई, किसी और के साथ रहने लगी। न जाने क्यों, वह डेविड को भुला नहीं पाई थी। अक्सर उसे फ़ोन करती, वह फ़ोन नहीं उठाता था। मुझे कहता, 'तुम बात करो।'
- क्या कहती वो?
- मैं जब 'हैलो' कहता, वह कहती, 'टेल डेविड टू टॉक टू मी।' उसकी आवाज़ में गज़ब की कशिश थी! कितनी उम्मीद लेकर वह फ़ोन करती, डेविड से बात करना चाहती!
- क्या डेविड ने कभी उससे बात की?
- नहीं, मैं 'सॉरी' बोलकर फ़ोन रख देता, मुझे बहुत दुःख होता।
- तुमने ये भी बताया था कि कभी डेविड तुम्हारे पहुँचने के समय हाथ में गन लिए गेट पर खड़े होकर तुम्हारा रास्ता रोक लेता।

- हाँ, वो ऐसी ही अजीब हरकतें करता रहता। उसके पास एडल्ट फ़िल्म्स की अनगिनत डीवीडी थी। कभी डीवीडी देखता, कभी फुल वॉल्यूम पर टीवी देखता। कभी चिल्लाता, कभी पुलिस को फ़ोन करता।
- तुम ऐसे माहौल में कैसे रहते, ऐश?
- ड्यूटी तो निभानी पड़ेगी न? अरे, एक बार नशे में धुत उसने देर रात पुलिस को फ़ोन करके कहा, 'आई हेव ए गन, आई एम गोइंग टू किल एवरीवन।' यहाँ के पुलिस स्टेशन के नियम अनुसार कुछ ही पल में उनके हाउस पर एक हेलीकॉप्टर मंडराने लगा और ऊपर से सर्च लाइट्स फेंकी जाने लगी। मकान पर सर्च लाइट होते देख सड़क पर गश्त कर रही पुलिस की गाड़ियाँ तुरंत आ पहुँची और दरवाज़ा खुलवाकर उसे हैंडकफ्स लगा दिए।
- बाप रे!
- यस, पुलिस पूरे घर में सर्च करने लगी। मैं माँ जी के कमरे में था, डर के मारे मैंने दरवाज़ा अन्दर से बंद कर दिया। उन्होंने दरवाज़ा नॉक किया, 'ओपन द डोर।' मैंने जवाब नहीं दिया। फिर नॉक करते हुए बोले, 'कम आउट फ्रॉम द रूम।' मैंने दरवाज़ा खोला। उन्होंने मुझे धक्का देकर, दीवार से सिर टिकाकर दबोच लिया, जैसे मैं कोई बड़ा गुनहगार था। मेरे दोनों हाथों को पीछे ले जाकर मुझे भी हैंडकफ्स पहना दिए।
- अश्विन...
- अब रोने से काम नहीं चलेगा मैडम, कहानी शुरू की है तो एन्ड तक जाना पडेगा।
- एन्ड कल सुनूंगी।
- ओके, गुड नाइट।
- तुम्हारा दिन शुभ हो।

05 सितम्बर 2018, बुधवार रात 10.15

- गुड मॉर्निंग ऐश। क्या कर रहे हो?
- मैं मॉर्निंग वॉक से लौटा हूँ। अब दूसरी पारी की चाय पीऊंगा। तुम बताओ।
- पुलिस ने तुम्हारे हाथों में हथकड़ी लगाई, सुनकर मैं रातभर सो नहीं पाई। आगे की घटना सुने बिना चैन नहीं मिलेगा।
- मुझे पता था। तुम बहुत इमोशनल हो, फिर भी आगे की घटना बतानी तो होगी।
- चाय पीते-पीते बताओ, प्लीज़।
- कल कहाँ तक बताया था?
- यही कि दरवाज़ा खोलते ही पुलिस ने तुम्हें धक्का देकर, दीवार से सिर टिकाकर दबोच लिया और तुम्हारे दोनों हाथों को पीछे ले जाकर हथकड़ी लगा दी।
- वैसे तुम एक बहादुर लेडी हो। ये सब पास्ट की बातें हैं तो कहानी की तरह पढ़ना, ओके?
- ओके।
- मैंने पुलिस से कहा, 'जेंटलमैन, आई एम हियर टू लुक आफ्टर अ लेडी हू इज़ हिज़ मदर। एम वर्किंग हियर एज नर्स। व्हाय आर यू अरेस्टिंग मी?'
- पुलिस ने क्या कहा?
- पुलिस ने कहा, 'डोंट से एनी वर्ड।' डर के मारे मेरा बुरा हाल था, मैं चुप हो गया। वे मुझसे बीस-पचीस मिनट तक सवाल पूछते रहे, फिर 'सॉरी' कहते हुए, मेरी हथकड़ी खोल दी और कहा, 'यू नो, वी हैव टू मेक श्योर। वी रिसीव्ड अ कॉल देट ही इज गोइंग टू किल एवरीवन।'
- उसका क्या हुआ?
- कुछ समय बाद उसे भी छोड़ दिया गया क्योंकि ऐसा पहली बार नहीं था। वह अक्सर शराब पीकर पुलिस स्टेशन में ऐसे ही फ़ोन करता।
- उफ़्फ़!

- लेकिन एक बार ऐसा हादसा हुआ कि पुलिस ने उसे अपने घर के दरवाज़े पर ही ढेर कर दिया।

- ओह! कैसे?

- उन दिनों गैस के दाम बहुत बढ़ गए थे। जब मैं यहाँ आया था तब एक गैलन की प्राइस अस्सी सेंट थी, जो बढ़ते-बढ़ते साढ़े पाँच डॉलर हो गई।

- गैस, यानी?

- पेट्रोल, यहाँ इसे गैस कहते हैं। डेविड को एक विचार आया।

- क्या?

- उसने अपने हाउस के बैकयार्ड में दो ड्रम्स में चार सौ लीटर गैस भर ली। यह ख़तरे से खाली नहीं था। तुम तो जानती हो कि यहाँ के सभी घर वुड के बने होते हैं।

- बात तो सही है।

- एक तो भूकंप या तूफ़ान का ख़तरा, ऊपर से अगर गर्मी के मौसम में टैम्परेचर थोड़ा भी बढ़ जाए तो पेट्रोल के इन ड्रम्स में आग लग सकती है।

- पुलिस को इन ड्रम्स के बारे में पता कैसे चला?

- कहीं पेट्रोल लीक हो रहा होगा तो उसके नेबर को इसकी स्मेल आने लगी। रात का समय था, नेबर ने दरवाज़ा खटखटाया। डेविड ने दरवाज़ा खोला तो नेबर बोले, 'आपके घर से गैस की स्मेल आ रही है।' सुनते ही उसने तुरंत अपनी गन निकाल ली।

- इतनी सी बात पर गन निकाल ली?

- यही तो बुरी आदत थी उसकी।

- ये शॉटगन उसके पास हमेशा रहती थी। उसने नेबर को धमकाया भी। डर के मारे वह चला गया और पुलिस स्टेशन में फ़ोन कर दिया।

- पुलिस तुरंत आ गई होगी।

- मल्लिका, जब पुलिस आई तब भी उसने उसी स्टाइल में हाथ में गन लेकर दरवाज़ा खोला और पुलिस को धमकी देने लगा कि मैं गन चलाऊंगा।

- लगता है कि वह नशे में धुत था।

- बिलकुल। यहाँ के लॉ के मुताबिक़ अगर कोई व्यक्ति पुलिस के सामने गन तानता है तो सेल्फ़ डिफ़ेन्स के लिए पुलिस उसे उसी वक़्त मार सकती है। उसके हाथ में गन देखकर पुलिस ने उस पर आठ से दस गोलियाँ चला दी और वह वहीं पर गिर पड़ा।

- उफ़्फ़!

- वहीं उसकी मौत हो गई। ट्रैजेडी तो यह थी कि उसने होमगार्ड में नौकरी की थी, इसलिए उसका अंतिम संस्कार मिलिट्री बैंड के साथ किया गया। अमेरिकी फ़्लैग से उसकी बॉडी को कवर किया गया।

- ओह गॉड! तब उसकी उम्र कितनी रही होगी?

- करीब अडसठ साल। मीडिया कवरेज हुआ। उनकी एक नेबर लेडी ने कहा कि वह तो बहुत अच्छा व्यक्ति था। पुलिस ने उसे क्यों मारा? नशे में धुत होकर वह अपनी गन या चाकू से सब को डराता था, लेकिन उसने कभी किसी को नहीं मारा। किसी पर हमला भी नहीं किया।

- कानून के आगे कुछ नहीं चलता। क्या तुम उसके घर गए थे?

- उसकी मदर की डेथ के बाद मेरी जॉब वहीं पूरी हो गई थी, फिर भी जब मुझे ख़बर मिली, मैं स्मृति के साथ उसके घर गया था।

- उसने बिना किसी मकसद के अपना जीवन ऐसे ही बिता दिया।

- मल्लिका, मैंने यह भी देखा कि दौलत होने से ही अच्छा जीवन बिताया नहीं जा सकता। मल्टी-मिलिओनर पिता का बेटा होते हुए भी उसने अपना जीवन बिल्कुल अकेलेपन में बिताया।

- इस बात से सहमत हूँ अश्विन, लेकिन तुम्हारे बारे में सोचकर हैरान हूँ कि कैसे भयावह माहौल में तुमने काम किया!

- जो बीत गई वो बात गई।

- सही, तुम्हारी ज़िन्दादिली ने तुम्हें सलामत रखा। कल फिर मिलेंगे कोई नई बात लेकर।

- ओके, तब तक के लिए अलविदा।

- आवजो।

06 सितम्बर 2018, गुरुवार रात 9.20

- तुम मॉर्निंग वॉक से लौटकर मजे से दूसरी पारी की चाय पी रहे होंगे और मेरा डिनर बाकी है। ये दो पंक्तियाँ याद आ गई, तो लिख देती हूँ।

  तुझे चाहा रब से भी ज्यादा फिर भी न तुझे पा सके,
  रहे तेरे दिल में मगर, तेरी धड़कन तक ना जा सके....

- अगर धड़कन तक जाते तो धड़कन रुक न जाती?
- तुम्हें गुड मॉर्निंग कहने वाली थी, अब नहीं कहना जाओ।
- क्यों लड़की?
- सच में तुम शैतान हो, अश्विन। इतने सुंदर गीत का कबाड़ा कर दिया, अपनी कमेंट लिखकर।
- शैतान नहीं रे, शरारती कहो।
- दोनों हो। 'वजह तुम हो' फ़िल्म का नेहा कक्कड़ की आवाज़ में यह गीत सुना है क्या?
- मेरे लिए तो मुस्कुराने की वजह तुम हो।
- ये मेरे सवाल का जवाब नहीं है।
- फिर से कहो, कहती रहो, अच्छा लगता है...
- 'वजह तुम हो' फ़िल्म का नेहा कक्कड़ की आवाज़ में यह गीत सुना है क्या?
- बिलकुल सुना है जी, पर मेरी धड़कन को तुमसे बात करने के लिए तो रुकना ही पड़ता न? दूसरी पारी की चाय बनानी है। अब ये ना पूछना कि 'बनानी', 'बनाना' की बहन तो नहीं?
- उफ़्फ़! अब समझ में नहीं आ रहा, क्या लिखूँ। तुम चाय बनाओ, मैं खाना खाऊँगी।
- खाओ जी, अच्छे से पकाकर खाना। अब तो खाना जलता भी नहीं होगा। हम भी कभी तुम्हारे साथ खाएँगे, सपनों में या फिर ईश्वर ने चाहा आमने सामने!
- आमने सामने हमारे घर खाना हुआ तो निश्चित मैं तुम्हें जला हुआ खाना खिलाऊँगी।

- फिर तो हम बाहर खाना पसंद करेंगे। बताओ आज दिन भर क्या किया?

- सुबह उठकर न्यूज़ पेपर पढ़ा, फिर चाय पी, फिर नाश्ता किया, फिर लंच लिया, फिर शाम की चाय पी, अब डिनर लूंगी।

- मतलब, दिन भर खाने-पीने में लगी रही। ये तो अच्छी बात नहीं है।

- तुमने पूछा ही कुछ ऐसा है। तुम्हें याद है ऐश, सत्तर के दशक में 'गुजरात समाचार' न्यूज़ पेपर में कितनी अच्छी अच्छी कॉलम्स आती थीं?

- बिलकुल याद है, सन्डे को तो मैं जल्दी उठ जाता ताकि सबसे पहले न्यूज़ पेपर पढ़ सकूँ।

- पेपर पढ़ने का इतना शौक था तो पढ़ाई का क्यों नहीं था?

- किसने कहा नहीं था? मुझे तो पढ़ने की बड़ी ख़्वाहिश थी।

- अच्छा? प्रमाण दो।

- माँ कहती कि अगर पढ़ाई नहीं की तो मुझे मजदूरी करनी पड़ेगी या घर-घर जाकर बर्तन मांजने पड़ेंगे। बूट पॉलिश का काम भी करना पड सकता है। यह सब सुनकर मैं डर जाता, मुझे लगता कि मुझे पढ़ना ही चाहिए।

- माँ के लाड़ले, पढ़ने के लिए फिर क्या उपाय किए?

- हम तीन-चार दोस्तों ने मिलकर तय किया कि हम क्वार्टर्स के बाहर खुले में जो स्ट्रीटलाइट है, उसके उजाले में बैठकर पढ़ेंगे। अपने-अपने घरों में पढ़ने से ये ज्यादा अच्छा है।

- ईश्वरचंद्र विद्यासागर ने ऐसे ही पढ़ाई की थी।

- मैं जानता हूँ, स्ट्रीटलाइट के नीचे बैठकर अपनी पढ़ाई करने वाले ईश्वरचन्द्र बन्दोपाध्याय को विद्यार्थी जीवन में ही संस्कृत कॉलेज से 'विद्यासागर' की उपाधि मिली थी।

- ईश्वरचन्द्र के बारे में तुम्हारी जानकारी मुझे अच्छी लगी।

- हमारी बात अलग है कि हम स्ट्रीटलाइट के नीचे बैठकर मज़ाक-मस्ती करते रहते।

- ये तो मुझे पता था। पढ़ने के और कोई उपाय किए?

- क्यों नहीं। मेरे दोस्त शाहिद के बारे में मैंने तुम्हें बताया है। हाईस्कूल की एग्जाम के समय मैं उसके घर पढ़ने चला जाता। पैरेंट्स भी सोचते कि मैं वहाँ जाकर कुछ अच्छा पढ़ पाऊंगा, तो मना भी नहीं करते।

- कितना पढ़ते?

- क़रीब रात के नौ बजे मैं साइकिल पर उसके घर पहुँचता, हम लोग ग्यारह बजे तक पढ़ते। फिर किचन में जाकर चाय बनाते, चाय पीकर बारह बजे तक पढ़ते।

- वाह!

- फिर शाहिद कहता, 'अब सो जाते हैं। सुबह तीन बजे उठेंगे, सुबह का पढ़ा अच्छे से याद रहता है।' तकिये के पास घड़ी रखकर कहता, 'मैं अलार्म लगा देता हूँ।'

- फिर तीन बजे उठकर पढ़ना शुरू करते?

- नहीं रे, अलार्म की पहली घंटी बजते ही शाहिद हाथ लगाकर बंद कर देता। सुबह जब आँख खुलती तो पता चलता कि साढ़े नौ बज चुके हैं! मैं साइकिल भगाता हुआ घर पहुँचता और फिर तैयार होकर स्कूल पहुँचता, साढ़े ग्यारह बजे की एग्जाम देने।

- और कॉलेज में तो एग्जाम हॉल में आकर देखते कि बाजू वाली सीट पर कौन बैठा है?

- ओह! गाँव की गोरी, अभी तक नहीं भूली हो?

- तुम्हें याद दिला रही हूँ कि तुम मेरे आन्सर पेपर से कैसे कॉपी करते।

- याद है बाबा, क्या तुम्हें पता है कि मैंने पहली ट्रायल में ही एस.एस.सी.पास कर ली थी?

- मुझे तो इतना ही पता है, जो तुमने बताया था।

- क्या?

- दसवीं में तीसरी बार फेल होने पर तुम्हें स्कूल से घर भेज दिया गया था।

- हा...हा...स्कूल का यही नियम था। एक बार तो टीचर ने क्लास के सबसे इंटेलिजेंट लड़के को यह जिम्मेदारी सौंपी थी कि वह मुझे साइंस और मैथ्स सिखाए, जो मुझे समझ में नहीं आते थे।

- और समझ में आते तो? पाइथागोरस के प्रमेय तुमने लिखे होते या फिर अंतरिक्ष में उड़ान भर रहे होते।

- फिर तुम्हें कैसे मिलता?

- तुम्हारा भरोसा नहीं, कोई उपग्रह से ही उतर आते! फिर क्या किया?

- दोस्तों से ही पता चला था कि 'तक्षशिला ट्यूशन क्लासिस' दसवीं फेल वालों को एस.एस.सी. एग्जाम के लिए फ़ॉर्म भी भरवा देते हैं और ट्यूशन भी देते हैं। माँ ने मेरी फ़ीस के लिए बारह सौ रुपयों का जुगाड़ भी किया। मैंने 'तक्षशिला ट्यूशन क्लासिस' में दाखिला लिया।

- फिर?

- मैंने हायर मैथ्स के बदले एलिमेंट्री मैथ्स रखा और फ़र्स्ट ट्रायल में पास हो गया।

- अभिनंदन।

- यह बात अभिनंदन के लायक ही थी, समझी? उस ज़माने में पाँच-छह ट्रायल में पास होना तो आम बात थी।

- अच्छा?

- याह, हमारा एक दोस्त था जिसने तेरहवीं ट्रायल में एस.एस.सी. पास की।

- उसे तेरह बार बधाई देनी पड़ेगी। वैसे पढ़ाई की एक बात पर हमारी दोस्ती और पक्की हो सकती है।

- कौनसी?

- तुम्हारे गणित और विज्ञान की तरह मेरी समाजशास्त्र विषय की कहानी तुम से भी दो क़दम आगे है।

- क्या बात करती हो? इस बार मुखड़ा मेरा, अन्तरा तुम्हारा?

- कुछ ऐसा ही समझो। समाजशास्त्र का विषय सोचकर ही मुझे बुखार आ जाता था। इतिहास देखकर मैं सोचती, कौनसी घटना कब घटी उससे हमें क्या लेना-देना? भूगोल में भी मैं अपना ध्यान केन्द्रित नहीं कर पाती थी और नागरिक शास्त्र, बापरे!

- अहा...कहानी इंटरेस्टिंग लग रही है।

- जब पापा का पोस्टिंग बाजवा रेल्वे स्टेशन पर था, मैं वाकळ विद्यालय में सातवी कक्षा की छात्र थी। मिड टर्म परीक्षा में मैं समाजशास्त्र विषय में फेल हो गई, सौ में से कुछ तीस मार्क्स मिले।
- ये तो फिर भी अच्छे हैं, मेरी तरह क्वेश्चन पेपर लिखकर तो नहीं आना पड़ा।
- लेकिन समाजशास्त्र की शर्मिष्ठा टीचर ने क्लास में मेरे मार्कस बताकर मुझे क्लासरूम में खड़ा कर दिया।
- अरे! ऐसा क्यों किया?
- वे हमें गुजराती विषय भी पढ़ाती, जिसमें मेरे हाईएस्ट मार्क्स थे। उन्हें मेरे समाजशास्त्र के मार्क्स देखकर बड़ा दुःख हुआ था।
- मुझे भी दुःख हो रहा है।
- चल झूठे! मैं पहली बार फेल हुई थी। मैंने सोच लिया कि पापा को बताऊंगी ही नहीं। वार्षिक परीक्षा में सब रट लूंगी और पास हो जाऊँगी, लेकिन एक मुश्किल और थी।
- क्या थी, बालिके?
- परिणाम पत्रक पर पापा की साइन चाहिए थी। उपर से समाजशास्त्र विषय में मिले तीस मार्क्स के नीचे लाल रंग की स्याही से लाइन अंकित थी।
- फिर पापा की साइन ली कैसे?
- मरता क्या न करता? मैंने एक उपाय ढूंढा। दूसरे दिन पापा की सुबह की शिफ़्ट थी। मैं दस बजे तैयार हो गई। स्कूल बैग कंधे पर लटकाया और एक हाथ में वह पत्रक लेकर रेल्वे स्टेशन की ओर चल दी।
- वाह! ऐसा लग रहा है, युद्ध के मैदान की ओर चल दी।
- 'डू और डाय' जैसा ही हाल था बन्धु। स्टेशन में प्रवेश करते ही पापा ने प्रश्नार्थ दृष्टि से मेरी ओर देखा। वे कुछ कहें उससे पहले ही मैंने यह कहते हुए परिणाम पत्रक उनकी ओर बढ़ा दिया, 'पापा, इस परिणाम पत्रक में कल आपका साइन रह गया था।'
- पापा ने देखी नहीं वो लाल लाइन?

- मैंने बड़ी सिफ़त से उसे एक उंगली से ऐसे दबाया ताकि पापा देख न सके।

- सीधी सादी, बुद्धू लड़की की इतनी हिम्मत!

- जान पर बन आई थी न? उन्होंने मेरे हाथ से पत्रक लेने की कोशिश की पर मैंने कहा, 'पापा, स्कूल जाने में देरी हो रही है, शाम को आकर रिज़ल्ट बता दूंगी।' पापा भी व्यस्त थे। उन्होंने साइन कर दी।

- चलो अच्छा हुआ, उन्हें पता नहीं चला।

- उन्हें पता चल गया, ऐश!

- कैसे?

- झूठ बोलना आता नहीं था न! समझ में नहीं आया इसका असर कहाँ तक होगा।

- तुम्हें तो बोलना भी कहाँ आता था?

- तुम नहीं मिले थे न।

- मिला तब भी कहाँ कुछ बोला? अच्छा बताओ, पकड़ी कैसे गई?

- मेरी एक अंतरंग सहेली थी, मीनाक्षी पटेल। मैं कभी-कभी उसके घर पढ़ने चली जाती। इस बार वार्षिक परीक्षा से कुछ दिन पहले से वह हमारे घर पढ़ने आने लगी, रात को रुक भी जाती।

- फिर?

- हम दोनों आगे वाले बरामदे में लगी खाट पर पढ़ते। मैं देर रात तक जाग कर पढ़ नहीं पाती थी। हाथ में किताब लेकर सो जाती, लेकिन मीनाक्षी देर रात तक पढ़ती।

- देखा? अब आया ऊंट पहाड़ के नीचे!

- समझा करो यार। किताब हाथ में लेकर सो जाने की बात हर बच्चे में कॉमन होती है।

- समझ लिया।

- एक रात पापा अपनी दूसरे शिफ़्ट की ड्यूटी ख़त्म कर रात के ग्यारह बजे घर लौटे। मीनाक्षी जाग रही थी, उसे पढ़ाई के बारे में पूछा और शायद मिड टर्म परीक्षा के बारे में भी। मीनाक्षी ने उन्हें बता दिया कि मैं समाजशात्र में फेल हुई थी।

- ओह गॉड! फिर?

- पापा ने मुझे नींद से जगाया और पूछा मेरे परिणाम के बारे में। मैंने नींद में ही जवाब दिया, 'सभी विषय में अच्छे मार्क्स मिले हैं।' पापा बड़े गुस्से में थे। बोले, 'फिर झूठ! समाजशास्त्र में कितने मार्क्स मिले?' मैंने मीनाक्षी की ओर देखा और सब कुछ समझ में आ गया।

- अब झूठ बोलने का कोई मतलब नहीं था।

- सही, मैंने डरते हुए कहा, 'पापा, आपको दुःख होगा सोचकर ही मैंने झूठ बोला।' पापा बोले, 'तुम्हारे फेल होने से ज्यादा दुःख तो मुझे तुम्हारे इस झूठ से हुआ है।' कहते हुए पापा अन्दर के कमरे में चले गए। मुझे अपने झूठ पर बड़ी शर्मिंदगी महसूस हुई।

- मीनाक्षी को भी अफ़सोस हुआ होगा।

- मीनाक्षी का तो कोई कसूर था ही नहीं! उसने करुण निगाहों से मेरी तरफ़ देखा। मैंने उसे भी सांत्वना दी और फिर सो गई।

- पढ़ाई को लेकर तुम्हारी बचपन की कहानी भी इंटरेस्टिंग है।

- तभी तो कह पा रही हूँ, तुम्हारी तरह! अरे बाप रे, अश्विन! तुम्हारी चाय और मेरा खाना, दोनों को इंतज़ार है हमारा। अब विराम लेना पड़ेगा।

- ओके समाजशास्त्री, अब नया इतिहास रचना। बाय।

- तुम्हारा दिन शुभ हो, चाय के साथ।

07 सितम्बर 2018, शुक्रवार रात 9.00

- क्या कर रही हो मेरी राधा माँ, खाना खाया?

- अहा, इतना प्यारा संबोधन! खाना अभी बाकी है बेटा, हक़ीकत में हर स्त्री की बुनियादी चाहत यही होती है।

- क्या?

- अच्छी गृहिणी बनने की, जिसमें माँ की भूमिका भी निभानी होती है।

- लगता है आज चर्चा का विषय मिल गया है। वैसे आज थोड़ी देर हो गई है, अभी वॉक करते हुए पार्क में पहुँचा हूँ। कुछ समय के लिए बातें हो सकती है।

- आज सारा दिन बस यही सोचती रही कि स्त्री जब उपार्जन करने लगती है, तो एक तरह से वह स्त्री मिट जाती है।

- ज़माना बदल गया है मल्लिका, स्त्रियाँ भी घर से बाहर निकलती है, काम करती हैं। परिवार और ख़ुद को फ़ाइनान्सियली मजबूत करती हैं।

- ये सब कहने की बातें हैं, ऐश। हक़ीकत में वे दोहरे शोषण का शिकार बनती हैं। ऐसी कितनी महिलाओं को मैं जानती हूँ जिनके उपार्जन पर भी उनका कोई हक़ नहीं बना और न ही परिवार की जिम्मेदारियों से कोई मुक्ति मिली।

- तुम तो अपवाद हो, मल्लिका।

- मुझे पार्थो जैसा जीवनसाथी मिला, इसलिए मुझे अपनी मनचाही ज़िंदगी जीने की आज़ादी मिली। मैं इतनी अच्छी संस्था में अफ़सर बनी, मैंने इमानदारी से अपनी जिम्मेदारी निभाई। पुरुषो के साथ क़दम से क़दम मिलाये, आर्थिक स्वतंत्रता भी मिली। लेकिन परिवार की खुशियाँ, तीज त्यौहार की खुशियाँ, संतान की परवरिश.... कितना कुछ छूट गया! सही मायने में न तो पत्नी बन पाई और न ही माँ!

- इतना मायूस मत होना मेरी माँ। तुमने जो कुछ भी किया, परिवार के लिए ही किया न?

- अश्विन, क्या हम स्त्रियाँ अपना खोया स्थान पाने के लिए युद्ध नहीं छेड़ सकतीं? हम स्त्रियों को समान हक़ क्यों चाहिए जबकि हम पुरुषों से ज्यादा हकों की स्वामिनियाँ हैं!

- तुम्हारी बात से भी सहमत हूँ, थोड़ा विस्तार से बताओ।
- मुझे लगता है 'गृहिणी' के वास्तविक अर्थ को समझा ही नहीं गया है। एक माँ की भूमिका निभाने से लेकर अपने परिवार में विभिन्न भूमिकाएं निभाने वाली गृहिणी एक साथ कई चुनौतियों का सामना करती है।
- सहमत हूँ तुम्हारी बातों से डियर। यदि हम गृहिणी की सेवाओं के मोनेटरी वैल्यू को मापें तो एक बड़ी अमाउंट हो सकती है।
- मैं तो कहूँगी महिला की सबसे शक्तिशाली भूमिका एक गृहिणी के रूप में ही होती है।
- बिलकुल सही, गृहिणी तो मल्टी टास्कर होती है। बच्चों की परवरिश करना, उनकी पढ़ाई पर ध्यान देना, फ़ैमिली की देखभाल करना, सोशल रिलेशनशिप्स को तवज्जो देना, वह हर कार्य को बख़ूबी करने का हौसला रखती है।
- कभी-कभी मुझे ऐसा लगता है कि मैंने अपने जीवन का कीमती समय उस नौकरी को बेच दिया।
- क्यों ऐसा लगता है?
- आर्थिक स्वतंत्रता मिली, लेकिन मेरे परिवार की देखभाल में मैं अपना शत प्रतिशत नहीं दे पाई। हक़ीकत में पढ़ लिखकर भी मैं एक सफल गृहिणी ही बनना चाहती थी, लेकिन समय और संजोग मेरी फेवर में नहीं थे। शादी के बाद तो गृहस्थी चलाने के लिए हम दोनों का नौकरी करना अनिवार्य था। पापा के असमय निधन से माँ और भाई-बहन की सामयिक जिम्मेदारी भी मुझ पर आ गई थी।
- तुमने सभी ज़िम्मेदारियाँ दिल से निभाई।
- मुझे जीवन भर इस बात का पछतावा रहेगा कि मैं बेटे सोहम को वह प्यार, केयर नहीं दे पाई जिसका वो हक़दार था, भले ही मैंने अपनी ओर से हर संभव कोशिश की।
- इतना मायूस मत होना मल्लिका, तुम्हारा बेटा भी यह समझ पायेगा कि तुमने जो कुछ भी किया उसे एक बेहतर ज़िंदगी देने के लिए किया।
- सच, हमारे पास अपना एक घर भी नहीं था। मैंने पहला लक्ष्य यही रखा कि अपना एक घर हो।

- तुमने अपने लक्ष्य को हासिल भी तो किया।
- हासिल तो किया ऐश, लेकिन अपने कार्यक्षेत्र में मुझे कई चुनौतियों का सामना करना पड़ा। सभी योग्यताओं के बावजूद महिलाओं को उनके कार्यक्षेत्र में आसानी से स्वीकार नहीं किया जाता है।
- तुम तो ब्रेव लेडी हो, मल्लिका। हर परिस्थिति से फाइट कर लेती हो।
- मैं बाहर से ब्रेव दिखती हूँ अश्विन, अन्दर से अब भी वही डरपोक लड़की हूँ।
- फिर भी तुमने मुश्किलों से लड़ना सीख लिया है।
- जब तक मैं ऑडिटर के पद पर काम कर रही थी तब तक बहुत अच्छा था। एक ही पद का कार्यभार था। मैंने विभागीय परीक्षा उत्तीर्ण की और सेक्शन ऑफिसर बनी, फिर क्रमशः असिस्टेंट ऑडिट ऑफिसर, ऑडिट ऑफिसर, सिनियर ऑडिट ऑफिसर बनी और मेरी मुश्किलें बढ़ने लगीं।
- कैसे?
- ऑडिट ऑफिसर की पोस्ट ऐसी थी कि आपके पास दो सेकशन्स का चार्ज हो, जहाँ पंद्रह-बीस ऑडिटर्स और दो सेक्शन ऑफिसर/असिस्टेंट ऑडिट ऑफिसर के काम को देखना हो, फील्ड स्टाफ़ का काम अलग से देखना हो। आपके काम की निगरानी के लिए दो बॉस हों।
- इतना सारा चार्ज?
- हमारी ऑफिस में ऑफिसर्स की ही पाँच कड़ियाँ है। सारे लय-ताल शीर्ष स्तर के अधिकारियों के हाथ में होते हैं।
- तुम ब्यूरोक्रेसी की बात कर रही हो?
- जी हाँ, यह हमारे देश का दुर्भाग्य है कि स्वतंत्रता के बाद लोकतांत्रिक शासन प्रणाली के तहत सभी महत्वपूर्ण बदलाव हुए, लेकिन ब्यूरोक्रेसी की विरासत और चरित्र ब्रिटिश शासन का ही रहा। कई बार मुझे इस शीर्ष स्तर के प्रशासनिक अधिकारियों की प्रताड़ना झेलनी पड़ी।
- काम भी अच्छा करो, सराहना भी न मिले, ऐसी स्थिति में हताशा बहुत बढ़ जाती है।

- मैंने अपने ऑफिस का हर काम पूरी लगन से किया। घर-परिवार और ऑफिस की दोहरी भूमिका निभाते हुए एक समय ऐसा भी आया जब तनाव अपने चरम पर था। मैंने वोलंटरी रिटायरमेंट के लिए आवेदन लिखकर दे दिया। जबकि मेरे रिटायरमेंट के पाँच साल बाकी थे।
- सच में?
- सच में, लेकिन फिर दो आश्चर्यजनक घटनाएँ घटी।
- क्या हुआ?
- वो मैं तुम्हें कल बताऊँगी। हमारे डिनर का समय हो गया है और तुम्हें कल काम पर जाने की तैयारी करनी है।
- ओके, गुड नाइट।

08 सितम्बर 2018, शनिवार सुबह 08.30

- मेरी सुबह का सलाम डियर अश्विन।
- चलो, तुम्हारे देश सुबह हुई यह पता चला।
- तुम लिखते हो तभी तसल्ली होती है कि सुबह हुई। क्या कर रहे हो?
- इवनिंग वॉक पर निकला हूँ, कुछ देर में पार्क से घर की ओर निकलूंगा।
- मतलब डिनर बाकी है।
- बाकी है, आज स्मृति ने रगडा-पेटिस बनाया है।
- अहा! मेरा भी फ़ेवरेट रगडा-पेटिस।
- चलो, अहमदाबाद आऊंगा तब ये भी खायेंगे।
- मणिनगर में भीम सिंग का रगड़ा-पेटिस फेमस है, वहीं जायेंगे।
- ओके। अगर याद हो तो कल तुमने कहानी अधूरी छोड़ी थी।
- देखा? कहानी अधूरी छोड़ने से कितनी उत्सुकता बनी रहती है?
- अब उत्सुकता ख़तम करो।
- कहाँ तक बताया था?
- तुमने वोलंटरी रिटायरमेंट के लिए एप्लीकेशन लिखकर दे दिया।
- हाँ याद आ गया। उस समय मैं प्रशासन के बिल्स सेक्शन में बतौर वरिष्ठ लेखा परीक्षा अधिकारी काम कर रही थी। मेरे सेक्शन में बी.ए.वाजड़का, चपरासी के पद पर नियुक्त कर्मचारी था। निहायत सीधा साधा, अपने कार्य के प्रति समर्पित इन्सान।
- वाजड़का ने कुछ कहा क्या?
- वाजड़का ने ही कहा, 'मैडम, मैंने सुना है कि आप रिटायरमेंट लेने वाली हैं। बुरा न माने तो मैं आपसे कुछ कहना चाहता हूँ।'
- क्या कहा उसने?
- मैंने पूछा तो उसने कहा, 'आपकी इस कैबिन में सिर के ऊपर इतना बड़ा सीमेंट का बीम बना हुआ है, जो अच्छा नहीं माना जाता। मैं गाँव के मेले से दो बाँसुरी

खरीदकर लाया हूँ। अगर ये दोनों बाँसुरियों को इस बीम के दो कोनों पर टांग दी जाएँ तो आपके काम का तनाव कम हो जाएगा। आपके विचार बदल जाएंगे। हम में से कोई नहीं चाहता कि आप नौकरी छोड़ दें।'

- बाँसुरी का इतना प्रभाव! मैंने ऐसी बात पहले कभी नहीं सुनी है।

- उसकी बात सुनकर मैं भी हैरान थी। मैंने सूनी आँखों से उसकी तरफ़ देखा। एक आदिवासी लड़का जो इतना पढ़ा लिखा भी नहीं है, मेरे प्रति इतना सम्मान और प्यार का भाव रखता है! मेरी आँखें नम हो गईं। मैंने उसकी भावनाओं को ठेस पहुँचाना उचित नहीं समझा। मैंने उसे अनुमति दे दी।

- क्या उसने बाँसुरी टांग दी?

- रिसेस टाइम में वह 'जनरल ऑफिस मैनेजमेंट' सेक्शन से एक बड़ा स्टूल लेकर आया, साथ में स्क्रू और हथौड़ी भी। पूरे सेक्शन का स्टाफ़ इकट्ठा हुआ और कौतुहल से उसका काम देखने लगा! उसने मेरे टेबल पर रखी सारी फाइलें हटाई, उस पर स्टूल रख दिया, और बीम के दोनों किनारों पर खिंटी लगाकर दोनों बाँसुरी टांग दी।

- क्या बात!

- प्रशासन विभाग में पोस्टिंग होने के कारण मैं सभी कर्मचारियों के संपर्क में रहती थी। उन बाँसुरियों को देखकर मैं सोचने लगी कि फोर्थ क्लास स्टाफ़ जो बहुत पढ़े-लिखे नहीं है, उनकी सारी समस्याओं का समाधान मैं ढूंढ कर देती हूँ। किसी को कोई आवेदन पत्र भरना हो, प्रोविडेंट फंड से एडवांस लेना हो, उनका मेडिकल बिल तैयार करना हो, उनके बच्चों के सर्टिफिकेट्स या कोई कागजात की ट्रू कॉपी पर साइन करना हो, हर काम मैं दिल से कर देती हूँ।

- वाजड़का भाई इसी कारण से नहीं चाहता होगा कि तुम ये जॉब छोड़ दो। तुम उनके लिए गाइड का काम कर रही थी।

- हो सकता है। मुझे वाजड़का की आस्था पर भरोसा होने लगा। गुजरात के पंचमहाल जिले के एक छोटे से गाँव का यह युवा, दिल का कितना सच्चा था!

- तुमने रिटायरमेंट के बारे में क्या सोचा?

- अश्विन, मैं कुछ भी सोचने की स्थिति में नहीं थी। कुछ दिनों बाद एक और अजीबोगरीब घटना घटी।

- अब क्या हुआ?
- हमारे कार्यालय में ऑफिसर पद के लिए विभागीय परीक्षा होती है, जिसके लिए ऑफिस द्वारा कोचिंग दी जाती है। कार्यालय के ऑफिसर्स ही फ़ैकल्टी के तौर पर अपनी सेवाएं देते हैं। मैंने भी लम्बे समय तक बतौर फ़ैकल्टी अपनी सेवाएँ दी है।
- मल्लिका, मैं कभी-कभी सोच में पड़ जाता हूँ कि तुमने जीवन में कितनी भूमिकाएँ निभाई है?
- मुझे ख़ुद नहीं पता, ऐश। मेरे रेग्युलर वर्क के साथ यह मेरा एडिशनल वर्क था। ऑफिस के ऑडिटर कैडर के कर्मचारी यह एग्जाम देते हैं। मेरे कई छात्र इस परीक्षा में उत्तीर्ण हुए और बाद में ऑफिसर बने, उनमें बिहार का रहने वाला एक लड़का मोहम्मद आलम था। मेरा प्रिय छात्र था, अपने काम के प्रति पूरा निष्ठावान।
- मोहम्मद आलम ने क्या किया?
- हमारे कार्यालय में क़रीब सत्तर प्रतिशत स्टाफ़ फील्ड ऑडिट में व्यस्त रहते हैं। मुख्यालय में हर महीने उनकी एक मीटिंग होती है। ऐसी ही एक मीटिंग के दौरान आलम मुझसे मिलने आया। संयोगवश उस दिन उसका जन्मदिन भी था। मैंने उसे जन्मदिन की शुभकामनाएं दीं। वह मेरे सामने वाली कुर्सी पर बैठ गया और धीरे से बोला, 'मैडम आज मैं आपसे कुछ माँगना चाहता हूँ।'
- गुरु दक्षिणा तो तुम्हें मिलनी चाहिए थी।
- उसने जो माँगा वह गुरु दक्षिणा देने से कम नहीं था, ऐश!
- क्या माँगा उसने?
- मैंने बड़े हल्के मूड में कहा, 'मैं आपको क्या दे सकती हूँ, आलम?' उसने मेरे सामने एक ब्लैंक पेपर रखा और कहा कि आपको इसमें कुछ लिखना है।
- फिर?
- मुझे बहुत आश्चर्य हुआ, मैंने उससे पूछा कि क्या लिखूं? उसने कहा, 'प्रशासन को यह लिखना है कि आप अपना वोलंटरी रिटायरमेंट का एप्लीकेशन वापस ले रही हैं।' मैं चौंक गई! मैंने कहा, 'यह तो मुश्किल है, आलम।' कुछ पल रुककर मैंने कहा, 'ठीक है, पेपर देकर जाओ। मैं इसके बारे में सोचूंगी।'
- वो नहीं गया होगा।

- वो बैठा रहा। उसने कहा, 'आपको यह अभी लिखना है। उसके बाद ही मैं यहाँ से उठूंगा। मैम, आपका कोई भी छात्र नहीं चाहता कि आप इस जॉब को छोड़ दें। मैं उन सबकी तरफ़ से यह सन्देश लेकर आया हूँ।' यह कहते हुए उसने मेरे टेबल पर रखा लैंडलाइन फ़ोन उठाया।
- क्यों?
- उसने एडमिनिस्ट्रेटिव ऑफिसर विनीता सिंह को फ़ोन लगाया और कहा, 'विनीता मैम, मैं मुखर्जी मैम की कैबिन से, आलम बोल रहा हूँ। वे अपना 'वी.आर.एस.' एप्लीकेशन वापस ले रही हैं। आपकी जानकारी के लिए बता रहा हूँ। शुक्रिया।' उसने फ़ोन रख दिया।
- गज़ब!
- इन लोगों का प्यार और सम्मान देखकर मैं हैरान रह गई! मैंने कहा, 'आलम, मैं आपसे वादा करती हूँ कि जैसा आपने कहा, मैं इस कागज़ में एडमिनिस्ट्रेशन को लिखूंगी।' उसके चेहरे पर ख़ुशी छा गई। जाते जाते उसने कहा, 'मैम, आज मैं आपकी तरफ़ से अपने जन्मदिन का सबसे कीमती तोहफ़ा लेकर मैं जा रहा हूँ। आप हमेशा खुश रहें।'
- और तुमने उसकी बात मानी।
- हाँ, उसके जाने के बाद मैं गहरी सोच में डूब गई। मुझे अहसास हुआ कि मैं तो अपना कार्य पूरी निष्ठा से करती हूँ। कोई इसकी क़द्र करें या ना करे, मुझे क्यों परवाह करनी चाहिए?
- बिलकुल सही सोचा तुमने।
- जैसे एक चमत्कार हुआ, संघर्ष से निकलने की राह स्वतः ही बनती गई। मैंने तीन महीने के नोटिस पीरियड के अंदर वी.आर.एस. का एप्लीकेशन वापस ले लिया।
- मतलब एक अदृश्य शक्ति ने तुम्हें मदद की।
- एक अदृश्य शक्ति हमेशा मेरे साथ चलती रही है, ऐश।
- इति सिद्धम्....
- येस...अब मैं नाश्ता करूँगी, तुम घर पहुँचो। रगड़ा-पेटिस खाओ, बाय।
- बाय।

09 सितम्बर 2018, रविवार सुबह 10.30

- सुबह सुबह एक प्रश्न पूछना है। ऐश, क्या तुम फ्री हुए?
- मैंने अभी-अभी अपना काम पूरा किया है और अपने कमरे में आ गया हूँ। अंकल सो गए हैं। पूछो, सोने से पहले कुछ कहा-सुनी हो जाए।
- बात वैसे कहा-सुनी की ही है। तुमने हड़प्पा संस्कृति के बारे में पढ़ा है?
- उफ़! मल्लिका, तुम्हारी सुबह है, यहाँ रात के दस बजे हैं। मैं नींद में हड़प्पा के खंडहरों में घूमना नहीं चाहता।
- मैं हमारे घर की हड़प्पा संस्कृति पर कुछ कहना चाहती हूँ।
- कुछ नया लगता है, कहो।
- ज़रूरत पड़ने पर पार्थो हमेशा मेरे पर्स में से पैसे निकाल लेते हैं जो कि अलमारी के बाहर लटका रहता है। कभी भी अलमारी खोलने की जहमत नहीं उठाते। जब मेरे पर्स में से कुछ नहीं मिलता, तब कहीं वे अलमारी में डाका डालते हैं।
- कितना सीधा-सादा है तुम्हारा पार्थो, उसे डकैत मत कहो।
- इतना सीधा-सादा डकैत मैंने कहीं नहीं देखा। जब मैं जॉब करती थी तब ऑफिस छोड़ने और लेने तो वे ही आते थे, इसलिए मुझे पैसों की ज़रूरत नहीं होती थी, लेकिन फिर भी मुझे अपने पर्स में कुछ रुपये रखने पड़ते थे। अक्सर ऐसा होता था कि ज़रूरत पड़ने पर पर्स खोलती तो एक रुपया भी न मिलता।
- तुम्हें पार्थो को कह देना चाहिए कि तुम्हारे पर्स से रुपये ले तो तुम्हें बता दें।
- इस मामले पर सालों तक बहस होती रही है।
- बहस करने में तुम 'मल्ल' हो।
- कार्य-कारण का सिद्धांत बता रही हूँ तो 'मल्ल' बना दिया?
- नाराज मत हो, डियर। क्या तुम 'कॉज एंड इफ़ेक्ट कनेक्शन' के बारे में कह रही हो?
- हाँ, यह कनेक्शन युनिवर्सल है, कार्य-कारण के सिद्धांत के तहत एक परिस्थिति, अन्य को उत्पन्न करती है।
- अब परिस्थिति में कोई सुधार हुआ?

- नहीं, आज सुबह ही पार्थो ने दूध लाने के लिए रुपये मांगे। मैंने कह दिया कि मेरे पास सौ रुपये ही है, ज्यादा चाहिए तो बैंक जाना पड़ेगा। वे चले गए क्योंकि मैंने आज तक कभी ए.टी.एम. से ख़ुद पैसे नहीं निकाले।

- इतनी पढ़ी-लिखी लड़की को न साइकिल चलाना आया, न स्कूटर चलाना आया न ही कार। ए.टी.एम. से पैसा निकालना भी न आए, एक ऑफिसर के लिए ये अच्छी बात नहीं है।

- तुम भूल गए, अब मैं सिर्फ़ एक गृहिणी हूँ। उनके जाने के बाद मैंने अलमारी में रखी कुछ ज़रूरी फाइलों को ठीक करना शुरू किया कि दो फाइलों के बीच मुझे दो सौ रुपये के छह नोट मिले। याद आया कि यह बारह सौ रुपए मैंने पार्थो से छिपाकर वहाँ रख दिए थे। कभी-कभी मैं इस तरह कुछ रुपये फाइलों के भीतर या किसी ड्रोअर में रख देती हूँ।

- अच्छा, तो यह था हड़प्पा संस्कृति का इतिहास! मैं भी कभी-कभी इस तरह अपने डॉलर्स इस तरह छुपाता हूँ, फिर से मिल जाए तो अच्छा लगता है।

- चलो, एक बात पर तो हमारे विचार मिले। अब तो दोस्ती पक्की।

- विचार मिलने से ही दोस्ती पक्की हो जाती है, मल्लिका। दोस्ती के नाम पर कॉलेज के समय की एक घटना याद आ गई।

- बताओ।

- मेरा एक जिगरी दोस्त है, रामचंद्र। उसके मामा का अहमदाबाद में एक फ़्लैट था, जो उनके फ़्लैट से कुछ ही दूरी पर था। एक बार वे अपने फ़्लैट की चाबी रामचंद्र को सौंपकर परिवार के साथ कुछ दिनों के लिए मुंबई चले गए।

- फिर?

- तुम तो जानती हो गुजरात में शराबबंदी है, इसलिए कोई भी खुले में शराब नहीं पी सकता।

- मतलब छुपकर पी सकता है! कुछ गड़बड़ तो नहीं की तुम लोगों ने?

- कहानी अपने आप में पूरी गड़बड़ है। हमने सोचा कि हमारे पास फ़्लैट की चाबी है, क्यों न उस फ़्लैट में ड्रिंक्स का प्रोग्राम बनाकर उसका लुत्फ़ उठाया जाए।

- क्या किया तुम लोगों ने?

- बड़ी मुश्किल से व्हिस्की की एक बोतल का इंतज़ाम हुआ, सोडा की एक बोतल और कुछ नमकीन स्नैक्स भी खरीदे गए। मेरे जीवन में पहली बार ऐसा प्रोग्राम बना था, बड़ा एक्साइटमेंट था। शाम से ही मेरे दिल में लड्डू फूट रहे थे।

- ये तो होना ही था। फिर?

- फिर क्या? प्रोग्राम आठ बजे का था लेकिन हम साढ़े छः बजे निकल पड़े। फ़्लैट की ओर जाते हुए रामचंद्र ने कहा, 'मेरा एक और दोस्त भी आ रहा है, उसका नाम बंदिश है, मेरे साथ बैंक में काम करता है। मैंने उसे हमारे प्लान के बारे में नहीं बताया है। उसे सरप्राइज़ देंगे।

- तुमने क्या कहा?

- नैंने कहा, 'ठीक है, दो से भले तीन। खाएंगे, पियेंगे और रेडियो पर गाने भी सुनेंगे।

- मतलब रेडियो भी लेकर चले थे?

- नहीं मामा के घर रेडियो था।

- फिर?

- फ़्लैट पर पहुँचकर, हमने लिविंग रूम के बाहर बालकनी में कुर्सियाँ लगा दीं। कॉफ़ी टेबल पर व्हिस्की की बोतल, सोडा की बोतल और किचन से लाकर तीन ग्लास भी रख दिए, उतने में बंदिश आया। रामचंद्र ने उससे मेरा परिचय कराया। व्हिस्की की बोतल पर नज़र पड़ते ही बंदिश खड़ा हो गया।

- क्यों? क्या वो शराब नहीं पीता था?

- मल्लिका, मैं उससे पहली बार मिला था। वह बोला, 'मुझे शराब से प्राब्लेम है, आप लोग ले सकते हैं, मैं सिर्फ़ नाश्ता लूँगा। उसकी पीठ थपथपाते हुए रामचंद्र किचन में गया और फ्रिज से आइस क्यूब्स ले आया।

- फिर?

- मैंने एक डिश में स्नैक्स निकाले। उसके मना करने के बावजूद रामचंद्र ने तीन ग्लास बनाए और उससे आग्रह करने लगा, 'अरे ले लो यार। कोई प्रॉब्लम नहीं होगा, हम हैं ना।

- उसने ग्लास ले लिया?

- नहीं, उसने कहा, 'प्लीज़, मुझे फ़ोर्स न करो। जब भी मैं पीता हूँ मुझे ख़ुदकुशी के विचार आते हैं।' हमने उसकी बात को ज्यादा तवज्जो नहीं दी और 'चियर्स' कहते हुए उसे ग्लास थमा दिया। उसने ग्लास को थामा और धीरे-धीरे पीने लगा।
- उसे कुछ हुआ तो नहीं न?
- यहाँ कहानी में ट्विस्ट है, मल्लिका। पहला पैग ख़त्म होते ना होते बंदिश खड़ा हो गया और तेजी से बालकनी की रेलिंग पर चढ़ गया। एक पैर बाहर लटकाते हुए वह बोला, 'अब मैं यहाँ से कूद जाऊंगा।'
- माय गॉड, फिर?
- हम चौथी मंज़िल पर थे, पल भर में हमारा नशा उतर गया। हम दोनों उसके पास दौड़े और उसे पकड़ लिया। वह हट्टा कट्टा नौजवान था, हम दोनों मिलकर भी उसे नहीं उतार पा रहे थे।
- बाप रे! फिर?
- क्या बताऊँ मल्लिका, मेरा दिल इतनी जोर से धड़क रहा था! चौथी मंज़िल से अगर वह कूद जाता, तो मौत निश्चित थी। बाद के सारे दृश्य दिखाई देने लगे। सभी लोग फ़्लैट में जमा होंगे। पुलिस आएगी, हमें हैंडकफ्स पहनाकर ले जाएगी। हम पर उसकी मौत का इल्ज़ाम लगाया जाएगा।
- इतनी दूर तक सोच लिया?
- और भी सीन दिखाई देने लगे। न्यूज़ और मीडिया के लोग आएंगे। अगले दिन न्यूज़ पेपर्स, न्यूज़ चैनल्स पर यह ख़बर आएगी कि मैंने और रामचंद्र ने उसे बालकनी से धक्का दे दिया। अगर घरवालों को पता चल गया तो मेरी तो शामत आ जाएगी, मैं किसी से आँख भी न मिला पाऊंगा।
- ऐश, यह सब पहले याद किया जाना चाहिए था।
- वही तो, यंग एज में हम ऐसी गलतियाँ कर बैठते हैं, जो हमारी ज़िंदगी को अच्छा बनाने के बजाय बिगाड़ सकती हैं।
- क्या हुआ उसके बाद?
- बड़ी मुश्किल से हमने अपनी सारी ताकत इकट्ठी करके उसको रेलिंग से उतारा और अंदर ले आए, दरवाज़ा बंद कर लिया। उसे थोडा पानी पिलाया और उसके नशे के

कम होने का इंतज़ार करते हुए उससे बात करने लगे। बातों बातों में रामचंद्र ने पूछा कि उसके मन में ख़ुदकुशी के विचार क्यों आते हैं?

- उसने कुछ कहा?

- हाँ, वह एक अमीर घराने से ताल्लुक रखता था। एक लड़की से प्यार करता था। वह अक्सर पार्टी का आयोजन करता, दोनों ख़ूब एन्जॉय करते। किसी वजह से लड़की ने उससे ब्रेकअप कर लिया और वह फ्रस्ट्रेशन के दौर से गुज़रने लगा। उसने बताया कि जब भी वह शराब पीता है, उसे उन पार्टियों की याद आने लगती है और तुरंत ख़ुदकुशी के विचार हावी होने लगते हैं।

- ओह माय गॉड!

- उस लड़की से बिछड़ने का दर्द उसके चेहरे पर साफ़ झलक रहा था। मैं उठा और किचन में गया, उसके लिए ग्रीन टी बनाई।

- उसे थोड़ा अच्छा लगने लगा तो हम फ़्लैट से बाहर आए, दरवाज़ा बंद कर दिया और उसका हाथ पकड़कर नीचे पहुँचे। उसे अपने स्कूटर तक ले गए, मैंने उसे 'सॉरी' कहा। रामचंद्र ने यह भी कहा कि उसे इन बातों का पता नहीं था, वरना वह उसे न बुलाता।

- तुम दोनों की बड़ी घात टली।

- सच कहा मल्लिका! उस वक़्त मुझे लगा कि मैं बाल-बाल बच गया हूँ। मैं भी अपनी साइकिल से घर की ओर चल दिया, व्हिस्की पार्टी हवा हो गई थी। आगे चलकर भी जीवन में शराब से गहरी दोस्ती न हो पाई। यहाँ आया, कई तरह की शराब देखी; लेकिन मेरे लिए वो जाम में अंगड़ाईयाँ लेती रह गई!

- कुछ खुलकर बताओ ऐश।

- मैंने तुम्हे पहले बताया था न कि मैं जिस अमीर महिला की देखभाल करता था, साल 2007 में उनकी डेथ हो गई। फिर मुझे एजेंसी थ्रू ही, एक अति धनिक व्यक्ति की देखभाल का काम मिला। क़रीब साढ़े पाँच वर्ष तक मैंने वहाँ काम किया।

- हाँ, तुमने यह भी बताया था कि उनका जितना आलीशान आवास एल.ए. में था उतना ही आलीशान आवास पाम स्प्रिंग्स सिटी में भी था।

- हर वर्ष ठंड के मौसम में जब वहाँ सेवेंटी डिग्री फ़ारेनहाइट टेंपरेचर रहता तब मैं भी

उनके साथ कुछ दिनों के लिए वहाँ चला जाता।

- मुझे याद है।
- तुम्हें यह भी याद होगा कि वे डिनर बहुत लाइट लेते, पर ड्रिंक्स नहीं छोड़ते थे। मिल्क के साथ तीन से चार ग्लास स्कॉच लेते।
- हाँ...
- मुझे भी ऑफ़र करते, लेकिन मेरी ड्यूटी थी उन्हें संभालना।
- तुम अपनी ड्यूटी के पक्के थे अश्विन।
- ड्यूटी पर मेरा होश में रहना ज़रूरी था।
- सहमत।
- अंकल को घूमने का बड़ा शौक था। मैंने उनके साथ लक्ज़री बोट से सारे यूरोप टूर की। लक्ज़री बोट से ही पैसिफ़िक ओशन से मैक्सिको की टूर की। वहाँ इतने अवसर थे, पर उनके कहने पर भी मैं ड्रिंक्स नहीं लेता था।
- तुमने उनके भरोसे को कभी नहीं तोडा।
- मल्लिका, हमने पाँच साल में दस बार हवाई आइलैंड की यात्रा की। हर बार हम आलीशान रिसोर्ट्स में रहते, जहाँ खाने के साथ ड्रिंक्स भी होते। हवाई में वाइन की बहुत वेराइटी मिलती है। लंच के साथ, कोबाल्ट ग्लास में हर रोज अलग अलग वाइन परोसी जाती। मेरी ड्यूटी शाम को खत्म होती और मैं डिनर के साथ तब वाइन लेता, जब पैकेज में शामिल होता।
- अब समझ में आई वो जाम में अंगड़ाईयाँ लेने वाली बात। क्या कहूँ, अब तुम्हारे सोने का समय हो गया है, डियर।
- आँखें गहराने लगी है। एक शेर लिखकर आज विदा लेता हूँ –

  थोड़ी सी पी शराब, थोड़ी उछाल दी,
  कुछ इस तरह से हमने जवानी निकाल दी।

- शेरों-शायरी ने तुम्हें आबाद रखा, दोस्त। गुड नाइट।

10 सितम्बर 2018, सोमवार सुबह 10.30

- तुम्हारी सुबह का सलाम, डियर।
- क्या बात, आज जल्दी फ्री हो गए?
- बस अभी अपने कमरे में आया हूँ।
- थकान लग रही होगी, ज्यादा बातें नहीं करेंगे। तुम्हें कभी रातको भी उठना पड़ता है। मैं तो कल दोपहर ही वड़ोदरा आ गई हूँ, बहन माला के घर।
- वाह! अच्छा किया कभी-कभी तुम्हें आराम की ज़रूरत होती है, लगातार लेखन से तुम बहुत ज्यादा स्ट्रेस फ़ील करने लगती हो।
- अगर पीड़ा लिख रहे हैं तो उस पीड़ा से फिर एक बार गुज़रना पड़ता है। वैसे, लिखते हुए एक अलग सुकून की अनुभूति भी होती है।
- जानता हूँ, हम अपनी पीड़ा भी तो लिख रहे हैं। मुझसे अधिक तुम्हें इस पीड़ा से गुज़रना पड रहा है। मैं इतनी दूर से तुम्हें कोई मदद नहीं कर पा रहा।
- अरे! कहानी लिखवा रहे हो न, इससे बड़ी मदद और क्या हो सकती है, ऐश।
- और बताओ, वड़ोदरा में कैसा लग रहा है?
- मेरी बहन के घर आती हूँ तो मुझे मायके आने जैसी ख़ुशी मिलती है। माला मेरा पसंदीदा भोजन बनाती है। कोई काम नही करने देती। आराम ही आराम है।
- तुम ख़ुशक़िस्मत हो, इतनी प्यारी बहन है तुम्हारी।
- वह मेरी अन्तरंग सहेली भी है। कल शाम जया नायर से मिलने भी गए थे।
- इनका परिचय?
- जया मेरे ऑफिस की सहकर्मी है। हम दोनों ने अपने कार्यालय में, फील्ड ऑडिट में लगभग दो साल तक एक साथ काम किया। सौम्य और मितभाषी महिला है, मेरी प्रिय सहेली भी है। उसके घर जाते हुए एक अजीब घटना घटी।
- क्या?
- माला के घर से कुछ ही दूरी पर ही जया रहती है। जब मुझे वड़ोदरा में स्थित यूनिट का ऑडिट करना होता, तो मैं माला के घर ही रहती थी। माला और बहनोई आशीष

भी कई बार मेरे साथ जया के घर जा चुके हैं। सोसाइटी का नाम तो पता था, मकान का नंबर याद नहीं था। आशीष ने कहा, 'चिंता की कोई बात नहीं, मकान का नंबर मुझे याद है।'

- लगता है यहाँ से घटना का टर्निंग पॉइंट है।
- तुम तो भविष्यवक्ता हो।
- तुम्हें अच्छी तरह जान गया हूँ।
- सोसाइटी में प्रवेश करते ही आशीष ने एक गली के सामने ऑटो रुकवा दिया। गली में जाते ही एक घर के सामने रुककर बोले, 'यही है जया का घर, देखो सामने उसका टू व्हीलर भी पड़ा है। आगे बने हुए मंडप पर बेलें भी छाई हुई है।'
- मैंने और माला ने बिंदास गेट खोला और अंदर पहुँच गए। साथ ही कॉलिंग बेल बजाई, कोई बाहर नहीं आया। दरवाज़े पर हाथ रखते ही माला ने कहा, 'दरवाज़ा तो खुला है।' मैंने एक बार फिर से कॉलिंग बेल बजाने को कहा। कोई नहीं आया, आशीष ने अंदर झाँका और कहा, 'यह उनका ड्राइंग रूम नहीं है, यह किसी और का घर लगता है।'
- जया को फ़ोन लगा सकते थे।
- वही किया। मैंने जया को फ़ोन लगाया और पूछा, 'हम तुम्हारे घर के सामने खड़े हैं, तुम बाहर क्यों नहीं आ रही हो?' जया ने कहा, 'मैं तो घर से बाहर, रोड पर आकर खड़ी हूँ। आप लोग कहाँ हो? पूछताछ करने पर पता चला कि उसके घर का नंबर 170 है, जबकि हम 159 के सामने खड़े थे!
- गजब हुआ यह तो! वह स्कूटर और बेलें जो तुमने देखे थे?
- स्कूटर का रंग सफ़ेद था, नम्बर तो देखा ही नहीं था और ऐसी बेलें कई घरों में झूल रही थीं।
- मतलब आँखों देखा हर बार सच नहीं होता।
- सही, हम पहली गली से ही अन्दर आ गए थे, जबकि उसका घर दूसरी गली में था।
- कुछ दिन पहले हमारे यहाँ भी एक ऐसी ही घटना घटी।
- कौनसी?
- हालाँकि यह एक दर्दनाक घटना थी। न्यूज़ पेपर में भी इसकी जमकर चर्चा हुई थी।

तुम तो जानती हो यहाँ पुलिस को सेल्फ़ डिफ़ेन्स में फायर करने का अधिकार है।

- हाँ तुमने बताया था।

- एक महिला पुलिस अधिकारी देर रात घर लौटी। दरवाज़ा खोलने के लिए चाबी निकाली। दरवाज़े पर हाथ लगाते ही उन्हें लगा कि दरवाज़ा तो खुला है।

- फिर?

- उन्होंने धीरे से दरवाज़ा थोड़ा खोला, यह देखकर चौंक गई कि एक आदमी सोफ़े पर बैठा हुआ है! डिम लाइट जल रही थी, उस आदमी के हाथ में कुछ था। उन्होंने उस आदमी को सरेंडर करने का ऑर्डर किया।

- उस आदमी ने क्या किया?

- वह आदमी धीरे से खड़ा हो गया। धुँधली रौशनी में महिला अफसर को लगा कि उसके हाथ में एक छोटी सी रिवोल्वर है और वह हाथ में रिवोल्वर लिए उनकी और बढ़ रहा है। उन्होंने जल्दी से उस आदमी पर गोलियाँ चला दीं और वह आदमी वहीं गिर पड़ा।

- ओह! फिर?

- वे अन्दर गईं, लाइट ऑन की, तब उन्हें अहसास हुआ कि यह ड्रॉइंग रूम तो उनका नहीं है! बाहर आकर फ़्लैट का नंबर देखा, तो पता चला कि उन्होंने गलती से लिफ्ट में अपने फ़्लोर से एक फ़्लोर नीचे का बटन दबाया था।

- ओह माय गॉड! ये तो भयानक गलती थी ऐश!

- बेशक, हक़ीकत में वे सज्जन उस घर के मालिक थे। सोफ़े पर बैठे, अपने मोबाइल में कुछ देख रहे थे, जिसे वे रिवोल्वर समझ रही थी। उन्होंने तुरंत पुलिस स्टेशन फ़ोन किया और अपनी गलती स्वीकार की।

- इन्सान ने इन्सान पर भरोसा किस हद तक खो दिया है? वे एक बार पहले ही फ़्लैट का नंबर चैक कर सकती थीं।

- शायद उन्हें ख़ुद पर पूरा भरोसा था।

- अश्विन, मुझे आगे कुछ नहीं सुनना। ऐसी घटनाएँ मन को विचलित कर देती है। अब तुम भी सो जाओ, गुड नाइट।

- ओके डियर, तुम्हारा दिन शुभ हो।

11 सितम्बर 2018, मंगलवार शाम 7.00

- सुकून-ए-दिल के लिए कभी हाल तो पूछ लिया करो,
  मालूम तो हमें भी है कि हम आपके कुछ नहीं लगते...!
- तुम्हारी सुबह हो गई? अच्छा व्यंग्य है रे, अश्विन! तुम सोमवार को घर लौटे, तुम्हें दो दिन के काम की थकान होती है, इसलिए बात नहीं की। कुछ नहीं लगते जनाब, फिर भी दिन भर छाये रहते हो ख्यालों में।
- कैसे?
- आज वो गुजराती कहावत याद आ गई 'आखुं कोळु शाकमां गयुं', मतलब सब कुछ व्यर्थ हो गया।
- क्यों?
- याद है? मैंने तुम्हें लिखा था कि कॉलेज में मैं तुम्हें बहुत पसंद करती थी, पर कभी तुम्हारे प्रति अपने प्रेम को अभिव्यक्त नहीं कर पाई थीं और जवाब में तुमने लिखा था, 'मैं तुम्हारा दोस्त बन सकता था अगर तुमने शुरुआत की होती।'
- तो?
- पढ़कर मुझे लगा था, आखुं कोळु शाकमां गयुं।
- सही बात है, कोई बात समझ में न आए तब सब व्यर्थ हो जाता है।
- मुझे समझ में आ रहा है कि तुम मुझे सुना रहे हो।
- ख़ुद को भी सुना रहा हूँ, बालिके।
- फिर ठीक है। हमने अपनी चैट में हिन्दी के सिवा गुजराती, बांग्ला, अंग्रेजी भाषाओं का भी उपयोग किया है।
- चैट में यही तो मज़ा है, जब चाहे जिस भाषा में बात कर लो।
- ऐश, याद है तुमने मुझे एक बार उदयन ठक्कर की एक मज़ेदार छंदमुक्त कविता भेजी थी?
- हाँ, 'एक प्रश्न पत्र' और लिखा था, पढो और जवाब दो।

- क्या पंक्तियाँ याद है?
- हाथ परोवो हाथोमां ने आंगळीओनी वच्चे रहेली खाली जग्या पूरो-
- वाह! कमाल है लड़के! इस कविता का जवाब मैंने तुम्हें गुजराती कविता में दिया था।
- एक बार फिर से दो पंक्तियाँ लिख दो लड़की, देखूं याद है या नहीं।
- मुझे याद है.... हाथ परोवो हाथमां, तो आंगळीओ शी विसातमां?
- बढ़िया, गाँव की गोरी।
- उस वक़्त कभी हिम्मत ही न हुई, तुमसे बात करने की।
- तुम्हारे दिल में तो डर के आगे भी डर था।
- क्या हर बार दुखती रग पर हाथ रखना ज़रूरी है?
- दुखती रग ज्यादा दर्द न करे उसकी कोशिश है, दोस्त! दर्द बढ़कर फुगाँ न हो जाए।
- फुगाँ न हो जाए, क्या मतलब?
- मतलब दुखती रग सूज न जाए।
- उफ्फ! ऐश, तुमसे कोई संवाद में जीत नहीं सकता। तुम्हें क्या मालूम कि तुमसे बात करते हुए मेरी उम्र पाँच साल बढ़ गई अब मैं सचमुच बुड्ढी दिखने लगी हूँ। सहेलियाँ पूछती हैं कि इतनी उदास क्यों हो? दर्द को चाहे कितना भी दबा लो, चेहरा झूठ नहीं बोलता।
- आह को चाहिए एक उम्र असर होने तक
  कौन जीता है तेरी ज़ुल्फ़ के सर होने तक...
- शुक्र है, मेरी बात से तुम सहमत तो हुए! इस बात से ग़ालिब भी वाकिफ़ हैं।
- मेरे काले बालों में भी सफेदी छाने लगी है, मैं किसको दोष दूँ?
- तुम्हारी तुम जानो, मैंने अपनी बात कही। पुस्तक प्रकाशित होगी, खुशी ज़रूर है, लेकिन दिल में ग़म का दरिया है।
- उस दरिया में डूबा तो मैं ही हूँ!

- उफ़्फ़! इक बात कहूँ, बुरा तो नहीं मानोगे?

- कहो।

- बड़ी मौज के थे दिन, तेरी पहचान से पहले... हा... हा...

- मेरे भी... हा... हा...

- अश्विन...अश्विन...

- गुस्सा सेहत के लिए अच्छा नहीं है, छोरी। तुम्हें डर किस बात का था?

- जानते हो फिर भी पूछ रहे हो तो याद दिलाती हूँ, बचपन से ही मेरे दिमाग में यह डाल दिया गया था कि मेरा रंग सांवला है, मैं ख़ूबसूरत भी नहीं हूँ इसलिए मेरी शादी होना मुश्किल है। यह कहने वाली सब महिलाएँ ही थी, अड़ोस-पड़ोस की, माँ की सहेलियाँ या रिश्तेदार।

- क्या ऐसा कहनेवाली महिलाएँ सुन्दर थीं?

- एक भी नहीं। मुझे लगता है कि वे शादीशुदा थीं इसलिए उन्हें यह भ्रम था कि उनकी शादी हो चुकी है, मतलब वे सुंदर हैं!

- मल्लिका, जाने-अनजाने ऐसी महिलाएँ अपनी बिरादरी को ही नुकसान पहुँचाती है। अगर सुन्दरता ही एक मात्र क्राईटेरिया होता तो आधी से ज्यादा लडकियाँ अनमैरिड रहतीं। मुझे हैरानी है कि हमारे समाज में, लड़कों के दिमाग में भी यही बात बैठा दी जाती है कि शादी किसी ख़ूबसूरत लड़की से ही होनी चाहिए, वह खुद चाहे जैसा भी हो।

- उनके लिए पुरुष होना ही सबसे बड़ी योग्यता होती है, ऐश। मुँह भले ही बांग्ला के 'पाँच' जैसा हो।

- मतलब?

- टेढे मेढ़े फ्रायम जैसा.. '৫' ऐसा..

- गज़ब दिमाग है तुम्हारा।

- जैसा तुम्हारा। नानी माँ उनके ज़माने की बात कहती, 'लड़कों के लिए कहा जाता है, सोने की अंगूठी टेढ़ी भी हो तो कोई बात नहीं।' हमारे बंगाली समाज में हर माँ

अपने बेटे का रिश्ता ढूंढते वक़्त यही कहती है कि एक सुंदर सी लड़की चाहिए, मेरे बेटे के लिए।

- बंगाली समाज क्यों, सारे इंडिया में यही सुनने को मिलता है।

- इस बात को सुन-सुनकर मैं बड़ी हुई थी। मुझे लगता कि शादी तो होने से रही, प्यार भी कौन करेगा मुझसे? जो पसंद आया वो तुम थे! तुम्हारे शानदार व्यक्तित्व के सामने मैं ख़ुद को कहीं भी नहीं रख पाती थी। प्रेम का इज़हार करने का तो सवाल ही पैदा नहीं होता था।

- पागल लड़की।

- सच में पागल थी, इतनी हिम्मत तो जुटा ही सकती थी। किसी सहेली की मदद से भी कहलवा सकती थी, पर मन में पहले से ही यह बात बिठा दी गई थी कि प्यार और शादी मेरा विषय नहीं हो सकता।

- ....

- मुझे पता है तुम क्या सोच रहे हो। मैंने मन में ही तुम्हें चाहने के सुख को संभाल के रखा, इस पर तो किसी का अधिकार नहीं था न?

- रखा तो रखा पैंतालीस साल तक....

- तो क्या हुआ? अश्विन, तुम न मिलते तब भी हमेशा के लिए रखती। यही क्या कम है कि आख़िर में मैं तुम्हें अपने प्रेम के बारे में बता पाई और तुमने अतीत में लौटकर मेरे प्रेम को स्वीकार किया।

- तुम्हारे निश्छल प्रेम का स्वीकार न करता तो ख़ुद को माफ़ नहीं कर पाता। सच्ची बात तो यह है कि सुन्दरता बहुत सारे क्वॉलिफिकेशंस में से एक हो सकती है, लेकिन प्रेम पाने के लिए एक सुन्दर दिल का होना बहुत ज़रूरी है।

- तुम मेरे दिल की सुन्दरता को देख पाए, मेरे दिल के दर्द को भी समझ पाए।

- मैंने तुम्हारे दर्द को दिल से निकालकर पुस्तक में समा दिया। अब तो सिर्फ़ ख़ुशी ही ख़ुशी होनी चाहिए।

- जी, गुरुजी।

- अब पार्क से लौटूंगा। कल बातें होंगी। गुलाब जामुन खाओ और ख़ुश रहो। गुड नाइटम, मेरी मित्रम।

- अब क्या संस्कृत में भी लिखोगे?

- पाँच का आँकड़ा शुभ होता है। गुजराती, बांग्ला, हिन्दी, अंग्रेजी और संस्कृत। पंचामृत... पंच त्यां परमेश्वर।

- ओके मधुरम पंचम, आवजो।

12 सितम्बर 2018, बुधवार शाम 7.25

- पूरा अब मेरा ये ख़्वाब हो जाए,
  लिख दूँ उनके दिल पे, किताब हो जाये।
- क्या बात है मल्लिका? बताओ इतनी सुबह मेरे दिल पे क्या लिखना चाहती हो?
- ये दो पंक्तियाँ कहाँ से मिली, याद नहीं है; पर तुमने कैसे सोच लिया कि तुम्हारे दिल पर लिखना चाहती हूँ? अभी हो कहाँ तुम?
- मॉर्निंग वॉक के लिए निकला हूँ, पार्क में आकर बैठा हूँ।
- अच्छा, खुले आसमान के नीचे बैठे हो। तभी मज़ाक-मस्ती का मूड बना है।
- मैं तो सीरियसली कह रहा हूँ डियर।
- चलो मान लिया, वैसे तुम्हारे दिल पर ही लिख रही हूँ।
- समझ में आये ऐसा कुछ लिखो, यार।
- किताब बना रहे हैं उस ख्याल से ही न जाने कितना कुछ याद आ रहा है, ऐश।
- मसलन?
- हर कोई जानता है कि जब दो लोगों के बीच स्वस्थ संवाद होता है, तो किसी भी समस्या का समाधान खोजा जा सकता है; फिर भी समाज के अधिकांश लोग कम्युनिकेशन गैप की स्थिति से गुज़र रहे हैं।
- मल्लिका, हर कोई अपने डेली रूटीन में इस क़दर बिज़ी है कि किसी के पास दूसरों से बात करने का समय नहीं है।
- जबकि संवाद हमारे जीवन को एक नई दिशा दिखाते हैं। ख़ासकर माता-पिता का अपने बच्चों से संवाद।
- तुमने मेरे मन की बात कह दी। कम्युनिकेशन के अभाव में कई बार बच्चों का जीवन नर्क में बदल जाता है।
- ऐश, किशोरावस्था तक बच्चे अपने माता-पिता के क़रीब होते हैं, लेकिन जैसे ही वे युवावस्था में क़दम रखते हैं, अपने माता-पिता से बहुत कुछ छिपाने लगते हैं। यह

कब हमारा संस्कार बन गया, पता नहीं।

- मेरा तो मानना है कि माता-पिता के साथ बच्चों के संबंध हर उम्र में ट्रांसपेरेंट होने चाहिए।
- मेरी बात करूँ तो अपनी किशोरावस्था या युवावस्था में भी मैं किसी से स्वस्थ संवाद नहीं कर पाती थी, जिसके कारण मुझे कई कठिनाइयों का सामना करना पड़ा। मेरी समस्याएँ मैं अपनी माँ से भी नहीं कह पाती थी।
- तुमसे संवाद करते हुए, मैंने यह बहुत अच्छी तरह से समझा है, लड़की। ख़ैर, मेरे साथ भी ऐसा ही होता था।
- ऐसा क्यों होता है?
- मल्लिका, पैरंट्स ने अपने बच्चों के लिए एक फ्रेम तैयार कर लिया होता है, वे उन्हें उसके बाहर जाने देना नहीं चाहते। जब बच्चा परिवार के बाहर की दुनिया में क़दम रखता है, तो वह परिवार से बिल्कुल अलग दुनिया होती है। उसे कई चुनौतियों का सामना करना पड़ता है।
- सहमत हूँ तुम्हारी बात से, ऐसे में अगर वह किसी को बता नहीं पाता है तो स्ट्रेस का स्तर इतना बढ़ जाता है कि वह कभी-कभी आत्महत्या जैसा आख़िरी क़दम भी उठा लेता है।
- सही कह रही हो।
- उस दिन जब तुमने अपने मित्र रामचंद्र के मामा के घर शराब का कार्यक्रम आयोजित करने और उसके दुष्परिणामों के बारे में बताया, तब से मुझे एक घटना याद आ रही है। कभी किसी को नहीं बताया, सोच रही हूँ, तुम्हें बताऊं या नहीं।
- तुम बेझिझक मुझे बता सकती हो।
- ख़ैर, अब तो काफ़ी समय बीत चुका है, लेकिन उस वक़्त मैं कितनी मुसीबतों से गुज़री थी, याद करती हूँ, तो आज भी मेरे रोंगटे खड़े हो जाते हैं।
- इसीलिए उस घटना ने तुम्हारा पीछा आज तक नहीं छोड़ा है। मुझे बताओ और स्ट्रेस से छुटकारा पाओ।

- बात वर्ष 1980 की है, जब मैंने महेसाणा के हायर सेकेंडरी स्कूल से अध्यापन का जॉब छोड़कर अहमदाबाद में ए.जी. ऑफिस ज्वाइन किया। पापा तब बारेजड़ी में स्टेशन मास्टर के पद पर कार्यरत थे, इसलिए मुझे ट्रेन से अहमदाबाद जाना पड़ता था।

- कॉलेज में भी तो तुम बारेजड़ी से ही आती थी।

- तब तो अर्ली मॉर्निंग की लोकल ट्रेन से आती थी। अब ऑफिस टाइम के अनुसार सुबह 9:30 बजे की बॉम्बे-अहमदाबद रूट की गुजरात क्वीन से जाती और अहमदाबाद से शाम 6.10 को चलने वाली गुजरात क्वीन से ही बारेजड़ी लौटती।

- तुम्हें सीट मिल जाती?

- मेरे पास फ़र्स्ट क्लास का रेलवे पास था। गुजरात क्वीन में एक फ़र्स्ट क्लास का और एक ए.सी. चेयर कार का कोच होता है।

- फिर तो कोई प्रॉब्लम नहीं था।

- फ़र्स्ट क्लास के कोच में सिंगल लंबी सीट वाला कैबिन उन महिलाओं ने आरक्षित कर रखा था, जो रोजाना यात्रा करती हैं। कामकाजी महिलाएं बड़ौदा से ही इसमें चढ़ना शुरू कर देतीं, मैं बारेजड़ी से इस कोच में चढ़ने वाली आख़िरी पैसेंजर होती; इसके बाद ट्रेन सीधे अहमदाबाद स्टेशन पर रुकती। अक्सर मुझे खड़े-खड़े ही जाना पड़ता था क्योंके कम से कम छह महिलाएं पहले से ही बैठी होती थीं। अगर कभी कोई नहीं आता तो मुझे सीट मिलती।

- ओह! उनसे तुम्हारा परिचय तो हुआ ही होगा।

- वैसे सभी से मेरी दोस्ती थी, वड़ोदरा से आनेवाली आरोही नामक एक लड़की से मेरी अच्छी दोस्ती हो गई थी, जो लाल दरवाज़ा स्थित एक सरकारी संस्था में काम करती थी। मेरी हम उम्र थी। एक अच्छे परिवार से ताल्लुक रखती थी। धीरे-धीरे वह मुझसे अपनी पर्सनल बातें भी शेयर करने लगी।

- और तुम?

- तुम तो जानते हो कि मैं अपनी बातें किसी से शेयर नहीं करती थी।

- आरोही ने क्या बातें शेयर की?

- एक दिन उसने मुझे अपने प्रेम संबंध के बारे में बताया।
- मतलब तुम कोई प्रेम कहानी के बारे में बताने वाली हो।
- एक ऐसी प्रेम कहानी जिसका अंत मुझे नहीं पता।
- इंटरेस्टिंग, कौन था वह?
- मंथन, एक मिकैनिकल इंजीनियर था। हैरानी की बात यह थी कि वह उससे पंद्रह साल बड़ा था, यानी लगभग सैंतीस वर्ष का था और आरोही के कहने के मुताबिक़ वह अविवाहित भी था।
- इंडिया में इतनी उम्र तक अविवाहित रहने की कोई ख़ास वजह रही होगी।
- मैंने पूछा तो उसने कहा था कि वे अपने बिजनेस में सेटल होना चाहते हैं, बाद में शादी करेंगे। मुझे आश्चर्य ज़रूर हुआ, लेकिन मैंने इस बात को कोई गुरुत्व नहीं दिया। एक दिन आरोही ने मुझे 'गुजरात क्वीन' ट्रेन के उसी कोच में मंथन से मिलवाया।
- फिर?
- हम तीनों अहमदाबाद आने तक कैबिन के बाहर पैसेज में खड़े होकर बातें करते रहे। पता नहीं क्यों, पहली नज़र में वह इन्सान मुझे सही नहीं लगा, उसकी आँखों में एक अजीब सी चमक थी।
- मैं यूँ ही नहीं कहता कि तुम्हारे दिल में भी आँखें हैं!
- अश्विन, मुझे लगता है कि हर स्त्री में पुरुष को पहचानने की एक विशेष शक्ति होती है, लेकिन जब कोई स्त्री किसी पुरुष से प्रेम करने लगती है, तब वह ख़ुद को इस कदर खो देती है कि वह सही-गलत की पहचान नहीं कर पाती है।
- तुम्हारी बातें अब काफ़ी परिपक्व हो गई है। आगे की कहानी बताओ।
- अब इस ट्रेन में अक्सर मंथन, आरोही के साथ आने लगा। दोनों मुझे पैसेज में ही खड़े मिलते। मुझे एहसास हुआ कि वह मुझमें कुछ ज्यादा ही दिलचस्पी लेने लगा है।
- ओह! लगता है कहानी में कोई ट्विस्ट है।
- कहानी में ज़बरदस्त ट्विस्ट है, ऐश। अब मैं तुम्हें इतनी आसानी से बता रही हूँ,

लेकिन उस समय मुझे कई परेशानियों का सामना करना पड़ा था।

- मैं तुम्हारी बातों से अंदाजा लगा सकता हूँ, डियर।

- मैं हैरान थी कि आरोही इस बात को नोटिस क्यों नहीं कर रही थी!

- अभी-अभी तो तुमने लिखा कि जब कोई स्त्री किसी से प्रेम करने लगती है, तब वह ख़ुद को इस क़दर खो देती है कि वह सही-गलत की पहचान नहीं कर पाती है।

- बहुत सही है तेरी बात। एक दिन जब मैं उसी ट्रेन में फ़र्स्ट क्लास के कोच में चढ़ने लगी, तो मैंने देखा कि मंथन दरवाज़े के पास खड़ा है। उसने मुझे नमस्ते कहा। मैंने पूछा, आरोही कहाँ है?' 'वह आज छुट्टी पर है।' उसका जवाब सुनकर मैं बस मुस्कुरा दी और लेडीज़ कैबिन में जाने के लिए आगे बढ़ने लगी, तो उसने मुझे रोका।

- क्यों?

- बोला, 'मैं यहाँ आपसे बात करने के ही लिए खड़ा हूँ।' मेरा दिल धक् से रह गया!

- तुमने क्या कहा?

- मैंने कहा, 'सॉरी, मेरी सहेलियाँ कैबिन में मेरा इंतज़ार कर रही होगी और मुझे उनसे बात करने का केवल यही समय मिलता है।' मैं बिना रुके कैबिन की ओर बढ़ गई।

- अहमदाबाद में ट्रेन से उतरते हुए वह दिखा नहीं?

- नहीं, मैंने चैन की साँस ली और तेज क़दमों से बस स्टैंड पहुँच गई।

- फिर?

- फिर एक दिन लगभग साढ़े बारह बजे दोनों मेरे ऑफिस आए। आरोही ने कहा, 'आज हम अपना लंच एक होटल में करेंगे, तुम्हें भी आना होगा।' मैंने कहा, 'मैं तो अपना टिफ़िन लेकर आई हूँ, लंच ब्रेक डेढ़ बजे है, मेरी सहेली आएगी। हम रोज साथ में खाना खाते हैं। आप लोग जा सकते हैं।'

- वे लोग चले गए क्या?

- नहीं, दोनों डेढ़ बजे तक बैठे रहे। मेरी पोस्टिंग पेंशन रिपोर्ट सेक्शन में थी, और उस समय मैं एक ऑडिटर थी इसलिए मेरे पास अलग कैबिन नहीं था। मुझे बहुत बेचैनी हो रही थी, उस सेक्शन में और भी साथी थे जो उन्हें कनखियों से देख रहे थे।

- डेढ़ बजे तुम्हारी सहेली आ गई होगी न?
- हाँ, सरला ठीक समय पर आ गई, मैंने औपचारिक रूप से उसे दोनों से मिलवाया। वे फिर से अनुरोध करने लगे। यह सुनकर सरला ने स्वाभाविक रूप से कहा, 'तुम्हारी सहेली है, इतना आग्रह कर रही है, तो चली जाओ। मैं यहीं पर अपना टिफ़िन खा लूंगी।'
- तुमने पहले सरला को ट्रेन वाली बात नहीं बताई थी?
- नहीं, यही मेरी गलती थी। सरला आज भी मेरी इंटिमेट फ्रेंड है। हमेशा सच्ची सलाह देती है, फिर भी मैं अपने बारे में बहुत ही कम बातें उससे शेयर करती, जबकि वह अपनी सारी बातें मुझसे शेयर करती थी।
- तुम्हारे स्वभाव का यह नकारात्मक पहलू था, जिसकी वजह से हर पर्सनल प्रॉब्लम का सामना तुम्हें अकेले ही करना पड़ा। तुम्हें गाइड करने वाला कोई नहीं मिला।
- सच कहा तुमने, लेकिन यह भी सच है कि तुम्हारे प्रति मेरे प्रेम ने ही मुझे अनेक परेशानियों से बचा लिया। तुम समझ रहे हो न, मैं क्या कहना चाहती हूँ?
- समझ रहा हूँ।
- तुम्हारा तह-ए-दिल से शुक्रिया दोस्त।
- दोस्ती में नो सॉरी, नो थैंक्स। कहती चलो।
- मैं अपना टिफ़िन सरला को सौंपते हुए अपने सेक्शन ऑफिसर की अनुमति से उनके साथ गई। आश्रम रोड पर एक बड़ा होटल था, नाम याद नहीं आ रहा रहा। लंच करने के बाद उन्होंने मुझे ऑटो में अपने ऑफिस तक छोड़ दिया।
- तुम अपनी मर्ज़ी के खिलाफ़ उनके साथ गई!
- मेरे इस स्वभाव के कारण ही मैं घुट-घुट कर जीवन जीती रही, ऐश। किसी से अपनी उलझन बाँटने से मन हल्का हो सकता था, कोई मदद भी मिल सकती थी।
- मेरा एक सवाल है। आरोही तुम्हें अपने प्रेमी के क़रीब लाने की कोशिश क्यों कर रही थी?
- यही तो मेरी समझ में नहीं आ रहा था। एक तरफ़ तो वह अपने प्यार के बारे में बहुत लंबी बातें करती थी और दूसरी तरफ़ वह अपने प्रेमी से मेरी दोस्ती करवाने की

कोशिश कर रही थी। मेरा डर धीरे-धीरे बढ़ने लगा।

- मल्लिका, तुम्हें उसे स्पष्ट जवाब देना चाहिए था।
- मैं रिश्तों में यक़ीन करती हूँ, ऐश। जब तक मेरे साथ कोई एक्सट्रीम लेवल का दुर्व्यवहार न हो, मैं रिश्ते निभाती रहती हूँ। फिर एक दिन एक ऐसी घटना घटी और मेरा आरोही से ब्रेकअप हो गया।
- मेरी क्यूरियोसिटी बढ़ रही है। ऐसा क्या हुआ?
- आज यहीं रुकती हूँ डियर। बाकी कल बताऊंगी।
- ओके, डिनर ठीक से लेना। शुभ रात्रि।
- तुम्हारा दिन शुभ हो।

13 सितम्बर 2018, गुरुवार शाम 8.45

- गुड मॉर्निंग ऐश। चाय पी ली?
- चाय, नाश्ता, दवाई सब कुछ ले लिया, बस तुम्हारा ही इंतज़ार था।
- क्यों भाई?
- तुमने मुझे क्या क्या बना दिया!
- हम सांसारिक रिश्तों के पार चले गए हैं आशु....लो एक नाम यह भी याद आ गया।
- गज़ब की पागल हो तुम!
- तुम भी तो गज़ब हो। पागल गज़ब ही होते हैं, समझे?
- समझ गया, तुमने मुझे भी पागल कहा।
- हा...हा...मज़ाक दोस्त मज़ाक... अब बताओ।
- मैं तो कल की तुम्हारी कहानी सुनकर दिनभर सोचता रहा।
- इसलिए तो अधूरी छोड़ दी ताकि तुम भी अपना दिमाग लड़ाओ कि आगे क्या हुआ होगा।
- अब ज्यादा पहेलियाँ मत बुझाओ। बताओ, आगे क्या हुआ?
- एक दिन शाम क़रीब साढ़े चार बजे आरोही और मंथन दोनों मेरे ऑफिस आए। आरोही मुझसे कहने लगी, 'आज रात हम दोनों होटल एम्बेसेडर में रुकने वाले हैं। पहले डिनर करेंगे, तुम भी हमारे साथ चलो।
- होटल एम्बेसेडर, जो हमारी कॉलेज से लाल दरवाज़ा बस स्टैंड के रास्ते में है?
- हाँ वही। तब मेरी ऑफिस, लाल दरवाज़ा स्थित एम.एस. बिल्डिंग की नौवीं मंज़िल पर थी। यह होटल वहाँ से ज्यादा दूर नहीं है।
- उस बन्दे का ही प्लान था, जो इस होटल को चुना। तुमने क्या कहा?
- मैंने कहा, 'मुझे थोड़ी देर में रेलवे स्टेशन के लिए निकलना है। तुम तो जानती हो, गुजरात क्वीन शाम 6.10 बजे अहमदाबाद से चलती है। मैं डिनर के लिए नहीं आ सकती।

- क्या वह मान गई?

- मानने के लिए वह थोड़े ही आई थी? उसने बिंदास कह दिया, 'हम डिनर उसी एम्बेसेडर होटल में करेंगे, जहाँ हम रात रुकने वाले हैं। तुम भी हमारे साथ रुक जाना।'

- क्या कह रही हो तुम?

- अश्विन, उस लड़की की हिम्मत देखकर मैं हैरान रह गई थी! मुझे इस बात से कोई सरोकार नहीं था कि वह ख़ुद क्या कर रही है क्योंकि उसे कुछ कहना फ़िज़ूल था, लेकिन वह मुझे उनके साथ होटल में रुकने के लिए कह रही थी!

- तुम्हारा डर किस हद तक बढ़ गया होगा, मल्लिका?

- मत पूछो। 'अगर मैं समय से घर ना पहुँची तो मेरे माता-पिता को बहुत चिंता होगी। पापा को फ़ोन करना पड़ेगा।' कहते-कहते मेरा गला सूखने लगा था।

- फिर?

- उस समय न तो मोबाइल फ़ोन की सुविधा थी और न ही हमारे पास घर में कोई लैंडलाइन फ़ोन था। बारेजड़ी रेलवे स्टेशन पर एक फ़ोन था, जिसका नंबर पापा ने मुझे दे रखा था।

- तुम्हें पापा के फ़ोन वाली बात उसे नहीं बतानी चाहिए थी।

- मैंने बात को टालने के लिए उसे कहा था अश्विन। मैंने सोचा था, वो अपनी ज़िद छोड़ देगी।

- क्या कहा उसने?

- वह बोली, 'तो तुम्हारे पापा को फ़ोन कर देते हैं।'

- तुमने क्या कहा?

- मैंने कहा, 'यह शहर के बाहर का फ़ोन नंबर है और हमारी ऑफिस में कर्मचारियों के लिए एस.टी.डी. कॉल की सुविधा नहीं है।

- उसने क्या कहा?

- मेरी बात सुनकर उसने तुरंत कहा, 'तो जल्दी करो, हम पीएंडटी ऑफिस जाते हैं,

वहाँ से फ़ोन करेंगे।'

- उफ्फ़! तुमने क्या कहा?

- पीएंडटी ऑफिस हमारी ऑफिस से कुछ ही क़दम की दूरी पर था।

- अब तुम्हारे पास कोई बहाना नहीं बचा था।

- सच्ची, लेकिन मैंने एक शर्त रखी कि मैं किसी भी हाल में उनके साथ होटल में नहीं रुक सकती। अगर पापा से बात हो भी गई तो ज्यादा से ज्यादा मैं डिनर के लिए आऊंगी, लेकिन फिर रात की ट्रेन से मुझे घर लौटना होगा।

- रात की कौनसी ट्रेन ?

- बॉम्बे लोकल जो रात के ग्यारह बजे चलती थी। गुजरात क्वीन के बाद एक बड़ौदा लोकल सात दस को चलती थी, लेकिन डिनर के लिए रुकने पर उस ट्रेन के मिलने की कोई सम्भावना नहीं थी।

- ओह माय गॉड! मुझे वह दिन याद आ गया मल्लिका, जब आधी रात को तुम दिनेश हॉल से छह कि.मी. पैदल चलकर अहमदाबाद रेलवे स्टेशन पहुँची थी!

- याद मत दिलाओ, दोस्त!

- ओके, आगे की कहानी बताओ।

- मेरी शर्त पर दोनों ने धीरे से कुछ बात की। आरोही ने मुझसे कहा, 'ठीक है, फिर हम दोनों भी उसी ट्रेन से बड़ौदा लौट जायेंगे।' मेरा डर थोड़ा कम हुआ, मैंने बॉस से ऑफिस छोड़ने की अनुमति ली और हम तीनों पीएंडटी ऑफिस पहुँचे। आरोही को मैंने यह भी कहा कि अगर पापा से मेरी बात नहीं हुई तो मैं डिनर के लिए भी नहीं आऊंगी।

- पापा से बात हो पाई?

- क़िस्मत से फ़ोन की घंटी बजी। पापा ड्यूटी पर थे। मैंने कहा, 'पापा, मैं ट्रेन की मेरी एक सहेली आरोही के साथ डिनर के लिए होटल जा रही हूँ। मुझे रात के ग्यारह बजे की ट्रेन ही मिल सकेगी। वह भी इसी ट्रेन से बड़ौदा लौटेगी।' यह कहते हुए भी इतना गिल्टी फील कर रही थी, क्या बताऊँ!

- क्या कहा पापा ने?

- अश्विन, मैं मन ही मन चाहती थी कि पापा मुझे अनुमति ना दें, लेकिन पापा ने कहा, 'ठीक है बेटे, संभाल कर आना।' फ़ोन करने के बाद हम चलते-चलते ही होटल एंबेसेडर पहुँचे। वहाँ हॉल में कुछ देर बैठे, फिर खाने के लिए अंदर गए।
- चलो, अंत भला तो सब भला।
- अंत? यह तो बस शुरुआत थी ऐश, रिश्ते के पूर्णविराम की।
- कैसे?
- मंथन को टेबल के एक तरफ़ की कुर्सी पर बैठते देख मैं सामने की साइड पर आ गई और आरोही के सामने वाली कुर्सी पर बैठ गई। मैंने देखा कि उसने इशारे से आरोही को वहाँ से उठाकर अपनी कुर्सी पर बिठाया और ख़ुद मेरे सामने वाली कुर्सी पर बैठ गया।
- यह आदमी बहुत ही शातिर होगा।
- उसने मेरे सामने मैनू रख दिया और पूछा, 'क्या खाना चाहती हो?' मैंने धीरे से कहा, 'जो आप लोग खाएंगे, मैं भी वही खाऊंगी, मेरी कोई स्पेसिफिक चॉइस नहीं है।' सच कहूँ तो इससे पहले मैंने एक ही बार किसी बड़े होटल में खाना खाया था, वह भी इन्हीं लोगों के साथ।
- यहाँ तुमने क्या खाया?
- दोनों ने मिलकर पंजाबी खाना ऑर्डर किया। मैं चुपचाप बैठी उनकी बातें सुनती रही। खाना आ गया, हमने खाना शुरू किया कि अचानक मैंने महसूस किया कि मंथन के पैरों की उंगलियाँ मेरे पैरों को छू रही हैं।
- माय गॉड, अब वह सीधे अपनी मंशा जाहिर करने लगा?
- पहले तो मुझे लगा कि उसने गलती से मेरे पैरों को छू लिया है, मैंने अपने पैर थोड़ा पीछे कर लिए।
- फिर?
- लेकिन कुछ ही मिनटों में मैंने महसूस किया कि उसने अपना दाहिना पैर आगे बढ़ाकर मेरे बाएं पैर पर रख दिया है! मैंने जल्दी से अपने पैरों को और भी पीछे खींच लिया। अपनी कुर्सी को भी थोड़ा पीछे खिसका दिया। उस समय मेरा भय इस क़दर

बढ़ गया था कि आँखों के सामने अँधेरा छाने लगा था। जैसे तैसे मैंने थोड़ा खाया, बाकी ऐसे ही छोड़ दिया।

- क्या आरोही तुम्हारी बेचैनी को नहीं देख पाई?
- पता नहीं, मैं दोनों में से किसी को भी नहीं देख रही थी। मेरा सारा ध्यान मेरे पैरों पर था।
- वह बंदा तुम्हारी बेचैनी और डर का विकृत आनंद ले रहा होगा।
- इस आदमी का प्रेम से कोई नाता ही नहीं था, उसे सिर्फ़ स्त्री शरीर को भोगने की लालसा थी। वह आरोही को ठग रहा था, ऐश!
- यहाँ एक और सच्चाई सामने आई कि जब कोई पुरुष किसी स्त्री को पाने की लालसा में फंस जाता है तो उसे भी अच्छे बुरे की पहचान नहीं रहती।
- कौन जाने! शाम के आठ बज रहे थे। मैंने कहा, 'आप लोग अपना खाना ख़त्म कर लें, फिर हम रेलवे स्टेशन के लिए निकलेंगे। वह बोला, 'अभी बहुत समय है, थोड़ा आसपास के इलाके में टहलते हैं, फिर हम स्टेशन चलेंगे।'
- तुमने क्या कहा?
- मैंने कहा, 'नहीं, मुझे रेलवे स्टेशन ही जाना है। वहाँ जाकर भले वेटिंग रूम में बैठुँगी।' जैसे ही उनका खाना ख़त्म हुआ, मैं कुर्सी से उठी और सीधा बाहर आ गई। दोनों मेरे पीछे आए। मैंने तुरंत एक ऑटो रोका और बैठ गई। मजबूरन, उन दोनों को भी ऑटो में बैठना पड़ा। जब हम अहमदाबाद रेलवे स्टेशन पहुँचे तब रात के नौ बज रहे थे।
- ट्रेन ग्यारह बजे की थी न?
- हाँ, प्लेटफ़ार्म नंबर एक पर पहुँचते ही मैंने कहा कि मुझे लेडीज़ वेटिंग रूम में बैठना है, आप लोग जनरल वेटिंग रूम में बैठ सकते हैं। मैंने पीछे मुड़ कर नहीं देखा, सीधे लेडीज़ वेटिंग रूम की ओर बढ़ गई। अंदर जाकर मैं एक खाली सोफ़े पर बैठ गई।
- मतलब दो घंटे तक तुम अकेली बैठी रही।
- कुछ महिलाएँ बैठी थीं। मैं अपने आँसू रोक नहीं पा रही थी, वोशरूम में जाकर अपना चेहरा धोया, कुछ राहत महसूस की।

- ओह! यह ट्रेन किस नंबर के प्लेटफ़ार्म से चलती थी?
- चार नंबर के प्लेटफ़ार्म से। साढ़े दस बजे मैं बाहर आई, वे दोनों पास के जनरल वेटिंग रूम में बैठे थे, मुझे देखते ही उठ खड़े हुए।
- क्या इस लोकल ट्रेन में फ़र्स्ट क्लास का कोच भी था?
- एक कोच था, लेकिन अब मैं उन पर भरोसा नहीं कर सकती थी। चार नंबर के प्लेटफ़ार्म पर जैसे ही ट्रेन आई, मैंने आरोही से कहा, 'मैं लास्ट कोच में जा रही हूँ, बारेजड़ी से जो ग्वालिन महिलाएँ नौ बजे की ट्रेन से यहाँ की डैरी में दूध जमा करने आती हैं, वे सभी इसी ट्रेन से लौटती है। मैं उनके साथ बारेजड़ी उतर जाऊंगी।
- मल्लिका, इस बार तुमने सही फैसला लिया। पढ़ते-पढ़ते मेरा तनाव बढ़ता जा रहा था। मुझे तो वो आरोही भी इसमें शामिल लगती है।
- मैं तो सोचकर ही इतनी परेशान थी कि कोई भी लड़की किसी सहेली को अपने प्रेमी के क़रीब लाने की कोशिश कैसे कर सकती है!
- कहीं वो उसे इमोशनल ब्लैकमेल तो नहीं कर रहा था?
- क्या पता, मुझे आरोही के चेहरे पर कोई भाव नज़र नहीं आ रहा था। मैं आगे कुछ सोच भी नहीं पा रही थी।
- मल्लिका, अगर तुम उनके साथ फ़र्स्ट क्लास के कोच में जाती, तो पता नहीं कि मंथन तुम्हारे साथ क्या सलूक करता! उनके रिश्ते में कुछ तो गड़बड़ थी। इस पूरे घटनाक्रम में मुझे आरोही की भूमिका डाउटफुल लगती है।
- मुझे भी यही लगा था। बारेजड़ी की वे ग्वालिन महिलाएँ मुझे जानती थीं। उन्होंने मुझे बैठने की जगह दी और इतनी रात अकेले आने का कारण भी पूछा। मैंने उन्हें कहा कि मेरी एक सहेली और उसके पति भी है जो फ़र्स्ट क्लास में गए हैं। उन्हें बड़ौदा जाना है, मुझे आप लोगों के साथ उतरना है, इसलिए मैं यहाँ आई हूँ। उन्होंने फिर कुछ भी नहीं पूछा।
- ईश्वर कृपा से तुम बच गई, मल्लिका।
- हर बार किसी अदृश्य शक्ति ने मुझे बचाया ऐश। उसके बाद मैंने आरोही से रिश्ता तोड़ दिया, वह भी समझ गई। मैंने आज तक इस घटना के बारे में किसी को नहीं

बताया।

- क्या तुमने मुझे बताने के लिए सब कुछ अपने मन में रखा था?
- इसलिए तो हम मिले, लेकिन अब इजाज़त लेनी पड़ेगी। आज डिनर भी उस दिन की तरह गले में अटका रहेगा।
- ठीक से डिनर लेना डियर, नहीं तो कल कोई नई कहानी कैसे सुनाओगी? शुभ रात्रि।
- आवजो।

14 सितम्बर 2018, शुक्रवार रात 09.15

- मेरी सुबह का सलाम। क्या कर रही हो, गृहिणी?
- बहुत दिनों के बाद यह संबोधन सुनकर अच्छा लगा। खाना बन गया है।
- क्या बनाया?
- वेज पुलाव। थोड़ी देर बाद खाने बैठेंगे। तुम क्या कर रहे हो?
- बस एक बार फिर चाय पियूंगा। तुम बताओ।
- गृहिणी का विलोम शब्द पता है?
- शायद गृहस्वामी। ये सब क्यों पूछ रही हो? कहीं तुम्हारे गृहस्वामी की कोई बात तो नहीं?
- है ना, वेज पुलाव बनाया लेकिन दिल अभी तक उस भेलपुरी में अटका है।
- अहा! क्या याद दिलाया, भेलपुरी! क्यूँ अटका है दिल भेलपुरी में?
- पार्थो के साथ आज प्लान बनाया कि क्रॉसवर्ड बुक शॉप जाते हैं और कुछ किताबें खरीदते हैं। दोपहर को पहुँचे। चार किताबें खरीदी।
- कौनसी किताबें खरीदी?
- ओशो की 'प्रेम पंथ ऐसो कठिन', अमृता प्रीतम की 'जलते बुझते लोग', महाश्वेता देवी की 'झाँसी की रानी' और मनीषा कुलश्रेष्ठ का उपन्यास 'मल्लिका'।
- मल्लिका?
- मेरा नाम पढ़कर चौंक गए न? फेसबुक से ही जानकारी मिली थी कि यह उपन्यास आधुनिक हिन्दी के निर्माता भारतेंदु हरिश्चंद्र की प्रेमिका 'मल्लिका' पर आधारित है।
- अच्छा लगता है जानकर कि तुम्हारी साहित्य में रुचि अब तक बनी हुई है।
- खाने में भी रुचि बनी हुई है, लेकिन हमेशा दूसरों की पसंद को ही महत्व दिया। अपनी पसंद को कभी तवज्जो नहीं दी।
- दूसरों को ख़ुश देखना तुम्हारे स्वभाव में है। तुमने भेलपुरी से बात शुरू की थी।

- क्रोसवर्ड से बाहर निकलते ही गेट के पास एक भेलपुरी वाले का ठेला दिखाई दिया। मुझे लगा आज मौका है, खा ही लेते हैं भेलपुरी। शाम की चाय और नाश्ते का समय भी हो चला था।
- फिर?
- हाय रे क़िस्मत! मेरी सोच से ज्यादा स्पीड तो पार्थो की थी, वे स्कूटर पार्किंग प्लेस पर पहुँचकर स्कूटर निकालने में व्यस्त थे। मैंने उन्हें रुकने का इशारा किया, फिर ठेले वाले से दाम पूछने लगी। उतने में तो पार्थो पार्किंग से स्कूटर लेकर रोड पर आ गए।
- बात खाने की थी तो तुम्हारे पास भी आ गए होंगे?
- नहीं, वे वहीं से ही ऊँची आवाज़ में बोले, 'सॉरी अब मैं वापस पार्किंग प्लेस पर नहीं जा सकता। मैंने ठेले की ओर इशारा किया, फिर भी उनका जवाब था 'सॉरी'।
- ओह! भेलपुरी खाने की आशा पर पानी फिर गया।
- मैं रोड पर आकर स्कूटर पर बैठ गई। आज पता नहीं क्यों, मुझे पार्थो पर जरा भी गुस्सा नहीं आया, लेकिन एक गहरी सोच में डूब गई।
- तुम्हारी बातें कभी रहस्यमय लगती है। किस सोच में डूब गई?
- जीवन का रहस्य खोजने लगी, ऐश। शादी के बाद प्रेम तो पिछले दरवाज़े से गायब हो जाता है, समझौते के पलड़े पर ही जीवन का बैलेंस बना रहता है। मैं सोचने लगी थी कि परिवार में बैलेंस बनाए रखने की जिम्मेदारी पत्नी की ही क्यों?
- मैं तो कहूँगा स्त्रियों में समझौते से भी आगे समर्पण की भावना होती है।
- क्योंकि उन्हें बचपन से यही सिखाया जाता है। सोचते-सोचते मैंने पर्स से गोगल्स निकालकर आँखों पर चढ़ाए। कुछ देर बाद महसूस हुआ कि आँखों को उतनी ही धूप लग रही है और ठीक से दिख भी नहीं रहा है।
- ऐसा क्यों?
- स्कूटर के सामने लगे शीशे में देखा तो आँखें भी टेढ़ी-मेढ़ी सी दिख रही थी। लगा थकान की वजह से आँखें ऐसी दिख रही है। कुछ ठीक नहीं लग रहा था। मन में विचारों के गुब्बारे उड़ रहे थे, बाहर हवा चल रही थी, आधा रास्ता तय हो चुका था।
- गोगल्स उतारकर एक बार चेक कर लेना चाहिए था न?

- वही किया, पता चला कि मैंने गॉगल्स की जगह अपने नजदीकी नंबर का चश्मा चढ़ा रखा था! चुपके से चश्मा उतार दिया और गॉगल्स पहन लिए।

- फिर विचारों में कुछ बदलाव आया?

- तुम्हें कैसे पता?

- मैं तुम्हारी रग-रग से वाकिफ़ हो गया हूँ।

- सुबह वोट्सएप पर जयपुर निवासी मेरी एक सहेली लक्ष्मी पुरोहित की पोस्ट पढ़ी थी वो याद आ गई, 'जो तराशता है उसे ख़ूबी, जो तलाशता है उसे ख़ामी नज़र आती है।'

- वाह! तुमने पार्थो को तराश लिया है, इसलिए तुम्हें गुस्सा नहीं आया। वैसे तो बंदा नेक है, बस भेलपुरी खाने की तुम्हारी इच्छा को समझ नहीं पाया।

- मतलब और थोड़ा तराशना पड़ेगा।

- मैं अगर तुम्हारी जगह होता तो उस ठेले से हटता ही नहीं, प्यार से कहता, 'आज तो भेलपुरी खिलानी ही पड़ेगी, झूठ-मूठ की नाराज़गी भी दर्शाता। पतिदेव नामक प्राणी दिल के बड़े भोले होते हैं! उन पर यह ट्रिक बड़ी असर करती है।

- यही ट्रिक तो नहीं आती न! ऑडिट फील्ड में कार्य करने वाले टू द प्वाइंट बात करते हैं।

- ड्यूटी पर ऑडिट होता है, मैडम। घर में तो यही प्यार बरकरार रखना पड़ता है। अब घर में भी ऑडिट ऑफिसर बन कर रहा करोगी तो तुम्हें नुकसान उठाना पड़ेगा। नाटक के कलाकार को यह सब आना ही चाहिए, बहन जी!

- जी भाई साहब! होता यह है कि जिस कार्यक्षेत्र में आप जॉब करते हो, उसका असर व्यक्तिगत जिंदगी में भी पूरी तरह से होता है। उसे दूर करने में उतने ही साल लगेंगे जितने साल जॉब में बीते, समझे?

- फिर तो पतिदेव के साथ जब भी बाहर जाओ, तब वही ऑडिट ऑफिसर का रौब दिखाओ और कहो, 'सुनो, जाओ और सामने की दुकान से दो डिश भेलपुरी ले आओ। मैं यहीं बैठी हूँ। साथ में दो चाय और ठंडे पानी की बोतल भी लेते आना। पेमेंट भी कर देना। घर जाकर मैं हिसाब देख लूंगी।

- वाह! गज़ब का आइडिया। नेक्स्ट टाइम के लिए नोट कर लिया। पार्थो की जगह तुम होते तो मैं शायद यही कहती।

- अच्छा? तो अब मुझसे इतना मीठा कैसे बोल लेती हो?

- भूल गए? हमारा रिश्ता किसी भी सांसारिक बंधन से परे है।

- मल्लिका, हर मानवीय रिश्ते में ऐसी मुक्ति होती तो दुनिया में कोई युद्ध नहीं होता।

- हम रिश्तों की अहमियत को नहीं समझते, ऐश।

- सही कहा। ख़ैर, अब तुम्हारा वेज पुलाव खाने का समय हो गया है। पार्थो से भेलपुरी का बदला न लेना। उसे ठीक से खिलाना। तुम भी ठीक से खाना, फिर कल बताना, कैसा बना था। वैसे तुम गुस्से में खाना अच्छा बनाती हो।

- अच्छा? तुम्हें कैसे पता?

- एक बार तुमने ही बताया था। इससे पहले कि तुम्हें फिर से गुस्सा आये, मैं गुड नाइट कह देता हूँ।

- आवजो त्यारे, काले वात।

15 सितम्बर 2018, शनिवार शाम 4.55

- तुम्हारे वहाँ शनिवार की सुबह होने में अभी भी समय है, अश्विन। आज दिन भर व्यस्त रही। आज पापा की पुण्यतिथि है। तैंतीस साल बीत गए, पर जब भी उन्हें याद करती हूँ, अपने क़रीब पाती हूँ। वैसे तो पापा के बारे में तुम्हें बताया है, पर आज उनके जुड़ी कुछ और बातें तुमसे शेयर करना चाहती हूँ। हो सकता है दोहराई भी जाये, तुम सुबह उठकर पढ़ लेना।

  वर्ष 1947 में देश विभाजन के बाद एक साधारण किसान परिवार के बेटे मेरे पापा 1950 में, पूर्वी बंगाल के कोमिल्ला ज़िले में स्थित अपना गाँव मोईनपुर छोड़कर अपने आठ वर्षीय भतीजे को साथ लेकर पश्चिम बंगाल आए। कोमिल्ला जिला अब पाकिस्तान का हिस्सा बन चुका था। ताऊजी वहीं रह गए। अपने मित्रों, रिश्तेदारों से बिछड़ने का ग़म, अपने गाँव से दूर होने का दर्द, पगडंडियाँ, तालाब, नदियाँ, अपने खेतों, खलिहान, पेड़ों, फूल-पौधों को हमेशा के लिए अलविदा कहने की घड़ी, ऐसी कितनी यादें उनके जहन में थी। जब भी वे अपने वतन के बारे में बताते, मैं उनकी बातें चुपचाप एक कहानी की तरह सुनती।

  मेरे नाना जी, मैमनसिंह जिले के रायजान गाँव के जमींदार थे। माँ का परिवार भी अपना गाँव छोड़कर पश्चिम बंगाल के चंदननगर टाउन में आ बसा था। अपनी संपत्ति की देखभाल के लिए नानाजी वहीं रह गए थे। तब माँ एक किशोरी ही थी। किसी मध्यस्थी की मदद से दोनों का विवाह हुआ था।

  पापा अपने काम के प्रति पूरी तरह से समर्पित थे। उन्हें कार्यस्थल पर भी सच्चाई का साथ देते हुए काफ़ी मुश्किलों का सामना करना पड़ा। माँ और हम बच्चों ने इन मुश्किलों को सकारात्मक रूप से लिया, परिणामस्वरूप हमें हर विपरीत परिस्थिति में लड़ने की ताकत मिली। पापा ने हमें सिखाया कि सच्चाई के रास्ते पर चलना मुश्किल है, नामुमकिन नहीं।

  हम सभी भाई-बहन पापा को 'बापू' कहकर बुलाते थे। हमें इसका राज़ बहुत बाद में पता चला। वे गांधीजी की जीवन शैली से बहुत प्रभावित थे। 'मेरा जीवन ही मेरा संदेश है।' बापू के इस जीवन मंत्र को पापा ने दिल से अपनाया था। यही कारण था कि उन्होंने हमें उन्हें 'बापू' कहकर संबोधित करना सिखाया।

पापा, माँ से बहुत प्रेम करते थे। उनके प्रेम का अर्थ बहुत रोमांटिक हो जाना, कोई गीत गुनगुनाना या कहीं वादियों में घूमने चले जाना नहीं था। उनका एक-दूजे के प्रति समर्पण का भाव ही उनके प्रेम का बेहतरीन प्रदर्शन था। एक सबसे आश्चर्यजनक बात जो मैं तुम्हें बताना चाहती हूँ। पापा के निधन के बाद, हर वर्ष पंद्रह सितम्बर से दो-तीन दिन पहले, पापा मेरे सपने में आते थे, लेकिन माँ के निधन के बाद, पापा कभी मेरे सपने में नहीं आए!

माँ जब आख़िरी बार मेरे घर रहने आईं, तब एक रात मैंने गज़ब का सपना देखा। मेरे घर का लैंडलाइन फ़ोन बजने लगा, मैंने उठाया। एक आवाज़ सुनाई दी, 'मॉली, तुमि खूब भालो कोरेछो, तोमार माँ तोमार साथे आछे।' आवाज़ पापा की थी, मैं कैसे न पहचानती? उन्होंने बस इतना कहा था कि मैं जोर से चिल्लाई, 'पापा...पापा... मुझे तुमसे बात करनी है, फ़ोन मत रखना।' मेरी नींद उड़ गई थी। फ़ोन कट चुका था और ठंड के मौसम में भी मुझे पसीना आ रहा था!

माँ की तबियत अचानक बिगड़ने लगी। सभी चिकित्सा के बावजूद करीब डेढ़ महीने बाद मेरे ही घर पर उनका देहांत हुआ। उस दिन के बाद पापा कभी मेरे सपने में नहीं आए। मुझे लगता है कि जब तक माँ थी, उन्हें माँ की बहुत चिंता थी। इस बात को मैंने कभी किसी को नहीं बताया, बताती तो शायद कोई यक़ीन भी न करता।

देश विभाजन की त्रासदी को सहकर भी पापा अपने जीवन को बचाए रखने में कामयाब रहे। संघर्षपूर्ण जीवन बिताते हुए भी हमें एक अच्छी ज़िंदगी देने की चाह रखी। हमें इस काबिल बनाया कि हम जीवन में सफलता हासिल कर सकें। पापा एक योद्धा थे जिन्हें असमय मौत ने हरा दिया।

बस अब और नहीं लिख सकती।

16 सितम्बर 2018, रविवार सुबह 11.00

- गुड मॉर्निंग डियर। अभी-अभी अपने काम से फ्री हुआ हूँ।
- तुम्हें थकान भी लग रही होगी, आज जल्दी ही सो जाना।
- मल्लिका, तुमने अपने पापा के बारे में जो लिखा है, मैंने सुबह ही पढ़ लिया था। तुम तो जानती हो, ड्यूटी पर होता हूँ तो दिन भर व्यस्तता रहती है। कोई बात नहीं हो पाई।
- जानती हूँ। आँसू रुक नहीं रहे थे, तो लगा कि अगर तुम्हें लिख दूँ तो मन थोड़ा हल्का हो जाएगा, बस और कुछ नहीं।
- बहुत अच्छा किया तुमने। बाँटने से दर्द कम होता है।
- उनकी चिकित्सा कर रहे डॉ. पंकज शाह ने कह दिया। अब उनका टर्मिनल स्टेज है। हम उन्हें मेरे घर ले आए। मेरे भाई-बहन, माँ कोई भी ज्यादा देर तक उनके पास नहीं बैठ पा रहे थे। मैं लगातार उनके पास बैठी रहती। पिछले नौ महीनों से, मैं पापा को तिल तिल मरते हुए देख रही थी।
- ---------------------
- उस दिन शून्य आँखों से मैं उनका चेहरा देख रही थी। मुझे लगा, वे कुछ कहना चाहते हैं।
- कुछ कहा था उन्होंने?
- उनके होंठ काँप रहे थे, लेकिन वे बोल नहीं पा रहे थे। मैंने पूछा, 'पापा लिख सकोगे?' उन्होंने इशारे से हामी भरी। मैं तुरंत काग़ज़ और पेन लेकर आई, लेकिन वे नहीं लिख सके।
- ओह! उनके शरीर में इतनी ताकत भी नहीं बची थी। फिर तुमने क्या किया?
- पापा मेरे दिल के इतने क़रीब थे कि मुझे पता था, वे क्या कहना चाहते हैं। मैंने प्यार से उनके माथे को सहलाते हुए धीरे से उनके कान में कहा, 'पापा मैं जानती हूँ कि आप माँ और भाई-बहन के बारे में सोच रहे हैं। आप निश्चिंत रहें, मैं सब का ख्याल रखूंगी।' उन्होंने बहुत धीरे से सिर हिलाया। उनकी आँखें बंद थीं, लेकिन मैंने उनके चेहरे पर निश्चिंतता का जो भाव देखा था, उसे शब्दों में बयान नहीं कर सकती।

- तुम प्यार की प्रतिमूर्ति हो।

- मैं पापा के आख़िरी वक़्त के दर्द को महसूसती रही। अब मेरे लिए वहाँ बैठना बहुत पीड़ादायक था, मैं उठकर दूसरे कमरे में चली गई। रो रोकर मेरी आँखें सूख चुकी थीं। मैं ज्यादा देर तक दूसरे कमरे में भी नहीं बैठ सकी, वापस आकर उनके पास बैठ गई और उनका सिर सहलाने लगी। उस वक़्त मैं उनकी माँ बन गई थी ऐश।

- मैं तुम्हारे दर्द को महसूस कर पाता हूँ।

- अचानक मुझे लगा कि अब वे जाना चाहते हैं। मैंने जल्दी से दूसरे कमरे में बैठे मेरे ताऊजी और माँ को बुलाया। मेरा हाथ उनके माथे पर था और वे अपनी अनंत यात्रा पर चल दिए।

- तुम्हारे वादे से उन्हें राहत मिली।

- इससे पहले मैंने कभी कोई मौत नहीं देखी थी अश्विन! मुझे लग रहा था, मेरे अस्तित्व का एक बड़ा अंश छूटा जा रहा है!

- मल्लिका, मैंने उन सभी बुजुर्गों को इसी तरह मौत को गले लगाते हुए क़रीब से देखा है, जिनकी मैंने सेवा की। भले ही उनकी देखभाल करना मेरी ड्यूटी थी, लेकिन जब हम किसी इन्सान की देखभाल में उनके साथ लंबा समय बिताते हैं, तो हमें उनसे इमोशनल अटैचमेंट हो जाता है।

- इसलिए तुमने मुझे पेशंट अंकल की तस्वीर भेजी है। मैंने तस्वीर देखी। तुम कितने सालों से उनकी देखभाल कर रहे हो?

- मैं क़रीब साढ़े तीन साल से उनकी देखभाल कर रहा हूँ। मैं वीकेंड पर ही आता हूँ, बाकी पाँच दिन एक मैक्सिकन लड़का आता है।

- हाँ, ये तुमने बताया था। क्या उम्र है उनकी?

- एटी वन यर्स।

- इस उम्र में भी इतना शानदार व्यक्तित्व!

- क़रीब साढ़े छह फीट हाइट है उनकी। यंग एज में भी उतने ही एक्टिव थे। स्पोर्ट्स में भी बहुत इंटरेस्ट था, वे बास्केटबॉल खेलते थे।

- अपने समय के नामी लॉयर भी तो थे।

- तुम्हें कैसे पता?
- तुम्हीं ने बताया था।
- हाँ, याद आया मल्लिका। पहले दिन जब मैं उनके घर गया और उन्हें पता चला कि मैं उनके साथ ही रहने वाला हूँ, तो उन्हें अच्छा नहीं लगा। जब उनकी पत्नी ने समझाया कि मुझे उनकी ही देखभाल करनी है, तब जाकर कहीं अग्री हुए। फिर धीरे-धीरे मुझे पसंद करने लगे।
- तुम उनकी केयर भी तो दिल से करते हो।
- मल्लिका, मैं हर तरह से उनकी केयर करता हूँ। उन्हें समय पर खाना देना, दवाइयां देना, उन्हें टहलने ले जाना, डॉक्टर के पास ले जाना आदि।
- ऐश, तुम-सा प्यारा इन्सान जिसकी भी केयर करे वह ख़ुश-क़िस्मत है।
- उनकी वाइफ़ भी मुझसे बहुत अच्छे से पेश आती है। जब भी आता हूँ, प्यार से 'गुड मॉर्निंग' कहकर मेरा स्वागत करती हैं। मेरे काम की हमेशा क़द्र करती हैं। वीकेंड में उनके घर एक फ़ैमिली गैदरिंग भी होता है।
- मतलब एक भारतीय परिवार का माहौल बनता है।
- बिलकुल, उनके बेटे-बेटी अपने परिवार के साथ शामिल होते हैं। क्रिस्मस की पार्टी में तो अस्सी के क़रीब मेहमान आते हैं। केटरिंग से खाना ऑर्डर किया जाता है।
- तुम भी तो उस परिवार में घुलमिल गए हो।
- हाँ, वे मुझे कहते हैं, 'यू आर ए पार्ट ऑफ अवर फ़ैमिली।' मेरे भरोसे पर अंकल को छोड़कर उनकी पत्नी, वीकेंड में अपनी बेटी या किसी रिश्तेदार के साथ जब चाहे न्यूयॉर्क या शिकागो चली जाती हैं।
- अंकल भी तुमसे बात करना पसंद करते हैं।
- बहुत बात करते हैं मुझसे।
- अश्विन, वहाँ के लोग किसी भी उम्र में जीवन का आनंद लेते हैं न?
- अरे, अंकल तो बड़े-बड़े मशहूर क्लबों के मेम्बर हैं। उनके दोस्तों का एक बड़ा ग्रुप है, सभी सीनियर सिटीज़न्स। वे मजे से साथ में खाते-पीते हैं और सारा ख़र्चा शेयर भी कर लेते हैं।

- क्या तुम्हें पूरे दिन वहीं रहना पड़ता है?
- नहीं, मैं उन्हें छोड़कर अपने घर खाने के लिए चला जाता हूँ, फिर उन्हें लेने जाता हूँ। कभी अगर किसी दूर की क्लब में जाना हुआ तो मेरा घर जाना मुश्किल होता है।
- फिर खाना?
- तब उनकी पत्नी मेरे खाने की व्यवस्था कर देती है। एक बार मैं अंकल को उनके स्कूल ले गया था।
- कहाँ पर?
- यहीं, उन्होंने लॉस एंजेलिस के लोयला हाई स्कूल में पढ़ाई की है। इसी स्कूल में उनके ग्रैंड चिल्ड्रन भी पढ़ रहे हैं। यहाँ के सभी स्कूल प्राइवेट हैं। एक्स स्टूडेंट्स अपने स्कूल को डोनेशन देते हैं। इसे स्टूडेंट फंडिंग भी कहा जाता है। इस मौके पर स्कूल में एक डिनर का आयोजन भी होता है।
- वाह! गुरु-शिष्य परंपरा।
- यही बात मुझे अच्छी लगती है।
- मैं भी इस परंपरा की सराहना करती हूँ। क्या अंकल अभी भी उतने स्वस्थ हैं?
- नहीं, आजकल वे पार्किंसन्स से जूझ रहे हैं। उनकी कमर पर एक चौड़ा सेफ्टी बेल्ट बांधना पड़ता है, जिसे पकड़कर ही उन्हें चलने के लिए सपोर्ट दे सकते हैं। वे मेरे कंधे पर हाथ रखकर चलना चाहते हैं, लेकिन इससे उनके गिरने का ख़तरा रहता है, इसलिए मैं उन्हें पीछे से सपोर्ट देने के लिए इस बेल्ट को यूज़ करता हूँ।
- धन्य हैं वे बुजुर्ग जिन्हें तुम जैसे संवेदनशील व्यक्ति की सेवायें मिली और धन्य हो तुम! अब आराम करो।
- मल्लिका, तुमसे कुछ देर बात की, मेरा मन भी थोड़ा हल्का हुआ। कल अंकल को लेकर क्लब जाना है। लौटने में देर होगी तो बात नहीं हो पाएगी, बाय।
- ओके। गुड नाइट।

17 सितम्बर 2018, सोमवार शाम 05.10

- तुम क्लब से देर से लौटनेवाले थे, इसलिए आज सुबह तुम्हें डिस्टर्ब नहीं किया। अभी डायरी देख रही थी कि बांग्लादेश के ढाका शहर की लिखी हुई एक घटना मिली। यह सच्ची घटना वर्ष 1968 की है, जब मैं बारह साल की थी। ढाका उस समय पूर्वी पाकिस्तान का हिस्सा था, जो 1971 में बांग्लादेश बना। मैं इस घटना को भूल नहीं पा रही थी, बहुत बाद में मैंने इस घटना के बारे में अपनी डायरी में लिखा था, तब मुझे कुछ राहत महसूस हुई थी। आज तुम्हें बताना चाहती हूँ। ढाका मेडिकल कॉलेज की होनहार विद्यार्थिनी थी, मधुमिता। जमींदार परिवार की बेटी थी। उस ज़माने में जब बेटियों को उच्च शिक्षा नहीं दी जाती थी, मधुमिता को यह अवसर मिला था। जैसा नाम वैसी ही सुंदर और स्मार्ट युवती थी मधुमिता। न केवल पढ़ाई में तेज थी, बल्कि गीत-संगीत में भी उतनी ही माहिर थी। मधुर आवाज़ की स्वामिनी मधुमिता को अक्सर ढाका रेडियो स्टेशन पर गाने के लिए निमंत्रण मिलता था।

  तबला वादक अजितेश गीत में उसकी संगत देता था। गीत और संगीत की जुगलबंदी के साथ-साथ दिलों का भी मेल होने लगा। दोनों एक दूसरे से प्यार करने लगे, लेकिन मधुमिता को पता था कि वह एक जमींदार घराने की बेटी है। उसका परिवार एक साधारण परिवार के युवक अजितेश को कभी स्वीकार नहीं करेगा। दोनों भागकर कोलकाता आ गए। माता पिता पर तो मानो आसमान टूट पड़ा। एक जमींदार परिवार की बेटी इस तरह किसी लड़के के साथ भाग जाए! उन्होंने सोचा ही नहीं था कि उनकी बेटी को कॉलेज में पढ़ाने का निर्णय समाज में उनकी बदनामी का कारण बनेगा। समाज की नज़रों में बेटी ने उनसे विश्वासघात किया था। जिस दिन मधुमिता ने अपना घर छोड़ा, उसके पिता ने उसे मृत घोषित कर दिया।

  दोनों युवा थे, किसी ने भी अपनी पढ़ाई पूरी नहीं की थी। उनके पास केवल गीत-संगीत की योग्यता थी। अजितेश ने कोलकाता रेडियो स्टेशन पर जाना शुरू किया और उसे थोड़ा बहुत काम मिलने लगा, लेकिन इस काम से गुज़ारा नहीं हो सकता था। मधुमिता की पढ़ाई छूट गई थी। मायके में अत्यंत वैभवी जीवन व्यतीत करने वाली मधुमिता का हसीन ज़िंदगी का सपना धीरे-धीरे टूट रहा था, फिर भी वह अजितेश के साथ ख़ुश रहने की कोशिश करती रही। उसे भी कोलकाता रेडियो स्टेशन पर थोड़ा काम मिलने लगा।

इस दौरान उनके दो बच्चे हुए, एक बेटा और एक बेटी। नियति का लिखा कोई नहीं जानता। अजितेश को टीबी हो गया। मधुमिता ने अपने पति की बहुत सेवा की लेकिन वह उसे बचा नहीं पाई। दो नाबालिग बच्चों के साथ मधुमिता इस दुनिया में बिल्कुल अकेली हो गई। उसने कोलकाता से दूर एक नगर में रहने वाली अपनी बुआ के घर के पास ही एक छोटा सा घर किराये पर लिया। संगीत के क्लास लेने लगी।

कुछ दिनों बाद मधुमिता की तबियत भी बिगड़ने लगी, डॉक्टर को दिखाया तो पता चला कि अजितेश की सेवा करते हुए टीबी ने उसे भी ग्रस लिया था! उसके पास स्थाई रोजगार का कोई साधन नहीं था। उसके माता-पिता ने उसे पहले ही छोड़ दिया था। ससुराल में बस ससुर ही थे जो पूर्वी पाकिस्तान में उनके गाँव में रहते थे। वह इतनी अभिमानी थी कि किसी के सामने हाथ भी नहीं फैला सकती थी। उसकी बुआ प्रेम की मूर्ति, जमींदार खानदान की एकमात्र ऐसी महिला थीं, जिनकी सोच बिल्कुल अलग थी। उसका अपनी बुआ के घर आना-जाना था। कभी-कभी बुआ उसकी मदद करती थीं।

मधुमिता के पास न इलाज की सुविधा थी और न ही खाने की उचित व्यवस्था। उसकी बीमारी बढ़ती ही जा रही थी, मज़बूरी की चरम सीमा थी। एक दिन उसने अपने दोनों बच्चों को बुआ के पास भेजा। बच्चों ने आकर नानी बुआ से कहा कि घर में खाने को कुछ नहीं है और माँ बीमार है। बुआ ने उन बच्चों को प्यार से खिलाया। कुछ पैसे दिए और माँ को उनके पास भेजने को कहा। बुआ को इस बीमारी के बारे में कुछ भी पता नहीं था। इस हाल में मधुमिता अपनी बुआ से मिलने की हिम्मत भी नहीं जुटा पाई।

अचानक एक दिन दोनों बच्चे फिर नानी बुआ के पास आए और कहा कि माँ बिस्तर पर सोई है, आज नहीं उठी और कुछ बोल भी नहीं रही है। बुआ ने तुरंत मधुमिता की हालत जानने के लिए अपने बेटे को उन बच्चों के साथ भेजा। डॉक्टर को बुलाया गया, पता चला कि मधुमिता इस दुनिया को छोड़कर चली गई है। बुआ के बेटों ने पड़ोसियों की मदद से उसका अंतिम संस्कार किया। ढाका में उसके पिता को एक टेलीग्राम भेजा गया।

आज बस इतना ही। तुम्हारे वहाँ सुबह होने को है, सुप्रभात कह देती हूँ।

18 सितम्बर 2018 मंगलवार रात 09.30

- कल तुमने जो कहानी लिखी, पढ़कर गनी दहींवाला का ये शेर याद आ गया-

  दिवस तो जिंदगीना आँख मीचीने कपाया पण,
  उघाड़ी आँखथी रातो कपातां वार लागे छे!

- बहुत सही कहा है गनी दहींवाला ने। ज़िंदगी के दिन आँख मूंदकर गुज़ारे जा सकते हैं, लेकिन खुली आँखों से रातें नहीं बिताई जातीं! क्या तुमने चाय-नाश्ता कर लिया?
- हाँ। प्रेम में कितने ही युवा/युवतियों के जीवन इस तरह बरबाद हुए हैं!
- मैं जानती थी ऐश, यह पढ़कर तुम्हें दुःख होगा; फिर भी मैं तुम्हें लिखने से ख़ुद को नहीं रोक पाई।
- उम्र के नाज़ुक मोड़ पर मधुमिता ने जो क़दम उठाया, केन्द्र में तो प्रेम ही था।
- दरअसल, जो युवा/युवतियाँ अपनी मर्ज़ी से प्रेम विवाह करते हैं, उनके पैरंट्स अनजाने में ही सही, यह सोचकर उन्हें नारकीय ज़िंदगी दे देते हैं कि वे इस विवाह में ख़ुश नहीं होंगे।
- सही कहा तुमने। एक शानदार व्यक्तित्व इस तरह मिट्टी में मिल गया! तुमने लिखा है कि मधुमिता के पिता को टेलीग्राम भेजा गया। क्या वे आये थे?
- आगे की कहानी भी दिल दहला देने वाली है!
- फिर भी जानना चाहता हूँ।
- लोक-लाज से ही सही, टेलीग्राम पाकर मधुमिता के माता-पिता दोनों आए। बुआ के घर पर ठहरे। बेटी के वैवाहिक जीवन की सारी परेशानियाँ सुनीं।
- सुनकर उन्हें ज़रूर दुःख हुआ होगा।
- मुझे नहीं पता, लेकिन पिता ने कहा था, 'मेरी बेटी ने मेरी इच्छा के विरुद्ध काम किया है। मैंने उसे कभी माफ़ नहीं किया। जिस दिन वह घर से भागी, उसी दिन वह मेरे लिए मर चुकी थी।'

- क्या एक पिता इतना बेरहम हो सकता है?
- यही हुआ, ऐश। बुआ के बेटों ने उनसे दोनों बच्चों को अपने साथ ले जाने का अनुरोध किया।
- तब उनका दिल पिघला?
- नहीं, उन्होंने उतनी ही सख़्ती से जवाब दिया, 'अगर तुम चाहो तो इन बच्चों को अनाथालय भेज दो। मैं इन्हें अपने साथ नहीं ले जा सकता।'
- क्या बात करती हो?
- मधुमिता के फूफ़ा जी पूर्वी पाकिस्तान में रहते थे। उनकी डेथ के बाद, पश्चिम बंगाल में रहने वाले बुआ के परिवार को भी भारी आर्थिक समस्याओं का सामना करना पड़ रहा था। ऐसे में बुआ इन दोनों बच्चों की जिम्मेदारी नहीं ले सकती थीं।
- उन बच्चों का क्या कसूर था, मल्लिका?
- कसूर यही था कि उनके माता-पिता ने प्रेम विवाह किया था।
- क्या हुआ उसके बाद?
- जिस दिन मधुमिता के माता-पिता बुआ के घर से रेलवे स्टेशन जाने के लिए एक साइकिल रिक्शा में बैठकर रवाना हुए, दरवाज़े पर खड़े दोनों बच्चे हतवाक होकर कभी अपनी नानी बुआ को और कभी अपने नाना-नानी को देख रहे थे।
- जाते समय भी उनका दिल नहीं पसीजा?
- नहीं। अचानक बुआ के बड़े बेटे ने बच्चों से कहा, 'बच्चों, तुम्हारे नाना-नानी जा रहे हैं। आज ही मौका है, कैसे भी उनके पीछे भागो और कहो कि तुम्हें उनके साथ ले जाएँ; नहीं तो तुम्हें आश्रम में रहना पड़ेगा। वहाँ तुम्हें कई मुश्किलों का सामना करना पड़ेगा, जल्दी भागो।
- फिर?
- पता नहीं दोनों बच्चे क्या समझे, लेकिन 'नाना...नाना' चिल्लाते हुए रिक्शा के पीछे भागने लगे। आसपास के लोग भी इकट्ठा हो गए कि यह क्या हो रहा है। बेटा रो रहा था, 'नाना हमें अपने साथ ले चलिए, हमें आश्रम नहीं जाना है। हम आपको परेशान नहीं करेंगे।' बेटी रो रही थी, 'हम आपसे कुछ नहीं मांगेंगे, नाना जी...'

- ओह माय गॉड!
- बच्चों की चीखें आख़िरकार ईश्वर तक पहुँच गई, ऐश! रिक्शा रुक गई। बच्चों की नानी नीचे उतरी।
- ओह! अब तक ख़ामोश रहने वाली नानी ने अब रानी की हिम्मत जुटाई!
- येस, नानी ने दोनों बच्चों को एक-एक करके उठाकर रिक्शे में बिठा दिया! उन्होंने अपने पति को अपने एक्शन से जो कुछ भी कहना था, कह दिया।
- बेटी के चले जाने के बाद से एक माँ जिस तरह घुट-घुट कर जी रही होगी! आज उन्हें यह दिखाने का अवसर मिला था कि उन्हें भी फ़ैमिली डिसीज़न लेने का अधिकार है।
- ऐश, समाज में बदनामी के डर से ही लोग प्रेम के नाम पर अपने क़दम पीछे की तरफ हटा लेते हैं।
- अगर मधुमिता के माता-पिता ने समाज की परवाह किए बिना बेटी की पसंद को स्वीकार कर लिया होता तो उनकी इतनी सुंदर होनहार बेटी का जीवन कितना अलग होता! ये समाज किनका बना है, मल्लिका?
- तुम्हारे प्रश्न के जवाब में मैं ओशो के विचार रखना चाहुंगी। भारतीय चित्त सदियों से कलुषित है। प्रेम के प्रति निंदा की एक गहन अवधारणा हजारों वर्षों से भारतीय मन में कूट-कूट कर भरी गई है। उसे ही हम संस्कृति कहते हैं। धर्म कहते हैं। इन सारे आवरणों के भीतर प्रेम का निषेध है।
- प्रेम पर पाबंदी तो जीवन पर ही पाबंदी हुई न?
- बेशक। ओशो आगे भी कहते हैं- प्रेम का निषेध ऐसा है, जैसे कोई वृक्ष के विरोध में हो और जड़ों को काटे। जड़ें कट जाएंगी, वृक्ष अपने से मर जाएगा। प्रेम विषाक्त हो जाए तो तुम जीवन के प्रति अपने आप उदासीन हो जाओगे क्योंकि जीवन में सिवाय प्रेम के कोई रसधार नहीं है। जीवन में प्रवाहित प्रेम सूखा, जीवन का वसंत गया; पतझड़ आई। फिर जीवन ठूंठ रह जाता है, लेकिन हमने सदियों से ठूंठों की पूजा ही की है।
- ओशो ने आसानी से वह कह दिया जो आम आदमी कहने में झिझकता है।

- क्योंकि वे अपने समय से बहुत आगे चल रहे थे।
- सही, एक बात बताओ। यह मधुमिता कौन थी? मतलब तुम्हारा उनसे कोई रिश्ता था?
- हाँ, मेरी नानी ने मुझे इस घटना के बारे में बताया था। मधुमिता कोई और नहीं बल्कि उनकी भतीजी थीं। रिश्ते में मेरी मौसी थी। मैं उनसे कभी नहीं मिली, लेकिन उनकी यह कहानी सुनकर मैं कई दिनों तक सो नहीं पाई थी।
- उन बच्चों का क्या हुआ होगा?
- बहुत बाद में मैंने यह भी सुना कि मधुमिता मौसी के दोनों बच्चों ने अपने मधुर व्यवहार से नाना-नानी का दिल जीत लिया। दोनों ने अच्छी पढाई की और अब अपने जीवन में सेटल हो गए हैं।
- चलो, उनके माता-पिता का बलिदान व्यर्थ नहीं गया।
- इतनी दर्दनाक कहानी का अंत कुछ हद तक सुकून देने वाला है। आज यहीं पर रुकती हूँ। डिनर बाकी है।
- ओह! डिनर ले लो। देर तक जागना नहीं, गुड नाइट।

19 सितम्बर 2018, बुधवार रात 8.45

- गुड मॉर्निंग कवि।
- जाग गई? अरे भूल ही गया, जागी तभी तो लिखा होगा।
- ये गुड मॉर्निंग तुम्हारे लिए लिखा है शायर, मेरे यहाँ तो रात के पौने नौ बजे हैं। लगता है तुम नींद में लिख रहे हो।
- कवियों का भरोसा नहीं। वैसे नींद में भी लिख सकते हैं या फिर लिख कर सो जाते हैं।
- मैं तो निरंतर लिखती रहती हूं। सपनों में भी, खयालों में भी। जागकर भी, सो कर भी...
- एक कहावत है ऊँघती नारी सदा सुखी।
- वाह! मुझे नहीं पता था कि तुम कहावत भी बना सकते हो। मैंने सुना है- "चेततो नर सदा सुखी"
- मेरा कहने का मतलब है, सोती हुई स्त्री को संसार की कोई चिंता नहीं सताती।
- और पुरुष भी कुछ समय के लिए निश्चिन्त हो जाता है।
- देखा, कितनी जल्दी समझ गई!
- स्मृति को फ़ोन दो, तो उससे थोड़ी बात कर लूँ।
- स्मृति और बेटियाँ तो अपने काम पर निकल चुकी हैं।
- बच गए। मॉर्निंग वॉक हो गई?
- तभी तो चाय के साथ तुम्हारा दिमाग़ खा रहा हूँ।
- खाओ, खाओ, इतना टेस्टी दिमाग़ मिलेगा कहाँ!
- ये तो है- मज़ेदार, ख़ुशगवार, सभ्य, विनम्र, दिलचस्प, मोहक, मनोहर..
- बस..बस..जानती हूँ हीरो, तुम्हें अब हिन्दी विषय में मास्टर डिग्री लेनी है।
- फाड़ी नथी शकातुं पानुं वीत्या वरसनुं,
मनने छे केवुं घेलुं आ जर्जरित जणसनुं!

- देखा? हिन्दी की डिग्री का विचार बदलकर गुजराती में आ गए। कौन हैं इतनी ख़ूबसूरत पंक्तियों के रचयिता?
- मुकुल चोकसी नाम मिला है।
- ये भी सही है ऐश, हम दोनों अपने बीते जीवन का एक पृष्ठ भी नहीं फाड़ पाए हैं, जैसे कोई बहुत पुराने गहने को संभाल कर रखता है! आज क्या याद आया?
- आज माँ बहुत याद रही है।
- कोई ख़ास वजह?
- मोबाइल पर एक गीत सुना, 'तू कितनी अच्छी है, तू कितनी भोली है...
- प्यारी प्यारी है...ओ माँ...
- सच, माँ को आर्थराइटिस का प्रॉब्लम था। वे सारा काम निपटाने के बाद बेड पर पेट के बल सो जाती और मैं माँ के पैरों पर खड़े होकर धीरे-धीरे चलता, उन्हें बहुत अच्छा लगता था।
- क्या गज़ब याद दिलाया तुमने! मुझे भी आर्थराइटिस की समस्या है। मैं भी बिस्तर पर पेट के बल लेट जाती और बेटे सोहम को मेरे पैरों पर चलने को कहती।
- अब पता चला कि तुम मुझे बेटा क्यों कहती हो!
- अरे! जब वह इस तरह मेरे पैरों पर चलता था, तब उसकी उम्र सात-आठ साल की होगी, इसलिए उसका वजन इस स्टाइल में पैर दबाने के लिए बहुत सही था।
- मैं भी सात-आठ साल का ही था जब मैं अपनी माँ के पैरों पर चलता। तुम शायद तब पैदा भी नहीं हुई थी।
- अच्छा ही हुआ, वरना तुम मुझे इस काम में लगा देते।
- हा...हा...जब चलते-चलते मैं रुक जाता तब माँ कहती, 'रेडियो चालू कर।'
- क्यों?
- माँ जानती थी कि मुझे म्यूज़िक बहुत पसंद है। मैं रेडियो ऑन कर देता और गाने के साथ ताल मिलाकर उनके पैरों पर चलता।
- आह! लगता है अब, मिले होते तुम तब!

- तब मिला होता तो तुम्हें मेरे पैरों पर चलना पड़ता, लेकिन उसके लिए मुझे कम से कम दो साल इंतज़ार करना पड़ता।

- क्यों भला?

- यार, तुम ख़ुद चलना सीखती फिर मेरे पैरों पर चलती न?

- सपनों की दुनिया कितनी हसीन होती है न! पंख लगा लो फिर कहीं भी उड़ो। अब धरती पर क़दम रखो बेटा।

- रख दिया। मुझे लगता है कि माँ सारा दिन घर का काम करती रहती थीं, उनके पैरों में दर्द होना बहुत सामान्य बात थी।

- माँ और बच्चे का यह रिश्ता कितना अनमोल होता है ना! बाद में जब बच्चे बड़े हो जाते हैं, तो उन्हें याद भी नहीं रहता, लेकिन माँ के लिए बच्चा हमेशा छोटा ही रहता है। यही ख़्याल उसे अपनी संतानों से जीवन भर जोड़े रखता है।

- सही कहा मल्लिका, जब मैंने नाटकों में अभिनय करना शुरू किया, तो रिहर्सल ख़त्म होने के बाद, लौटने में कितना भी समय लगे, मेरी माँ मेरा इंतज़ार करती।

- तुम माँ से बहुत प्यार करते थे न?

- अरे, मैं बारह साल की उम्र तक माँ के साथ ही सोता था, बिल्कुल एक छोटे बच्चे की तरह। मैं सबसे छोटा था। कभी हम बच्चे माँ को बहुत तंग करते तब वे कहती, 'तुम्हें जन्म देने और बड़ा करने में बहुत तकलीफ़ें सही हैं। हर कोई ऐसे ही बड़ा नहीं हुआ है।'

- माँ की बात से मैं भी सहमत हूँ। सोहम भी बारह साल की उम्र तक मेरे साथ ही सोया है। तुम तो फिर भी पाँच भाई-बहन थे, सोहम तो अकेला था इसलिए मैं उसे मेरे पास ही सुलाती। जब हम मणिनगर से इस मकान में शिफ़्ट हुए और मैंने उसके अलग सोने की व्यवस्था की, तब भी मैं रातको तीन-चार बार उठकर देखती कि वह ठीक से सोया है कि नहीं। ठण्ड का मौसम हो, तो उसने ठीक से कम्बल ओढ़ा है या नहीं।

- तुमने माँ का रोल भी बख़ूबी निभाया मल्लिका।

- जब वह छोटा था, जरा सा भी बीमार होता मैं ऑफिस से छुट्टी ले लेती। एक वर्ष ऐसा था, जब वह बार-बार बीमार होने लगा। मेरी इमीडिएट बॉस मिसेज राजगोपालन ने

मुझे हिदायत भी दी कि तुम सप्ताह में तीन दिन आती हो, हमारे डीएजी सर ने कहा है, इस अनुभाग से तुम्हारा ट्रांसफर कर देंगे।

- तुमने क्या कहा?
- मैंने उन्हें शांति से जवाब दिया, 'मैम, मेरा बेटा छोटा है। जब भी उसकी तबियत ख़राब होती है मैं छुट्टी लेती हूँ, लेकिन मेरी सीट का कोई काम मैं पेंडिंग नहीं रखती। फिर भी आप चाहें तो मेरा ट्रांसफर करवा सकती हैं।
- क्या तुम्हारा ट्रांसफर हुआ?
- नहीं। हो सकता है उन्होंने मेरा मन जानने के लिए कहा हो। मैं अपनी बात पर अडिग थी और ऑफिस का हर काम मैं समय से कर लेती थी।
- माँ तो बड़ा होने पर भी उतना ही ख़याल रखती है। हम सब दोस्त कभी देर रात तक मेहता रेस्टोरेंट में बैठे रहते। किसी दोस्त के बुलाने पर कभी माणेक चौक भी चले जाते। तब भी माँ इतना ही पूछती, 'कितने बजे आओगे?'
- तुम क्या कहते?
- हमारा लौटने का कोई फ़िक्स टाइम नहीं था। मैं कह देता कि थोड़ी देर होगी। मैं जितनी भी देर से घर पहुँचता, माँ उठकर दरवाज़ा खोलती और जब तक मैं हाथ-मुँह धोता, वे खाने की थाली सजाकर मेरे सामने रख देती।
- तुम क्या दोबारा खाने बैठ जाते?
- हाँ, क्योंकि रेस्टोरेंट में हम जो भी ऑर्डर करते, मैं हमेशा थोड़ा ही खाता और दोस्तों को कहता कि माँ ने घर पर मेरी थाली सजा कर रखी होगी। मैं कभी भी माँ को नाराज़ नहीं करता था।
- ग्रेट! आजकल माँ के मन को पढ़ सकने वाले बच्चे गिने चुने रह गए हैं। शादी से पहले, मैं भी जब गुजरात क्वीन से बारेजड़ी रेलवे स्टेशन पर शाम साढ़े छह बजे उतरती, घर पहुँचते ही मुझे खाना तैयार मिलता। कभी ऐसा नहीं हुआ कि मैं पहुँची और खाना नहीं बना। मेरे पहुँचते ही माँ मुझे थाली में खाना परोसकर देती थी।
- यह उस ज़माने का सिस्टम था। मेहमान भी आते तो उन्हें बाक़ायदा बिठाकर थाली में खाना परोस कर दिया जाता था, इतना ही नहीं इस बात का भी ख़्याल रखा जाता

था कि थाली में कौन सी चीज कम हुई या उन्हें और क्या चाहिए।

- खाने-खिलाने की यह रीत अब पुरानी हो गई है, ऐश। अब तो परिवार के सभी सदस्यों के लिए डाइनिंग टेबल पर एक साथ बैठना भी संभव नहीं होता।

- जीवन इतना फ़ास्ट बन गया है, हर कोई जैसे दौड़ रहा है।

- मुझे भी पहुँचना है एक जगह, कोई मेरा इंतज़ार कर रहा है।

- कौन?

- मेरा प्राइम टाइम। आज एक 'संस्मरण' को पूरा करना है।

- मेरा?

- धत्! मेरे जीते जी तुम संस्मरण नहीं बनोगे, दोस्त।

- मैं जानता हूँ, तुम मुझे अमर बनाने पर तुली हुई हो।

- बेशक। अभी डिनर बाकी है, फिर लेखन; बाय।

- क्रेज़ी गर्ल, गुड नाइट।

20 सितम्बर 2018, गुरुवार रात 9.20

- अहींया सूरज उग्यो ने सवार थई बाला।

- एम? सुप्रभात मित्र।

  दामन किसी का हाथ से जाता रहा मगर,
  इक रिश्ता-ए-ख़याल है जो टूटता नहीं...

- मल्लिका, चाय पीते हुए ये क्या पढ़ रहा हूँ?

- जो लिख रही हूँ, वही पढ़ रहे हो। कुछ शेर पढ़ रही थी और तुम आ गए सुबह का पैग़ाम लेकर। सोचा, एक शेर ही लिख दूँ।

- मेरे हाथ से तो मेरा वतन ही जाता रहा।

- रिश्ता-ए-ख़याल तो नहीं गया ना?

- अब तो जाने से रहा। इतने वर्ष हो गए हैं मुझे अमेरिका में रहते, लेकिन देश की मिट्टी को मैं एक दिन भी नहीं भूला हूँ, मल्लिका। यहाँ आने के बाद शुरुआती दिनों में तो मैं हर रोज आँसू बहाता था।

- मेरा इरादा तुम्हें चोट पहुँचाना नहीं था, ऐश। मुझे वहाँ तुम्हारे शुरुआती दिनों का संघर्ष याद है।

- मेरी वो कथा सुनकर तुम बहुत रोई भी हो, फिर भी तुम्हें बताता हूँ तो दिल हल्का हो जाता है।

- इसीलिए मैं कोई बाधा नहीं डालती। तुम बता सकते हो, जो तुम्हारे मन में है।

- तुम रोने लगती हो इसलिए कभी मैं लिखते-लिखते रुक जाता हूँ।

- तुम्हारा दर्द पढ़कर मैं अपनी भावनाओं को नियंत्रित नहीं कर सकती। हर बार तुम्हारा वह दमकता चेहरा मेरी आँखों के सामने आता है।

- अब न वह चेहरा बचा है और न ही कोई सपना।

- ऐसा मत कहो, ऐश। एक अनदेखा सपना जिसकी तुमने कभी कल्पना भी नहीं की थी वह सच हो गया है। अब तुम लेखक बन गए हो और कवि बनने की ओर बढ़

रहे हो।

- सच मल्लिका, कभी मैं ख़ुद भी हैरान हो जाता हूँ कि हर मुश्किल परिस्थिति में किसी इनविजिबल पावर ने मेरी रक्षा की।
- ऐसा इसलिए हुआ कि परम शक्ति में तुम्हारी आस्था बनी रही।
- सबसे आश्चर्यजनक एक बात जो मैंने किसी को नहीं बताई।
- कौनसी?
- जब मैं भयानक आर्थिक संकट से गुज़र रहा था, तो मुझे सड़क पर चलते-चलते कई बार डॉलर पड़े हुए मिलते थे।
- माय गॉड! क्या बात करते हो?
- वह भी छोटी अमाउंट के नहीं। कभी बीस, कभी पचास तो कभी सौ डॉलर के नोट भी सड़क पर पड़े मिले।
- उफ़्फ़!
- तुम रोने मत लगना, अब ये दिन बीत चुके हैं। नौकरी मिलने के बाद मुझे ऐसा कोई नोट कभी नहीं मिला।
- बहुत ही अजीब घटना।
- सच में बहुत ही अजीब घटना घटती, हर बार मुझे अहमदाबाद की ज़ेवियर्स स्कूल के पटेल सर याद आते।
- इन घटनाओं का पटेल सर से क्या ताल्लुक़?
- स्कूल में जब कभी मैं सिर झुकाकर चलता, वे मुझे बहुत डाँटते थे। कहते, 'तुम लड़के हो, अपना सिर सीधा रखो और चलो। इस तरह मुंडी नीची करके चलते हो, क्या नीचे पैसे पड़े हैं?
- क्या कहूँ!
- कुछ मत कहो। मैं सिर झुकाकर चलता था और सच में मुझे पैसे मिलते थे!
- तुम्हारी रसिकता का जवाब नहीं।

- ये बातें मैंने आज तक किसी को नहीं बताई, मल्लिका।
- समय ने तुम्हें बहुत चोट पहुँचाई है, अश्विन!
- कहीं न कहीं मेरी रक्षा भी की है। एक बार, बेटी हीरवा के साथ बैंक से निकलते समय, उसे बाहर रोड पर एक कवर पड़ा मिला, जिसमें 3500 डॉलर थे। बेटी कवर लेकर बैंक की ओर दौड़ी और वहाँ काउंटर पर जमा कर दिया।
- इतने सारे डॉलर?
- बैंक से निकलते हुए किसी कस्टमर का गिर गया होगा। मैं सच कहता हूँ मल्लिका, अगर यह कवर मुझे मिला होता तो शायद मैं वापस देने नहीं जाता; क्योंकि मुझे पैसों की सख़्त ज़रूरत थी।
- ऐश, बहुत अच्छा किया जो तुमने बेटी को कवर जमा करने से नहीं रोका।
- मुझे यह विचार भी आया कि किसी ज़रूरतमंद ने बैंक से यह पैसे निकाले होंगे। इन पैसों के लिए वह कितना परेशान हो रहा होगा!
- क्या कोई इस कवर के लिए आया था?
- हाँ, हमारे जाने के कुछ देर बाद एक व्यक्ति अपनी पहचान बताकर बैंक से कवर ले गया था।
- तुम्हें कैसे पता चला?
- बेटी जब कवर जमा कराने बैंक गई, बैंक ने बेटी का नाम व परिचय नोट कर लिया किया था। बैंक ने पहचान लेकर मूल व्यक्ति को डॉलर्स लौटा दिये और बेटी की ईमानदारी की सराहना करते हुए स्कूल को एक मैसेज भेजा। उस दिन मुझे बेटी पर बहुत गर्व हुआ।
- यह घटना बताती है कि तुम अपनी बेटी से कितना प्यार करते हो।
- बहुत। मैं अपना संघर्ष उसके साथ शेयर नहीं करना चाहता था। अगर उस दिन मैंने उसे उस कवर को बैंक में जमा करने से रोका होता तो मेरे बारे में उसकी क्या धारणा बनती! मैं नहीं चाहता था मेरी बेटियाँ किसी गलत रास्ते पर चलें।
- तुम्हारा आशीर्वाद उन पर सदा बना रहे। स्मृति ने भी बेटियों की परवरिश में बहुत योगदान दिया।

- स्मृति ने ही बेटियों का ज्यादा ख़याल रखा है। मुझे तो अपने काम से समय ही नहीं मिलता था। ड्यूटी अवर्स भी अलग थे।
- तुम्हारे सभी संघर्षों की स्मृति मूक साक्षी रही है।
- हक़ीक़त में उसने मुझसे कहीं ज्यादा सहा है। एक बड़े घर की बेटी होते हुए भी उसने मेरे साथ बहुत मुश्किलें सही। मल्लिका, आज एक बात और याद आ रही है।
- कौनसी?
- एक बार एक स्टोर से बाहर निकलते समय मैंने एक ड्रग का पैकेट सड़क पर पड़ा हुआ देखा।
- तुमने उठाया तो नहीं?
- तुम तो जानती हो ड्रग्स की कीमत बहुत ज्यादा है। अगर मैं उठा लेता, तो इसे बड़ी आसानी से बेच सकता था।
- कैसे?
- अमरीका में कुछ ड्रग्स का कारोबार लीगल है, जिसे बेचने की इजाज़त है। मैंने सोचा कि कहीं बेवजह फँस न जाऊँ। मैंने उस पैकेट को अपने पैरों से हटाकर सड़क के किनारे रख दिया, फिर एक कोने में कुछ देर खड़ा रहा, यह देखने के लिए कि कोई आ रहा है या नहीं।
- क्या कोई आया?
- चंद मिनटों में एक काला आदमी दौड़ता हुआ आया, उसी स्टोर में गया। कुछ ही मिनटों में बाहर आया और इधर-उधर देखने लगा। उसकी नज़र उस पैकेट पर पड़ी, उसने उसे झट से उठाया और वापस उस स्टोर की तरफ भागा।
- क्यों?
- वह नशे में धुत था। वहीं से उसने ड्रग खरीदा होगा और स्टोर मालिक से झगड़ा करके आया होगा कि उसे पैकेट नहीं दिया गया। जब बाहर आया और उसे पैकेट मिल गया, तो उसे थैंक्स कहने के लिए वापस चला गया।
- वहाँ नशे में भी लोग मैनर्स नहीं भूलते। तुमने काले आदमी के बारे में बात की, वह अमेरिकन ही था ना?

- हाँ बिल्कुल, वह अफ्रीकन अमेरिकन था, जिन्हें पहले ब्लैक अमेरिकन के रूप में जाना जाता था। तुम्हें पता होगा कि अमेरिका में पहले अफ्रीका से लोगों को गुलाम बनाकर काम पर लाया जाता था।
- थोड़ा बहुत जानती हूँ।
- यहां के फ़ार्म में, खेतों में जहाँ कहीं भी उनकी ज़रूरत होती थी, वहीं उन्हें बेच दिया जाता था। वे जनरेशन वाइज़ मजदूरी करते और गुलाम कहलाते थे।
- याद आया। अब्राहम लिंकन ने जिस दास प्रथा को नाबूद किया, वही न?
- बहुत ख़ूब! किसने कहा कि तुम्हें इतिहास में कोई दिलचस्पी नहीं थी?
- मैंने ही कहा था। अब तुमसे संवाद करते हुए मुझे विश्व के इतिहास के बारे में जानकारी हासिल करनी पड़ रही है।
- शाबाश! 'डेमोक्रेसी इज अ गवर्नमेंट ऑफ द पीपल, बाय द पीपल, फॉर द पीपल', क्या तुम्हें पता है कि यह कथन अब्राहम लिंकन का था?
- ये नहीं पता, लेकिन सातवीं कक्षा में समाजशास्त्र में पढ़ा था- लोकोनुं, लोको द्वारा, लोको माटे चालतुं शासन एटले लोकशाही।
- याह... लोकतंत्र जनता का, जनता द्वारा और जनता के लिए शासन है। सातवीं कक्षा में ही तो टर्मिनल एग्जाम में तुम समाजशास्त्र में फेल हुई थी न?
- होवे साहेब! तुम्हारी तरह फेल होने का रिकोर्ड नहीं बनाया था।
- ओ गाँव की गोरी, नाराज़ क्यों होती हो? मैं तो यह कहना चाहता हूँ कि हम दोनों में कहीं तो कोई मेल था।
- वो तो था। मैं गूंगी थी और तुम्हारे मुँह में मुंग भरे थे।
- लगता है, अब मैदान छोड़ना पड़ेगा। आवजो गूंगी बहेन।
- आवजो मुंगेरी लाल।

21 सितम्बर 2018, शुक्रवार रात 10.20

- सुप्रभात डियर, क्या कर रहे हो?
- स्मृति और बेटियाँ अपने काम पर चली गई हैं। मुझे कल काम पर जाना है। कल के लिए कुछ खाना बनाने का इंतज़ाम कर रहा हूँ।
- तुम अपना टिफ़िन साथ ले जाते हो?
- हाँ, आजकल मैं सादा खाना खा रहा हूँ।
- क्या बनाओगे?
- खिचड़ी, इसमें तीन-चार सब्जी भी डाल दूंगा।
- हेल्दी फ़ूड भी तैयार हो जाएगा। आज मैंने भी डिनर में मसाला खिचड़ी बनाई थी, खा भी ली।
- हममें कितना मेल है, देखा? जली तो नहीं थी न?
- बनाते वक़्त तुम कुछ लिखते तो ज़रूर जल जाती।
- बच गया मल्लिका! अरे हाँ, याद आया। कल रात मैंने 'द कन्फ़ेशन' फ़िल्म देखी। सोचते हुए मन ईसाई धर्म के एक पवित्र सैक्रामेंट पर जाकर रुक गया।
- लगता है अब कुछ इम्पोर्टेन्ट बात होगी। क्या है ये सैक्रामेंट?
- कैथोलिक चर्च द्वारा मान्यता प्राप्त एक विधि 'कन्फ़ेशन' है। अगर इस धर्म के मानने वालों से कोई गलती हो जाती है तो चर्च में 'कन्फ़ेशन बॉक्स' में जाकर प्रीस्ट के सामने अपनी गलतियों को स्वीकारते हुए माफ़ी मांगते हैं।
- गलतियों को सुनने के बाद क्या प्रीस्ट उन्हें माफ़ कर देते हैं?
- मल्लिका, प्रीस्ट के सामने अपना गुनाह कबूल करके इंडायरेक्टली वे जीसस के आगे कन्फ़ेश करते हैं। जीसस की ओर से ही प्रीस्ट उन्हें क्षमा करते हैं। इस सैक्रामेंट से व्यक्ति को गिल्टी फीलिंग से मुक्ति मिलती है।
- 'द कन्फ़ेशन' फ़िल्म की कहानी क्या इसी विषय पर है?
- हाँ, यह एक कोरियन क्रिश्चियन शोर्ट फ़िल्म है। इस फ़िल्म को पाँच इंटरनेशनल

फ़िल्म फेस्टिवल अवोर्ड्स भी मिले हैं।

- फ़िल्म की कहानी क्या है?
- एक ट्रक ड्राइवर की कहानी है। उन्होंने बीस साल पहले नशे की हालत में राह चलते एक सज्जन को टक्कर मारी थी।
- ओह! फिर?
- खून से लथपथ वह सज्जन रोड पर दर्द से कराह रहे थे, पास में उनका बच्चा रोते हुए ट्रक ड्राइवर के सामने गिड़गिड़ा रहा था कि उसके पिता को हॉस्पिटल पहुँचाया जाए, लेकिन पुलिस के डर से वे उस सज्जन को राह में तड़पता छोड़कर भाग निकले थे।
- फिर?
- वर्षों बाद वे इसी गिल्टी फीलिंग के साथ चर्च में प्रीस्ट के सामने अपना गुनाह क़बूल करने आते हैं। यह पूछे जाने पर कि उन्होंने यहाँ आने में इतनी देर क्यों लगाई, वे कहते हैं कि उन्हें कैंसर है और उनके पास अब जीने के लिए ज्यादा वक़्त नहीं है, इसलिए अपना गुनाह क़बूल करना चाहते हैं।
- प्रीस्ट ने इस वृद्ध ट्रक ड्राइवर को क्या कहा?
- ट्रक ड्राइवर की कहानी सुनते हुए प्रीस्ट को अचानक याद आ जाता है कि कार की टक्कर से गिरने वाले सज्जन उनके पिता थे। पास में रोता हुआ बच्चा, वे ख़ुद थे। पिता को तड़पते देख वे बहुत रोये थे और अपने पिता की मदद के लिए प्रार्थना भी की थी, लेकिन वो ट्रक ड्राइवर नहीं रुका था। उनके पिता की मौत हो गई थी।
- ओह माय गॉड! फिर क्या हुआ?
- प्रीस्ट के गुस्से को देखकर वृद्ध ट्रक ड्राइवर अपने ख़राब स्वास्थ्य के कारण गिरने लगते हैं, तब प्रीस्ट उन्हें एक बैंच पर बिठाकर आराम करने के लिए कहते हैं। ख़ुद अन्दर चले जाते हैं।
- क्यों?
- प्रीस्ट अन्दर जाकर जीसस के सामने प्रेयर करते हैं और रोते हैं। कुछ देर बाद वे ट्रक ड्राइवर के पास लौटते हैं।

- क्या प्रीस्ट उस ट्रक ड्राइवर को माफ़ कर पाते हैं?
- हाँ, प्रीस्ट ट्रक ड्राइवर से झूठ बोलते हैं कि उनके पिता उस एक्सिडेंट में बच गए थे। उन्हें माफ़ भी कर देते हैं।
- अच्छा और सच्चा निर्णय लिया प्रीस्ट ने।
- घर पहुँचकर वे अपने पिता की तस्वीर से माफ़ी मांगते हैं कि उन्होंने प्रीस्ट होकर भी झूठ बोला क्योंकि वे उस बुज़ुर्ग ट्रक ड्राइवर की मौत को ख़राब नहीं करना चाहते थे।
- बहुत प्रेरणादायक कहानी है, ऐश। मैं इस फ़िल्म को ज़रूर देखूंगी। यहाँ 'रोमन कैथोलिक' सम्प्रदाय की मेरी ईसाई सहेलियाँ भी हैं।
- मल्लिका, सिक्सटिंथ सेंचुरी से पहले पूरे यूरोप में ईसाई धर्म एक ही था। सभी 'रोमन कैथोलिक' चर्च के सदस्य थे। इसे 'अपोस्टोलिक चर्च' भी कहते हैं। यह सम्प्रदाय वेटिकन के पोप को ही ईसा मसीह का प्रीस्ट मानते हैं।
- ईसाई धर्म की 'प्रोटेस्टैंट' शाखा भी तो है।
- 'प्रोटेस्टैंट' ईसाई धर्म की एक दूसरी बड़ी शाखा है। सिक्सटिंथ सेंचुरी में प्रोटेस्टैंट रिफ़ोर्मिस्ट मूवमेन्ट के चलते जर्मन रिफ़ोर्मर मार्टिन लूथर ने 'प्रोटेस्टैंट' सम्प्रदाय की शुरुआत की, जो पॉप की सत्ता को नहीं मानता। यह अधिक लिबरल सम्प्रदाय माना जाता है।
- तुमने बताया तो पता चला, मुझे ईसाई धर्म के बारे में अधिक जानकारी नहीं है।
- तुम्हें बताना अच्छा लगता है मल्लिका क्योंकि तुम हर विषय पर जानने के लिए उत्सुक रहती हो। एक और सम्प्रदाय भी है 'ईस्टर्न ऑर्थोडॉक्स', ये भी 'रोमन कैथोलिक' चर्च के पोप को नहीं मानते, इनके चर्च के प्रीस्ट को 'पेट्रीआर्क' या 'मेट्रोपॉलिटन' कहते हैं। उनके अपने ट्रेडिशंस हैं।
- धर्मग्रन्थ 'बाइबल' तो इन सभी सम्प्रदायों के लिए है न?
- हाँ। तीनों संप्रदायों का धर्म ग्रंथ 'बाइबल' है। ईसाई धर्म प्राचीन यहूदी ट्रेडीशन से निकला एकेश्वरवादी धर्म है। इसके दो भाग हैं- ओल्ड टेस्टामेंट और न्यू टेस्टामेंट।
- क्या है इन दो भागों में ?

- इस ग्रंथ में 73 आर्टिकल्स हैं। 46 आर्टिकल्स ओल्ड टेस्टामेंट में और 27 न्यू टेस्टामेंट में हैं। ओल्ड टेस्टामेंट यहूदियों के धर्मग्रंथ 'तनख़' का ही संस्करण है। न्यू टेस्टामेंट में ईसा मसीह के जीवन और उनके उपदेशों का लेखाजोखा मिलता है, जो उनके बारह शिष्यों द्वारा लिखे गए हैं।

- अश्विन, आज ईसाई धर्म के बारे में बहुत सारी जानकारी मिली। मैं हिंदू धर्म के बारे में थोड़ा बहुत जानती हूँ।

- बताओ, अब तुम मेरी गुरु बन जाओ।

- जितना मैंने पढ़ा है, बता सकती हूँ। डर लगता है, तुम कुछ ज्यादा न पूछने लगो।

- कोई बात नहीं, जितना पता है उतना ही बताना।

- हिंदू धर्म विश्व का प्राचीनतम धर्म कहा जाता है जिसका कोई एक संस्थापक नहीं है। यह धर्म वेदकाल से लेकर आज तक विभिन्न धार्मिक, दार्शनिक विचारधाराओं के साथ परिवर्तित होते होते भी सुरक्षित रह पाया है इसलिए इसे सनातन धर्म कहा जाता है।

- सनातन धर्म, वैदिक या आर्य धर्म के नाम से भी तो जाना जाता है।

- हाँ, हिंदुस्तान में बसे प्राचीन आर्यों का यह धर्म था इसलिए 'आर्य धर्म' तथा प्राचीनतम ग्रन्थ वेद इस धर्म के मूल में है इसलिए 'वैदिक धर्म' के नाम से भी जाना जाता है।

- मल्लिका, हिंदू धर्म का पवित्र ग्रन्थ किसे मानते हैं? रामायण और महाभारत, भगवद गीता के बारे में तो सुना है।

- देखा? तुम अब मेरी परीक्षा लोगे।

- नहीं रे, चर्चा शुरू हुई तो कुछ तो जानेंगे।

- मैंने जितना जाना है, इस धर्म का कोई एक पवित्र ग्रन्थ नहीं है। हिंदू धर्म के पवित्र ग्रन्थों को दो भागों में बाँटा गया है- 'श्रुति' और 'स्मृति'।

- गज़ब! ईसाई धर्म के एकमात्र पवित्र ग्रन्थ 'बाइबल' के दो भाग हैं और हिंदू धर्म के एक से अधिक पवित्र ग्रन्थों को दो भागों में बाँटा गया है!

- ऐश, इसीलिए तो विद्वान लोग हिन्दू धर्म को भारत की विभिन्न संस्कृतियों एवं परम्पराओं का सम्मिश्रण मानते हैं। हिंदू धर्म को 'वे ऑफ लाइफ' भी कहा जाता है।
- 'श्रुति' में कौन से ग्रन्थ हैं?
- 'श्रुति' के अन्तर्गत चार वेद-- ऋग्वेद, सामवेद, यजुर्वेद और अथर्ववेद आते हैं, हिंदू धर्म के सर्वोच्च ग्रन्थ हैं। हिन्दुओं का मानना है कि इन वेदों को परमात्मा ने ऋषियों को सुनाया था, जब वे गहरे ध्यान में थे। वेदों को श्रवण परम्परा के अनुसार पीढ़ी दर पीढ़ी गुरु द्वारा शिष्यों को सुनाया जाता था।
- मैंने सुना है, वेद पढ़ने वाले हिंदुओं की संख्या बहुत ही कम हैं।
- तुमने सही सुना है ऐश। वेदों के तत्वज्ञान को आम लोगों द्वारा गहराई से समझना कठिन है।
- मल्लिका, मुझे भी हिंदू धर्म की विस्तृत जानकारी नहीं है।
- 'श्रुति' ग्रंथों में कोई बदलाव नहीं किया जा सकता। 'स्मृति' ग्रन्थों में फिर भी देश-कालानुसार बदलाव हो सकता है।
- 'स्मृति' में कौन से ग्रन्थ है?
- वेदों को छोड़कर सभी शास्त्र 'स्मृति' श्रेणी में आते हैं। 'स्मृति' ग्रंथों में पुराण, उपनिषद, धर्मशास्त्र यानी स्मृतियाँ, आगम शास्त्र, रामायण, महाभारत, भगवद गीता आदि आते हैं। ये ग्रंथ ऋषियों ने रोचक कहानियों के माध्यम से आम लोगों को वेदों के तत्वज्ञान की जानकारी देने के लिए लिखे। ये ग्रन्थ अधिकांश हिंदू पढ़ते हैं।
- हिंदू धर्म की अच्छी बेसिक जानकारी दी तुमने मल्लिका। आज हम धर्म के रास्ते चले गए!
- कितना समय बीत गया कुछ पता चला? अब तुम खिचड़ी को तड़का लगाओ, तुम्हारा दिन मज़ेदार बीते।
- ओके, तुम्हें गुड नाइट कहता हूँ।

22 सितम्बर 2018, शनिवार सुबह 6.50

- ये शाम मस्तानी...मदहोश किये जाय...
- क्या बात, राजेश खन्ना!
- देखना चाहता था कि रिस्पोन्स क्या मिलता है।
- लगता है आज इवनिंग वॉक पर निकल पड़े हो। कैसा है शाम का नज़ारा?
- शाम भी थी धुआँ-धुआँ हुस्न भी था उदास-उदास,
  दिल को कई कहानियाँ याद सी आ के रह गई!
- किसे? फ़िराक गोरखपुरी को या तुमको?
- तुम जिसे समझो...आज इवनिंग वॉक पर ही निकला हूँ। मैं वीकेंड ड्यूटी पर होता हूँ, तो वॉकिंग छूट जाती है। गार्डन में पहुँचने वाला हूँ। कुछ देर बैठकर तुमसे कोई नई कहानी सुनना चाहूँगा।
- ओ भाई साहब, क़िस्मत से आज मैं जल्दी उठी हूँ। अभी नींद की दुनिया से बाहर आ रही हूँ।
- और मैं तुम्हें पढ़ते-पढ़ते एक नई दुनिया में खो जाना चाहता हूँ।
- कहाँ है वह नई दुनिया, मैं भी तो देखूं? अच्छा हुआ कि पार्थो इस समय उनके लिए पहली चाय बनाते हैं, आज मेरे लिए भी बनाई है।
- उन्हें पता था कि मैं आज सुबह ही तुमसे बात करने वाला हूँ। नाराज़ मत होना, कोई हल्की-फुल्की कहानी सुना दो।
- चाय सामने है और एक कहानी याद आ गई।
- मैं जानता हूँ, तुम्हारे पास कहानियों का ख़जाना है।
- आशु, हल्की-फुल्की ही है पर कहानी तुम्हें अच्छी लगेगी। जीवन में हमें कभी समय का एक स्पेल ऐसा मिलता है, जो बहुत ही सुखद होता है।
- और कहानी दिलकश बनती है। लिखना शुरू कर दो फिर।
- जयपुर शहर में हमारे कार्यालय के लिए एक रिजियोनल ट्रेनिंग इंस्टिट्यूट है, जहाँ कर्मचारियों को ऑफिस के काम से सम्बंधित विभिन्न ट्रेनिंग दी जाती है। वर्ष 2004

की बात है, एक ट्रेनिंग में तीन अन्य अधिकारीयों के साथ मुझे भी नॉमिनेट किया गया था।

- इस बहाने तुम्हें रिफ्रेशमेंट का अच्छा मौका मिल गया होगा।

- हाँ, एक हफ्ते की ट्रेनिंग थी। ऑर्डर पढ़कर मुझे ख़ुशी हुई कि मेरी सहेली जयश्री अय्यर का भी नाम था, लेकिन बाकी दो नाम पढ़कर मैं हैरान रह गई। एक थे धर्मेश पटेल और दूसरे थे किरीट मोदी।

- इसमें हैरानी की क्या बात थी?

- मैंने सुना था कि किसी बात को लेकर उन दोनों के बीच जमकर लड़ाई हुई थी। उनके बीच बातचीत का रिश्ता भी नहीं बचा था। एक बार सोचा भी कि एडमिनिस्ट्रेशन में जाकर बात करूँ, ऐसे दो अफसरों को हम दो महिला अफसरों के साथ भेजने का क्या मतलब है? ग्रुप में ही इतना तनाव होगा, तो ट्रेनिंग में हम कितने सहज रह पाएंगे?

- तुमने बात की?

- नहीं, पापा ने कही एक कहावत याद आ गई- 'मेयेर बाबा आलाप दिले छेलेर बाबा गाछे उठे।'

- इस कहावत का क्या अर्थ है?

- लड़की का पिता ख़ुद रिश्ता लेकर जाता है, तो लड़के का पिता पेड़ पर चढ़ जाता है।

- हा...हा... मतलब अपनी अहमियत साबित करता है और लड़की के पिता को भाव नहीं देता।

- बिलकुल, किसी भी संस्था के एडमिन का एक अलग ही पावर होता है, लड़के के पिता की तरह। इसलिए सोचा एडमिनिस्ट्रेशन में जाकर नहीं पूछना है।

- सहमत हूँ तुम्हारी बात से।

- हम नियत तारीख पर सुबह आश्रम एक्सप्रेस से जयपुर पहुँचे, वहाँ से ऑटो रिक्शा में आर.टी.आई. सेंटर पहुँच गए। चारों ओर से बगीचे से घिरी चार मंज़िला इमारत। ग्राउंड पर किचन, डाइनिंग हॉल, ट्रेनिंग हॉल और लाइब्रेरी। पहली मंज़िल पर रहने के लिए कमरे। कुल मिलाकर वहाँ की व्यवस्था बहुत अच्छी थी।

- मतलब सारी सुविधाएँ एक ही जगह अवैलेबल थी।

- बेशक, पहली मंज़िल पर मुझे और जयश्री को एक कमरा मिला था। क़िस्मत से धर्मेश पटेल और किरीट मोदी को भी एक ही कमरा शेयर करना पड़ा।

- ट्रेनिंग सेंटर को तो उनकी लड़ाई के बारे में पता नहीं होगा।

- वही तो। मुझे और जयश्री को थोड़ा तनाव तो होने लगा था। हम फ्रेश होकर ग्राउंड पर पहुँचे। चाय नाश्ता करने के बाद पहली मंज़िल पर अपने कमरे में जाते समय संदीप धुरंधर सीढ़ियों से उतरते दिखे।

- ये कौन महाशय?

- हमारी राजकोट ऑफिस के अफ़सर, वे पहले अहमदाबाद ऑफिस में थे। उनका ट्रांसफर राजकोट हुआ था। मुझे देखते ही बोले, 'अरे! मुखर्जी मैम आप? मैंने कहा, 'कैसे हो संदीप भाई? हम यहाँ ट्रेनिंग के लिए आए हैं, हमारे साथ धर्मेश पटेल और किरीट मोदी जी भी आये हैं।

- वे भी ट्रेनिंग के लिए ही आये होंगे न?

- उन्होंने बारी-बारी से हम दोनों की तरफ़ देखा और कहा, 'मैं भी इसी ट्रेनिंग के लिए आया हूँ। मुझे राजकोट ऑफिस से अकेले भेजा गया है। कल रात पहुँचा हूँ। इतना अकेलापन महसूस कर रहा था कि आज सुबह की ट्रेन पकड़कर वापस राजकोट जाने की सोच रहा था। क्या मैं आप के ग्रुप में शामिल हो सकता हूँ?

- तुमने हाँ ही कही होगी।

- देखा, कैसे समझ गए!

- तुम्हें समझ सकूँ उतनी दोस्ती तो हो गई है ना?

- हम्म....मैंने कहा, 'क्यों नहीं, चार से भले पाँच, अब राजकोट वापस जाने का ख़याल छोड़ दो। अब सीधे क्लास रूम में मिलते हैं।

- क्लास कैसी थी?

- ट्रेनिंग का टाइम टेबल काफ़ी इंटरेस्टिंग था। पहले लेक्चर के बाद टी ब्रेक, दूसरे लेक्चर के बाद लंच ब्रेक, तीसरे लेक्चर के बाद फिर टी ब्रेक और चौथे लेक्चर के बाद छुट्टी!

- तब तो दिन खाने पीने में ही बीत जाता होगा।
- ये तुमने सही नहीं सोचा। खाने-पीने के साथ-साथ हम दिल लगाकर क्लास अटैंड करते थे क्योंकि न सिर्फ़ हमारे कार्यालय में बल्कि ट्रेनिंग सेंटर में भी हमें रिपोर्ट बनाकर सबमिट करना होता था।
- तब तो तुम अच्छी विद्यार्थिनी बनकर सारे लेक्चर्स सुनती होगी।
- ठीक वैसे ही जैसे भवन्स कॉलेज में सुनती थी।
- मेरे पीछे वाली बैंच पर बैठने वाली जो एक ख़त भी ना लिख सकी। अब रिपोर्टर बन गई!
- मेरे साथ दिल लगाकर क्लास अटैंड करते, तो तुम्हारा भी रिपोर्ट बनाती ना!
- पता होता तो एक भी क्लास मिस नहीं करता। ख़ैर, आगे सुनाओ।
- चाय पीते-पीते हम पाँचों ने मिलकर एक प्लान बनाया कि शाम के चार बजे क्लास ख़त्म होने के बाद अपने-अपने रूम में जाकर थोड़ा फ्रेश हो जाएंगे, फिर जयपुर शहर घूमने निकलेंगे। ट्रेनिंग एक सप्ताह का था तो कम से कम पाँच दिन तो घूम ही सकेंगे।
- मल्लिका, अब मुझे गुलाबी शहर जयपुर दिख रहा है।
- आगे तुम हमें भी घुमते हुए देखोगे। तुम चाहो तो ज्वाइन भी कर सकते हो। पहले दिन ही जब हम प्लान पर बात कर रहे थे, बातों-बातों में मैंने कहा कि किसी की बात सुनते हुए बीच-बीच में मैं अपना कंसंट्रेशन खो देती हूँ। इस वजह से जयश्री ने मुझे कई बार डाँटा भी है।
- क्या बात! फिर मुझे कैसे याद रखा?
- तुम तो पत्थर की लकीर बन गए थे न।
- और तुम कल-कल बहता झरना! बातों का दौर जारी रखो।
- तब मोदी सर ने कहा कि इसे "गैप पीरियड" कहते हैं यानी दिमाग में कुछ पल के लिए एक वैक्यूम पैदा हो जाता है, जब कुछ सुनाई नहीं देता।
- तुमने क्या कहा?
- मैंने कहा, 'हो सकता है लेकिन मुझे इसका अंदाज़ा भी नहीं था। जयश्री के टोकने के

बाद ही मैंने इस पर गौर करना शुरू किया। मेरे साथ दूसरी समस्या यह है कि अगर कोई व्यक्ति मुझसे पहले मिल चुका है, दोबारा मुझे मिले तो मैं उसे तुरंत पहचान नहीं पाती। मुझे बड़ी शर्मिंदगी महसूस होती है।

- एक बार फिर चौंकाने वाली बात!

- तुम्हारी बात अलग है यार! तुम्हें तो मैं बंद आँखों से भी पहचान सकती हूँ।

- अब तो यही लग रहा है। फिर?

- बातचीत चल ही रही थी कि एक लड़का हमारे टेबल के पास आया और पूछने लगा, 'आप में से मुखर्जी मैडम कौन है? जब मैंने अपनी ओर इशारा किया तो उसने कहा, 'कोई आपसे मिलने आया है।'

- जयपुर में कौन था, जो तुम जैसी भुल्लकड़ को जानता था?

- मैं भी हैरान थी। जयपुर में ऐसा कोई शख़्स नहीं था जो मुझे जानता हो। मैं उठकर भवन के मुख्य द्वार पर पहुँची। बाहर एक युवक खड़ा था। मुझे देखते ही बोला, 'कैसे हो मैम, मुझे पहचाना?' मैं अवाक थी!

- अवाक ही खड़ी रह गई या कुछ कहा भी?

- मैंने कहा, 'भाई साहब, मैंने आपको पहचाना नहीं।' अब वह हैरान था। बोला, 'मुझे नहीं पहचाना? मैं अहमदाबाद के कार्यालय में आपसे कितनी बार मिला हूँ।'

- तुमने क्या कहा?

- मैंने कहा, 'आप मुझसे मिले हैं? याद नहीं आ रहा।' उसने कहा, 'अरे! आपने मुझे कितनी बार चाय पिलाई है!'

- कमाल की लड़की हो तुम, चाय पिलाकर भी भूल जाती हो?

- अश्विन, मेरा दिल बैठा जा रहा था कि अब क्या जवाब दूँ, मैंने कहा, 'सॉरी भाई साहब, आप ही बता दीजिए।'

- फिर?

- वह बोला, 'मैं संदीप का जीजा हूँ, राजेश शर्मा। संदीप ने ही मैसेज भेजा है कि मैं आप लोगों को जयपुर की सैर कराऊँ। मैं आप लोगों को लेने आया हूँ।' अब मैंने उन्हें पहचान लिया।

- कहाँ चाय पिलाई थी, जीजाजी को?
- मुश्किल यही है 'कालिया' कि हर बार तुम्हें पीटने की मेरी ख़्वाहिश अधूरी रह जाती है।
- मज़ाक समझा करो, नामकरण करने में तुम बुआ हो। ये संदीप कौन था?
- संदीप ग्वालियर ऑफिस से हमारी ऑफिस में ऑडिटर की डेप्युटेशन पोस्ट पर आया था। जयपुर में उसकी दीदी रहती थी। जीजा राजेश शर्मा का मुख्य बिज़नेस संगमरमर की मूर्तियों का था। साथ में वे और भी कई बिज़नेस करते थे। इसी सिलसिले में वे अक्सर अहमदाबाद आते थे। संदीप से मिलने वे हमारी ऑफिस में आते।
- संदीप भी तुम्हारा दोस्त बन गया था।
- बस तुम ही न बन पाए। संदीप ग्वालियर में पहले पत्रकार था। उसने फूलन देवी का इंटरव्यू भी लिया था।
- फिर अहमदाबाद में एक और फूलन देवी मिली।
- अगर मैं फूलन देवी होती तो सबसे पहले तुम्हारा अपहरण करती, समझे?
- फिर चम्बल में ले जाकर डाकू बना देती!
- डाकू नहीं, बाग़ी कहो।
- समझ गया, पानसिंह तोमर की बात याद आ गई।
- तो बाग़ी भाई, अहमदाबाद की ऑफिस में संदीप की पहली पोस्टिंग मेरे सेक्शन में थी। वह बहुत ही मिलनसार लड़का था। हमेशा मैडम-मैडम करता रहता। जब भी उसके जीजा जी आते, वह उन्हें मुझसे मिलवाने ले आता। मैं उनके लिए कैंटीन से चाय मंगवाती।
- अच्छा हुआ, मैंने तुम्हारे साथ कभी चाय नहीं पी।
- चाय पीते तो तुम मेरे जीजा जी होते।
- अब आगे की कहानी कल सुनूंगा। अब गार्डन से घर की ओर रुख़ करता हूँ। आँखें घिरने लगी है।
- 'जीजा जी' कहा इसलिए आँखें घिरने लगी।

- याद रखना, साली आधी घरवाली होती है।
- स्मृति से पूछकर बताना। फ़िलहाल और थोड़ी देर तुम्हारा सिर खाना है, हा....हा...
- खाओ फिर, जीजा जी से क्या कहा तुमने? वे तो तुम लोगों को जयपुर की सैर करवाने लेने आये थे न?
- हाँ, हमारी बात चल रही थी कि चारों दोस्त आ गए। तय हुआ कि शनिवार को हम उनके साथ आमेर पैलेस देखने जायेंगे क्योंकि वह शहर से ग्यारह कि.मी. की दूरी पर है।
- बाकी के प्लेस तुम लोगों ने ख़ुद ही देख लिए?
- यस, पहले ही दिन क्लासिस अटैंड करने के बाद फ्रेश होकर नज़दीक के बस स्टैंड पर पहुँच गए और बस में सवार होकर हवा महल पहुँचे।
- हवा महल तो अपनी गुलाबी रंग की रेटिकुलर विन्डोज़ के लिए मशहूर है।
- बिलकुल, हवा महल का अनूठा आकर्षण यही रेटिकुलर विन्डोज़ हैं जिन्हें झरोखा भी कहते हैं। यहाँ से शहर का मनोरम दृश्य भी देखा जा सकता है।
- मैं जयपुर नहीं गया हूँ, लेकिन सुना है कि हवा महल सिटी पैलेस के एक हिस्से के रूप में बनाया गया था इसलिए बाहर से कोई एंट्रन्स नहीं है।
- सही सुना है। हमें सिटी पैलेस की तरफ़ से ही प्रवेश करना होता है। पाँच मंज़िला यह इमारत विशेष रूप से शाही परिवार की महिलाओं के लिए बनाई गई थी, ताकि शाही महिलाएँ नीचे गलियों में होने वाले समारोहों और अन्य गतिविधियों को देख सकें।
- अहा! मैं तुम्हें हवा महल के किसी झरोखे में खड़ा देख सकता हूँ।
- मतलब अब नींद आनी शुरू हो गई है। कुछ और देर बगीचे में बैठे रहे तो ख़ुद को सवाई प्रतापसिंह समझने लगोगे। मैं तुम्हें एक बात बताकर घर लौटने के लिए आज़ाद कर दूंगी।
- गौर करो, तुम भी रानी की भाषा में बात कर रही हो।
- गौर किया। वहाँ से निकलकर हम शहर की कुछ और जगहों पर घूम लिए, अँधेरा हो रहा था और रास्ते में लोग कम होते जा रहे थे। एक बस स्टैंड देखा तो हम वहाँ जाकर खड़े हो गए, लेकिन एक भी बस नहीं आ रही थी।

- क्यों? कम से कम रात के दस-ग्यारह बजे तक तो बसें चलती होंगी न?
- हम सब पहली बार जयपुर आये थे तो कोई आइडिया नहीं था। अभी साढ़े सात ही बज रहे थे, इसलिए निश्चिन्त थे कि बस आएगी। इतने में एक सज्जन हमारे पास आए, मेरी और जयश्री की तरफ़ देखा फिर हमारे तीन साथियों की तरफ़ देख कर बोले, 'किसी भी महिला के लिए शाम के बाद इस शहर में घूमना ठीक नहीं है। अगर आप लोगों को ऑटो भी मिल जाए तो उसमें बैठ जाइए और जल्दी से अपने घर जाइए।
- फिर?
- उनकी बात सुनकर हम दोनों डर गए। अब हमारी निगाहें ऑटो ढूंढने लगी। कुछ देर बाद एक ऑटो आती दिखाई दी। हमने उसे रोका और बैठ गए। ऑटो ड्राइवर भला आदमी था। उसने भी यही कहा कि शाम के बाद महिलाओं को बाहर नहीं निकलना चाहिए।
- एक सवाल, एक ऑटो में पाँच लोग कैसे बैठ गए? क्या ऑटो का साइज़ बदल गया है?
- मैंने तुम्हें पहले ही कहा था कि जीवन में हमें समय का एक स्पेल ऐसा मिलता है, जो बहुत ही सुखद होता है।
- हाँ कहा था, लेकिन ये सवारी तो सुखद नहीं हो सकती।
- नज़रिया बदलो तो सुखद ही थी। यह एक स्कूल ऑटो था। इस ऑटो में मुख्य सीट के सामने बच्चों के लिए एक एक्स्ट्रा पतली सीट बनाई गई थी ताकि ज्यादा बच्चे बैठ सकें। मुख्य सीट पर दो, सामनेवाली सीट पर दो लोग बैठे और धर्मेश भाई सामने ड्राइवर के साथ बैठ गए।
- तुम कहाँ बैठी?
- मुझे पता था तुम्हारा अगला सवाल यही होगा।
- नाराज़ मत होना, बातों का दौर आगे बढ़ाने के लिए पूछा।
- नहीं पूछते तो भी जवाब देती। हम पाँच की टीम में सीनियर मोस्ट थे किरीट मोदी सर, तो उनका मुख्य सीट पर बैठना लाज़मी था। हम दो महिलाएँ थीं। दोनों अगर मुख्य सीट पर बैठतीं तो सामने की सीट पर बैठा व्यक्ति अपने पैर ठीक से नहीं रख

पाता, इसलिए संदीप भाई और जयश्री सामने बैठे।

- तुम और धर्मेश भी तो बैठ सकते थे।

- नहीं बैठ सकते थे।

- क्यों?

- क्योंकि मेरी और जयश्री की हाइट तो एक ही थी लेकिन वेट में वो मुझसे आधी थी तो पतली सीट पर वही समा सकती थी। मोदी सर के आसपास धर्मेश भाई को बिठाना ख़तरे से खाली नहीं था।

- हाँ, तुमने कहा था, दोनों में पहले ही लड़ाई हो चुकी थी।

- समझ गए। रास्ते भर जयश्री चिढ़ती रही कि दुबले होने के कारण उसे वुडन सीट पर बैठना पडा।

- और तुम्हें मोटी होने का फ़ायदा मिला।

- बहुत फ़ायदा मिला। आगे-आगे पता चलेगा। अब घर लौटने की राह पकड़ो महाराज, स्मृति दरवाज़े पर हाथ में लाठी लिए इंतज़ार कर रही है।

- गज़ब की दोस्त हो तुम! पहले हवा महल दिखाती हो, फिर लाठी।

- स्मृति तुम्हारी बेगम है, निश्चिंत रहो। मेरे कहने से भी लाठी नहीं उठाएगी। वह खाने पर तुम्हारा इंतज़ार कर रही है।

- इतनी दूर से भी तुम देखती सही हो। शाम को स्मृति सब के लिए इन्डियन स्टाइल का खाना बनाती है।

- मजे से खाना, फिर जल्दी सो जाना। कल तुम्हें जल्दी उठकर काम पर जाना है, बाय।

- तुम्हारा दिन शुभ हो।

23 सितम्बर 2018, रविवार सुबह 10.25

- सलाम साली जी।
- अहा! जीजा जी, सलाम। लगता है ये नया रिश्ता तुम्हें भी पसंद आ गया। अब अहमदाबाद आओगे तो तुम्हारे जूते भी छुपाने पड़ेंगे।
- मैं कोई पैसे वैसे नहीं दूंगा।
- कोई बात नहीं, खाली पैर ही घूम लेना अहमदाबाद।
- कहाँ कहाँ उड़ाती फिरती हो मुझे!
- वैसे भी वीकेंड में तुम ड्यूटी पर होते हो। तुम्हारे लिए कुछ मज़ेदार बातें ढूंढती हूँ ताकि तुम फ्रेश हो जाओ।
- अपने कमरे में आ गया हूँ। दिनभर के काम के बाद थोड़ा थका हुआ महसूस करता हूँ, फिर भी तुमसे संवाद करना अच्छा लगता है।
- कल तुम्हें एक बात बताना तो भूल ही गई थी।
- कौनसी?
- हमारी अहमदाबाद से जयपुर की ट्रेन यात्रा के बारे में।
- कोई ख़ास इन्सिडेंट हुआ था क्या?
- मेरा और जयश्री का आश्रम एक्सप्रेस के थर्ड एसी कम्पार्टमेंट में स्लीपिंग रिज़र्वेशन था।
- इसमें ख़ास क्या था?
- धर्मेश भाई और मोदी सर का कम्पार्टमेंट अलग था, तो हम उन्हें जयपुर स्टेशन पर ही मिलने वाले थे। शाम को मैं और जयश्री जब प्लेटफ़ार्म पर खड़ी ट्रेन में हमारे कंपार्टमेंट तक पहुँचे तो देखा, हमारा कंपार्टमेंट पूरा पैक था। जनरल कोच जैसा हाल था। प्लेटफ़ार्म पर भी बहुत भीड़ थी और अधिकतर युवा थे।
- क्या कारण?
- हमें भी आश्चर्य हो रहा था। कंपार्टमेंट में चढ़कर हम बड़ी मुश्किल से अपनी सीट

तक पहुँचे तो देखा, हमारी सीट पर कम से कम सात-आठ युवा बैठे थे। मैंने उनसे कहा, 'भैया यह सीट नंबर तो हमारा है।'

- तो एक लड़का उठ कर खड़ा हो गया और बोला, 'आप बैठ जाइए।'

- फिर?

- मैंने कहा, 'भाई, हमारा स्लीपिंग रिज़र्वेशन है; पूरी सीट ही हमारी है।'

- सारे युवा उठ गए?

- नहीं, किसी ने भी कोई रिस्पोन्स नहीं दिया। जो युवा खड़ा था वही बोला, 'जब आपको सोना हो तब बताना, हम उठ जाएंगे।' मैंने पूछा, 'ये तो ठीक है, लेकिन आप सब रिज़र्व्ड कंपार्टमेंट में कैसे आ गए?'

- क्या कहा उसने?

- उसने कहा, 'रेलवे विभाग की भर्ती के लिए लिखित परीक्षा का एक केन्द्र अहमदाबाद था, यह जानकारी हमें परीक्षा के दस दिन पहले मिली इसलिए हमें वेटिंग टिकट के सहारे ही सफ़र करना पड़ रहा है। आते समय भी हमें कोई रिज़र्वेशन नहीं मिला और जाते समय भी नहीं मिला, इसलिए हम इस ट्रेन में जहाँ भी जगह मिली चढ़ गए हैं।'

- ओह!

- अभी तो मैं उसे आगे भी कुछ पूछना चाह रही थी कि रेलवे के कुछ पुलिसकर्मी कंपार्टमेंट में आ पहुँचे और सभी युवाओं को धक्के मार कर नीचे उतारा।

- किसी पैसेंजर ने कम्प्लेन्ट किया होगा।

- अश्विन, भविष्य में रेलवे कर्मचारी बनने का सपना लेकर आए थे ये सभी युवक! मुझे बहुत बुरा लग रहा था, लेकिन हालात हमारे हाथ में नहीं थे। हम अपनी-अपनी रिज़र्व सीटों पर बैठ गए।

- मतलब सभी ने चैन की साँस ली।

- कहाँ? पुलिस टीम चली गई। जैसे ही ट्रेन में चली, सभी युवा 'करो या मरो' की स्टाइल से कंपार्टमेंट में चढ़ गए। अब हमारे पास और कोई विकल्प नहीं बचा था। मैं और जयश्री हमारी सीट पर बैठे थे, हमारे बगल में तीन युवा बैठ गए।

- फिर?
- मैंने जयश्री की ओर देखा और उन युवाओं से बात शुरू की।
- एक गूंगी लड़की इतनी बातूनी कैसे हो गई?
- यह तो शोधकर्ताओं का विषय है, मंगु।
- ये नाम कहाँ से लाई?
- कहीं पढ़ा था, मंगु नाम का अर्थ है मिठाई। मंगु नाम के लोग बहुत ही अच्छे दोस्त होते हैं। वे अकेले रहना पसंद नहीं करते। वे बहुत भावुक और संवेदनशील होते हैं। ये सब गुण तुममें है, इसलिए प्रास भी बैठ गया।
- मुझे लगा कि नाराज़गी में लिख रही हो। भूल गया तुम एक कवयित्री भी हो।
- अब नाराज़ होने से क्या फ़ायदा!
- ओके बाबा, फिर क्या हुआ?
- मैंने पास बैठे युवा से पूछा, 'भैया, अगर रेलवे की एग्जाम है तो क्या रेल विभाग ने आप लोगों के लिए कोई व्यवस्था नहीं की?' उसने बड़ी विनम्रता से कहा, 'नहीं, हम क्या करें मैडम? हमें परीक्षा देनी थी। हमारी पढ़ाई ख़त्म हो गई है, हम नौकरी की तलाश में हैं।'
- तुम्हें तो बातचीत का विषय मिल गया।
- बिल्कुल, मुझे लगा कि वह युवक मेरे भाई जैसा है। धीरे-धीरे आसपास बैठे सभी युवक चर्चा में शामिल हो गए। उनकी पढ़ाई, उनका परिवार, उनके सपने.... विभिन्न विषयों पर चर्चा हुई। हम रात के क़रीब बारह बजे तक बातें करते रहे।
- तुमने उनके दिलों को पॉज़िटिव एनर्जी से भर दिया मल्लिका।
- ऐश, अगर सभी कंपार्टमेंट्स के लोग इनकी मुश्किलें जान लेते तो कोई हंगामा नहीं होता। लोग इतने ख़ुदग़र्ज़ हो गए हैं कि उन्हें लगा होगा कि हमने अपनी बर्थ पर सोने के लिए ज्यादा पैसा ख़र्च किया है, फिर हम अपना सुख-चैन किसी और को क्यों दें?
- कभी देकर भी देखें तो पता चले कि दिल को कितना सुकून मिलता है। हमारी ख़ुशी

या गम इस बात पर निर्भर करता है कि हम हर स्थिति से कैसे निपटते हैं।

- सही, मेरे पैरों का दर्द बढ़ रहा था। मैंने कहा, 'भैया, अब आप लोगों को सीट छोड़नी होगी क्योंकि मैं इस तरह से रात भर नहीं बैठ सकूँगी।

- फिर?

- वे तीनों उठ खड़े हुए। उन्होंने मिडिल बर्थ उठाने में भी हमारी मदद की। जयश्री मिडिल बर्थ पर सो गई और मैं लोअर बर्थ पर।

- चलो, आख़िर सोने की जगह मिल गई।

- कहाँ? क़रीब एक घंटे के बाद मुझे एहसास हुआ कि मैं अपने मुड़े हुए पैरों को लंबा नहीं कर पा रही हूँ। आँखें खोलकर देखा तो पैरों के पास दो युवा सिकुड़कर बैठे हुए थे। पैसेज में कुछ युवक फर्श पर लाइन लगाकर सोए थे। बाकी बचे कुछ, बर्थ पर सोये हुए पैसेंजरों के पैरों के पास बैठे थे।

- तुम तो यह देखकर बहुत ही इमोशनल हो गई होगी।

- सच में ऐश, मैं इन युवाओं के लिए कुछ नहीं कर सकती थी। मैंने उन दोनों युवकों को ऐसे ही बैठे रहने दिया और रात बिताई। अर्ली मॉर्निंग हमें जयपुर उतरना था। यहीं पर ट्रेन यात्रा की चर्चा समाप्त होती है।

- राजेश जी के साथ जयपुर घूमने की बात अभी बाकी है।

- मतलब तुम सब कुछ ध्यान से पढ़ते हो?

- मैडम हम किताब लिख रहे हैं, बाद में एडिटिंग वर्क में तुम मेरा सिर फोड़ोगी।

- वो तो है। हालाँकि राजेश जी के साथ घूमना और भी मज़ेदार रहा। उस दिन जब मैं उनसे पहली मिली थी तब मैं यह कहना भूल गई थी कि हम पाँच लोग हैं।

- ऑटो में भी तो पाँच की सवारी चल रही थी। फिर?

- हम दैनिक कार्य निपटाकर, तैयार होकर भवन के सामने आकर खड़े थे। प्लान के अनुसार शनिवार सुबह साढ़े आठ बजे राजेश जी की एंट्री हुई। वे मारुति-800 कार से आये थे।

- राजेश जी ही तुम लोगों को जयपुर घुमाने वाले थे तो उनका तो कार में रहना

अनिवार्य था।

- वही तो। हम पाँच में से किसी को भी ड्रॉप नहीं कर सकते थे। हम सोच में पड़ गए उन्हें कहें तो क्या कहें। राजेश जी का स्वागत करते हुए मैंने उनसे कहा, 'राजेश जी, हम तो पाँच लोग हैं, आपकी कार में कैसे बैठेंगे?

- उन्होंने क्या कहा?

- उन्होंने हम पाँचों की तरफ़ एक नज़र देखा, फिर कुछ सोच कर बोले, 'कोई बात नहीं थोड़ा इधर-उधर करके बैठ जाएंगे।

- ओह गॉड, यह इधर-उधर की बात कहाँ हुई? तुम तो पहले से ही थोड़ी हैवी थी।

- यह तय हुआ कि कोई भी एक आगे बैठेगा और चार लोग पीछे बैठेंगे।

- शाबाश।

- आगे भी शाबाश ही कहना पड़ेगा। बहुत कोशिश करने के बाद भी हम चार लोग पीछे की सीट पर बैठ नहीं पाए। फ़ाइनली यह तय हुआ कि आगे की सीट पर संदीप भाई और जयश्री बैठेंगे।

- मारुति कंपनी को मैसेज भेजा था क्या? ये तो वर्ल्ड रिकोर्ड बनाने वाली बात हुई।

- वर्ल्ड रिकोर्ड ही बनाया जुगनू!

- जुगनू कैसे याद आया?

- भूल गए? तुम कॉलेज की ओर से साउथ की टूर पर गए थे, जहाँ बस में एक पंजाबिन लड़की ने तुम्हारे लिये गीत गाया था।

- अच्छा, तुम भी सब याद रखती हो। फिर तुम लोग कार में कैसे बैठे?

- अगली सीट पर पहले संदीप भाई बैठ गए, फिर विंडो के पास जयश्री ने बैठने की कोशिश की।

- कोशिश कामयाब हुई?

- हुई ना। संदीप भाई ने बाएँ पैर को इस तरफ़ रखते हुए दायाँ पैर गियर क्रोस करके राजेश भाई की तरफ़ बढ़ा दिया।

- यानी उनके दो पैरों के बीच में गियर!
- येस...
- राजेश भाई बेहोश तो नहीं हो गए?
- बेहोश होते-होते बचे। हमारी हिम्मत से उनका हौसला बढ़ा। वे बोले, 'चलेगा, मैं ऐसे ही आप सबको आमेर पैलेस ले जाऊँगा।'
- उफ्फ! जयश्री को तो स्लिम होने की सज़ा मिली।
- हाँ, डर के मारे मेरा तो हाल बेहाल था। अगर गाड़ी कहीं उलट गई तो ट्रेनिंग अपनी जगह और हम न जाने कहाँ होंगे! अब धीरे-धीरे कार चल दी, सीधे आमेर पैलेस की ओर। ऊंची पहाड़ी की तलहटी में कार रुकी और हम सबने राहत की साँस ली।
- कार से उतरते हुए तो कोई परेशानी नहीं हुई?
- मौक़ा है तो मज़ाक कर लो, और क्या!
- नहीं रे, जिस पोज़िशन में सब बैठे थे तो पाँव जम गए होंगे न? ख़ैर, पैलेस तक कैसे पहुँचे?
- ऊपर पैलेस तक पहुँचने के लिए सीढ़ियाँ है, ढलान वाला रास्ता भी है और हाथी पर सवारी भी अवेलेबल है।
- तुम लोगों ने कौनसा ऑप्शन चुना?
- हमने तय किया कि हम ढलान वाले रास्ते से ही चढ़ते हुए पैलेस तक पहुँचेंगे।
- वाह! आर्थराइटिस की मरीज पर्वतारोहक बनने चली।
- सच में, पैर जैसे पीछे की तरफ़ खींच रहे थे। सूरज सिर पर चढ़ने लगा था, इसलिए बीच में कहीं बैठना भी संभव नहीं था। कैसे भी पैलेस तक पहुँच गए। इतनी बड़ी जगह में फैला हुआ पैलेस! आसपास कुछ नहीं दिखाई देता था, ऊँची दीवारों के सिवा!
- पैलेस तो ऐसे ही होते हैं।
- मेरे मुंह से अचानक यह वाक्य निकला, 'रानियाँ कैसे रहती थीं इस बंद किले में? मैं तो किसी भी हाल में ऐसे महल की रानी बनना पसंद ना करूँ।' संदीप भाई हँसते हुए

बोले, 'आप क्या सोचती हैं? आपको पूछकर रानी बनाया जाता? राजा को जो भी पसंद आए, उसे रानी बना लेते थे।' सब खिलखिलाकर हँसने लगे।

- संदीप भाई की बात तो बिल्कुल सही थी। अगर किसी राजा को तुम पसंद आ गई होती तो तुम भी जयपुर की महारानी होती।
- अहा! क्या बात कही! मैं जयपुर की महारानी बनती तो भी वहाँ से भाग निकलती।
- एक मौक़ा चूक गई महारानी। अब आगे बताओ क्या देखा?
- इस विशाल किले के अंदर दीवान-ए-आम, दीवान-ए- ख़ास, सुख महल, शीश महल, एक सुंदर मंदिर, एक ख़ूबसूरत बगीचा समेत कई ऐतिहासिक और बेहद आर्कषक संरचनाएं बनी हुई है।
- ये सब जगहें तुमने देखी?
- नहीं, आधा महल घूमने के बाद मैं एक पेड़ के नीचे बैठ गई और उन चारों को कह दिया कि भाई आप लोग जाइए, बाकी का आधा महल घूम के आइए। मैं यहाँ पेड़ के नीचे बैठी हूँ।
- मुझे पक्का पता था कि तुम पूरा महल नहीं घूम पाओगी।
- पैरों में दर्द होने लगा था। क़रीब दो घंटे बाद वे चारों घूमकर कर आ गए फिर हम धीरे-धीरे ढलान से नीचे उतर गए। लगभग सारा दिन ही बीत गया। अब मेरी बात को विराम देती हूँ। तुम्हारे वहाँ रात है, तुम्हारे सोने का हाई टाइम है। गुड नाइट।
- ओके डियर, बाकी बातें कल बताना।

24 सितम्बर 2018, सोमवार सुबह 10.40

- तुम्हारी सुबह का सलाम। अंकल को सुलाकर अभी अपने कमरे में आया हूँ।
- इस उम्र में भी तुम्हें काम करना पड़ता है, थक गए हो न?
- सभी को यहाँ काम करना पड़ता है डियर। अब तुमसे कोई नई कहानी सुनते-सुनते नींद आने लगेगी।
- मतलब मेरी कहानियाँ इतनी बोरिंग होती हैं?
- नहीं रे....बड़ी मज़ेदार होती है।
- बारिश की बात करें?
- हमारे यहाँ रात है मैडम। इतनी रात को तुम मुझे बारिश में भिगाओगी?
- याद करो, कॉलेज के रास्ते बारिश में भीगना बाकी रह गया था।
- अहा! छोटी-छोटी खुशियाँ हमें बड़ा सुख दे जाती थी!
- ऐश, बारेजड़ी की सार्वजनिक स्कूल में छत टीन की बनी थी। हमारे क्लास रूम में तो दीवारों और छत के बीच क़रीब दो फीट की जगह खाली छोड़ी हुई थी। बारिश के दिनों में टूटी छत से न केवल पानी टपकता, बल्कि उस खुली जगह से रूम के अन्दर पानी की बौछारें भी आने लगती।
- वाह! क्लासरूम में भीगकर भी पढ़ती रहती थी?
- नहीं रे.. बारिश शुरू होते ही स्कूल का पियून क्लासरूम में आकर प्रिंसिपल साहब का आदेश सुनाकर जाता कि सब घर चले जाएँ। हम खुशी से उछल पड़ते और तुरंत बारिश की तेज बौछारों में भीगते हुए घर की ओर निकल पड़ते।
- तुम्हारी स्कूल बैग कौन उठाता?
- उफ़्फ़! अश्विन मेरी स्कूल बैग कौन उठाएगा? प्लास्टिक के बड़े कवर में भरी बैग मैं ही उठाती।
- मैंने इसलिए पूछा कि कॉलेज में तो तुम मुझे ढूंढती थी, तुम्हारी किताबें उठाने के लिए।

- देखा? कैसे याद आ गया वो दिन जब अहमदाबाद में ओले गिरे थे! अगर तुम मेरे स्कूल में होते तो ज़रूर मैं तुम्हें ही ढूंढती मेरी किताबें उठाने के लिए।
- फिर ये गीत भी गाते, 'भूरे भूरे बादल, भीगा भीगा जंगल, नीला नीला पानी, शाम है सुहानी...'
- 'लव यू मिस्टर कलाकार' फ़िल्म का ये गीत है। किसी ग़लतफ़हमी में न रहना, कलाकार। वैसे कॉलेज में भी तुम कहाँ मिले थे?
- याद करो, जिस दिन कॉलेज का इलेक्शन हुआ था, उस दिन हल्की बारिश हो रही थी। गाने का एक मौक़ा दिया होता तो उस ज़माने का गीत गाता....बरसात में हमसे मिले तुम सजन, तुमसे मिले हम...
- स्मृति को बुलाओ। पूछ लेती हूँ, उसके साथ तुमने कौनसा गीत गाया था।
- तुम भूल रही हो, मैं ड्यूटी पर हूँ और स्मृति घर पर है।
- अच्छा, इसलिए निकल पड़े हो बारिश में भीगने।
- बारिश का मौसम तुम लाई हो, लड़की। अच्छा ये बताओ तुम घर कैसे पहुँचती?
- घर? अहा, क्या दृश्य याद दिलाया रुतेश!
- रितेश तो सुना है, ये रुतेश कहाँ से लाई?
- पहले सोचा, बारिश से जुड़ा कोई नाम खोजुं तुम्हारे लिए 'मेघ' या 'मुकिल', दोनों का अर्थ 'बादल' है। फिर सोचा रुतेश ठीक है, सभी ऋतुओं का राजा।
- तुम्हारी गाड़ी बहुत जल्दी ट्रेक से उतर जाती है।
- अभी ट्रेक पर लाती हूँ। जब हम स्कूल से निकलते। रास्ते के दोनों और छोटे-छोटे झरने बहते दीखते। उस बहते पानी में छपाक छपाक खेलते, फिर दौड़ते हुए घर पहुँच जाते।
- अगर तुम घर पहुँच गई हो, तो अब जयपुर की गलियों में पहुँचो। वहाँ तुम्हारे चार दोस्त घूम रहे हैं।
- अरे हाँ, वो ट्रेक तो याद ही नहीं था! लगता है, तुम भी रातभर जयपुर ही घूमते रहे हो।

- आमेर पैलेस में घूमता रहा।
- अब तुम्हें जयपुर की गलियों में ले चलती हूँ। हमने जंतर मंतर, बिरला प्लेनेटोरियम, बिरला मंदिर भी देखा।
- जंतर मंतर क्या है?
- जानते हुए भी पूछ रहे हो, खगोलशास्त्री! यह भी बता दूँ कि यह "यंत्र मंत्र" का अपभ्रंश रूप है। यहाँ खगोलीय अंकन के लिए चौदह विभिन्न यंत्र हैं। आगे मत पूछना। जब तुम इंडिया आओगे, मेरी सब सहेलियों के साथ मैं तुम्हें जयपुर घूमने ले चलूंगी।
- तुम अकेली इतनी भारी पड़ रही हो, तो सब सहेलियों के बीच तो मैं भर्ता बन जाऊँगा!
- वो भी बैंगन का। एक और मज़ेदार वाक़या याद आ गया।
- थैंक गॉड, बैंगन का भर्ता बनने से बच गया। कौनसा वाक़या याद आया?
- जयपुर की गलियों में घूमते हुए जिस किसी धर्म स्थान पर जयश्री की नज़र पड़ती, वह कहती, 'चलो अंदर जाकर दर्शन करके आते हैं।
- और तुम लोग उसके साथ चले जाते।
- हम उसे नाराज़ नहीं करते। जब एक गुरुद्वारा आया तो जयश्री ने इस गुरुद्वारे में भी जाने की इच्छा जताई।
- मतलब उसकी आस्था हर ईश्वर में है।
- हो सकता है, लेकिन मैं अन्य धार्मिक स्थलों पर जाने से हिचकिचाती हूँ क्योंकि अगर हम उनके दर्शन के नीति नियमों को नहीं जानते तब शर्मिंदगी महसूस होती है।
- तुम गुरुद्वारे में गई क्या?
- सब जाने के लिए राज़ी हो गए, तो मैं अकेली कहाँ खड़ी रहती? मैं भी चल दी उनके साथ। अब गुरुद्वारे के नियम तो हमें पता नहीं थे। अपने जूते बाहर उतारने के बाद आपको अपने पैर धोने होते हैं। हमने अपने जूते उतारे और सीधे अंदर जाने लगे। वहाँ बैठे एक व्यक्ति ने हमें रोका।

- गुरुद्वारों में सभी धर्मों के लोगों का स्वागत किया जाता है। बिना हाथ-पैर धोए आप गुरुद्वारे में प्रवेश नहीं कर सकते। यहाँ हमारे घर के पास एक गुरुद्वारा है, इसलिए मुझे पता है।

- हाँ, तुमने गुरुद्वारा में अपनी सेवाएँ देने वाले मित्र सज्जन सिंह के बारे में भी बताया है। अब अन्दर जाकर देखा तो मत्था टेकने के लिए भी एक नियम है। सिर ढकना होता है। मैंने और जयश्री ने सलवार-कमीज पहन रखी थी, इसलिए हमने अपना सिर दुपट्टे से ढक लिया। पुरुषों ने अपने सिर पर रूमाल रखा।

- फिर?

- मत्था टेकने के बाद, वहाँ खड़े एक सज्जन ने हमें प्रसाद देना चाहा। कुछ सोचते हुए मैंने अपना दाहिना हाथ आगे बढ़ाया तो उस सज्जन ने अपना हाथ रोक लिया।

- प्रसाद कभी एक हाथ से नहीं लिया जाता। दाहिने हाथ को बायें हाथ के ऊपर रखकर प्रसाद ग्रहण किया जाता है।

- तुम्हें तो सब कुछ पता है, गुरु। भगवान का शुक्र है कि दूसरे ही पल मुझे यह याद आ गया और मैंने तुरंत बायीं हथेली को दाहिनी हथेली के नीचे रख दिया, फिर उन्होंने मुझे प्रसाद दिया।

- तुम्हें जयश्री पर गुस्सा आया होगा।

- मुझे जयश्री पर सचमुच गुस्सा आ रहा था। बाहर आकर मैंने उससे खूब बहस की। अगर तुम किसी ऐसे धार्मिक स्थान पर गई जिनके दर्शन के नीति-नियम हमें पता ना हो, तो मैं बाहर खड़ी रहूंगी। हर धर्म ने अपने-अपने ईश्वर रचे हैं और सभी ईश्वर एक ही परमेश्वर के अलग-अलग रूप हैं। मुझे हर जगह जाने की ज़रूरत नहीं है।

- हक़ीक़त में जिस परिवार में हम पैदा होते हैं, उसका धर्म हमें अपने आप ही मिल जाता है। अन्य धर्मों के ईश्वर हमसे नाराज़ न हों, ये धर्म-भीरुता हमें डराती है।

- शायद। इस सिलसिले में संदीप भाई ने एक मज़ेदार बात कही।

- कौन-सी?

- यदि किसी बात को बार-बार दोहराया जाए तो उसका हमारे मन पर बहुत बड़ा प्रभाव पड़ता है। अगर हम मानसिक रूप से कमज़ोर हैं, तो वह बात हमारे मन पर

हावी हो जाती है।

- तुम्हारी बातें बड़ी रहस्यमय हैं। कुछ समझ में नहीं आया।
- संदीप भाई के घर के मंदिर में माँ अंबाजी की तस्वीर है। उनकी पत्नी जब भी पूजा रूम से बाहर आती हैं, उन्हें माँ अम्बा के चेहरे के बारे में बताती हैं। कभी कहती हैं कि आज माँ का चेहरा बड़ा उदास था, कभी कहती हैं कि आज माँ बहुत तनाव में हैं, कभी कहती हैं कि आज माँ मुस्कुरा रही थी।
- फिर?
- संदीप भाई भी उसी माँ की पूजा करते थे। पूजा करते हुए एक दिन उन्होंने भी माँ के चेहरे की तरफ़ गौर से देखा। उन्हें लगा कि आज माँ का चेहरा उदास है। दूसरे दिन देखा तो माँ गुस्से में दिखी, तीसरे दिन माँ का हँसता हुआ चेहरा दिखा।
- इंटरेस्टिंग!
- यह सुनकर सभी खिलखिलाकर हंसने लगे। जयश्री के प्रति मेरा गुस्सा गायब हो गया। अब हमारे पास बहस करने का कोई कारण ना रहा। हम जैसे स्कूल के छात्र बन गए थे!
- मल्लिका, इस घटना का मोस्ट यूनिक कन्क्लूज़न यह है कि ख़ुशहाल ज़िंदगी बिताने के लिए कोई लक्ष्य होना ज़रूरी नहीं है। नीदरलैंड के प्रो वीनहोवेन के वर्ल्ड हैपीनेस डेटाबेस का रिपोर्ट याद आ गया।
- क्या है इस रिपोर्ट में?
- जीवन में ख़ुशी कैसे मिल सकती है इस विषय पर उन्होंने शोध किया है। वे कहते हैं, 'भले ही आम तौर पर यह समझा जाता है कि ख़ुशहाल ज़िंदगी जीने के लिए एक लक्ष्य होना ज़रूरी है लेकिन इस पर मिक्स्ड व्यूज़ देखने को मिलते हैं।'
- मतलब?
- ख़ुशी पाने के लिए अगर हम किसी टारगेट पर नज़र रखें तो हमें निराशा ही मिलती है।
- ऐश, कभी-कभी लोग अपने टारगेट्स को लेकर बहुत गंभीर हो जाते हैं और सारी ख़ुशियाँ खो देते हैं।

- प्रो. वीनहोवेन यही कहते हैं कि ख़ुशहाल जिंदगी बिताने के लिए ज़रूरी है कि आप सक्रिय रहें।
- वाह! आज तुम प्रोफ़ेसर और मैं स्टुडेंट बन गई। गुरुजी, मेरा किचन बुला रहा है।
- क्या बनाओगी आज?
- वेज पुलाव।
- अगर जल जाए तो पार्थो को मत खिलाना, तुम भले खा लेना।
- तुम्हें एक बार ज़रूर जला हुआ पुलाव और जला हुआ पापड़ खिलाना चाहती हूँ।
- जला हुआ पापड़ क्यों?
- जले हुए पुलाव के साथ कुछ तो जला हुआ होना चाहिए न?
- चलता हूँ अब नींद के आगोश में। मेरे हिस्से का भी तुम ही खा लेना, ओके?
- ओके, गुड नाइट।

25 सितम्बर 2018, मंगलवार रात 10.50

- सुप्रभात महाशय।
- दूसरी पारी की चाय पीते-पीते तुम्हें याद ही कर रहा था और तुम हाज़िर हुई।
- तुमने याद किया और मैं हाज़िर हुई। अश्विन, मैंने सुना है ऐसे लोग होते हैं जिनका मन और मस्तिष्क उन्हें कुछ ऐसे इशारे देता है कि वे होने वाली घटना को जान लेते हैं; कहीं तुम वैसे तो नहीं?
- वाह, सुबह-सुबह क्या प्रास मिलाया है! 'ऐसे लोग' और 'वैसे तो नहीं?', कवि जो ठहरी।
- ये कविता नहीं है रे...पगले।
- सोचा तुम्हें थोड़ा परेशान कर लूँ, फिर बातों की ट्रेन अपनी रफ़्तार से चल पड़ेगी।
- चाय के साथ कुछ नाश्ता ले रहे हो या मेरा सिर चबाने का इरादा है?
- तौबा...तौबा... अब मैं शाकाहारी बन गया हूँ।
- थैंक गॉड।
- बच गया, अब तुम्हारे सवाल का जवाब देता हूँ। ऐसे लोगों की इस शक्ति को इनसाइट भी कहा जाता है। यानि फीलिंग ऑफ अंडरस्टैंडिंग। किसी बात को देखने की शक्ति।
- वाह बेटा, किसने कहा कि पढ़ाई में मन नहीं लगता था?
- स्कूल-कॉलेज की पढ़ाई में सब कुछ थोड़े ही पढ़ाया जाता है? यह सब जीवन के अनुभवों का ज्ञान है, छोरी।
- मास्टरजी, फिर इस विषय पर कुछ और कहिए।
- अंग्रेजी भाषा में हम इसे 'इंट्यूशन' भी कहते हैं। ऐसी अनुभूति जो हमें किसी भी समय महसूस होती है।
- मुझे भी यही लगता है, कई बार ऐसा होता है कि हमें बेवजह ही घबराहट होती है। कहीं मन नहीं लगता, ऐसा लगता है कि शायद किसी को कोई परेशानी है, या किसी को हमारी ज़रूरत है।

- लगता है आज कोई ऐसे विषय पर बात करोगी।
- अश्विन, सच कहूँ तो मुझे कई बार ऐसे अनुभव हुए हैं।
- कैसे अनुभव?
- अपना कोई मुसीबत में है, वाली बात।
- विस्तार से बताओ तो पता चले।
- 25 सितंबर 2005 का दिन, मतलब आज ही का दिन मैं कभी नहीं भूल सकती।
- ओह! क्या हुआ था उस दिन?
- ऐश, तुम्हें पता हो शायद, शापूरजी पैलनजी मिस्त्री की कंपनी ने फ़िल्म 'मुग़ल-ए-आज़म' को रंगीन बनाया।
- हाँ पढ़ा है। ओरिजिनल फ़िल्म तो ब्लैक एण्ड व्हाइट थी, सिर्फ़ कुछ गाने रंगीन थे।
- इस कंपनी ने 'मुग़ल-ए-आज़म' फ़िल्म के निर्माण में भी अहम भूमिका निभाई थी। 25 सितंबर 2005 की शाम टीवी पर इस रंगीन फ़िल्म का प्रीमियर शो था। मैंने सुबह से ही पूरी तैयारी के साथ जल्दी खाना बना लिया। तुम तो जानते हो, 'मुग़ल-ए-आज़म' मेरी सबसे पसंदीदा फ़िल्मों में से एक है।
- ये भी जानता हूँ कि तुम्हारी ऑफिस के एन्युअल फ़ंक्शन में तुमने 'अनारकली' की मोनो एक्टिंग की थी।
- वाह! तुम्हारी याददाश्त बड़ी तेज है, फिर तो ये भी याद होगा कि पढ़ते-पढ़ते तुम सलीम बन गए थे।
- छोड़ो उन बातों को, इस रंगीन 'मुग़ल-ए-आज़म' की बात करो।
- रास्ता तुमने मोड़ा जनाब! ख़ैर, आगे की घटना बताती हूँ। फ़िल्म शुरू होने से कुछ समय पहले मैंने बेटे सोहम को ए.टी.एम. से पैसे लाने को भेजा। काफ़ी देर हो गई, मुझे लगा एक बार फ़ोन कर लेती हूँ। मेरा फ़ोन उसने उठाया और कहा कि इस ए.टी.एम. में पैसे नहीं है, इसलिए वह वस्त्रापुर वाले एटीएम में जा रहा है।
- फिर?
- शाम सात बजे फ़िल्म शुरू हुई, पर मुझे अजीब सी अनुभूति होने लगी। मैंने दोबारा

सोहम को फ़ोन लगाया और वापस आने को कहा। उसने कहा, 'मैं वस्त्रापुर वाले ए.टी.एम. में पहुँच गया हूँ।'

- कुछ देर में आ ही गया होगा।

- नहीं आया। मन की बेचैनी बढ़ने लगी, मानो कुछ अनहोनी की आशंका हो। इधर टीवी पर फ़िल्म के रंगीन दृश्य कमाल के थे, लेकिन मेरे मन में कुछ अजीब सी हलचल चल रही थी।

- मुझे लगता है, तुम नाहक परेशान हो रही थी।

- नहीं, मेरा डर सही था। दस मिनट हुए होंगे और अचानक पार्थो का मोबाइल बज उठा। वे बिना शब्दों के 'हाँ', 'हूँ' कहते रहे, फिर बोले, 'मैं अभी पहुँचता हूँ।'

- ओह, क्या हुआ था?

- बात होते ही मैंने पूछा, 'क्या हुआ?' वे बोले, 'हमें अभी वी.एस. हॉस्पिटल जाना होगा। सोहम को साँप ने डसा है।'

- ओह माय गॉड! क्या कह रही हो? तुमने पहले बताया तो था कि सोहम वाइल्ड लाइफ़ बायोलोजिस्ट है। क्या वह रेप्टाइल्स के साथ भी काम करता है?

- रेप्टाइल्स के साथ ही काम करता है। यह उसका पसंदीदा फील्ड है। मैं बता नहीं सकती अश्विन, उस पल मेरे दिल पर क्या बीती!

- तुम्हारी बेचैनी सही थी। एक माँ का दिल हर पल अपने संतानों की फ़िकर में लगा रहता है। फिर?

- जनरल हॉस्पिटल्स में एंटी वेनम डोज़ इंस्टेंट अवेलेबल होता है, इसलिए वह ख़ुद ही वहाँ पहुँच गया था। उसके कुछ दोस्त भी वहाँ आ गए थे।

- कुछ ही देर में तुम दोनों भी हॉस्पिटल पहुँच गए होंगे।

- हाँ, उसे इमर्जन्सी वोर्ड में भर्ती किया गया था, फिर स्पेशियल रूम में शिफ़्ट किया गया। पाँच दिनों में उसे एंटी वैनम के बीस डोज़ चढ़ाए गए, तब जाकर वह स्वस्थ हुआ। अपराध बोध से परेशान मैं, अपने मन के भावों को किसी को नहीं बता सकी थी। मैंने ही उसे ए.टी.एम. सेंटर भेजा था।

- लेकिन वह कहाँ चला गया था, जहाँ उसे स्नेक बाइट हुआ?

- मैंने भी उससे यही पूछा तो उसने बताया कि वह वस्त्रापुर ए.टी.एम. सेंटर पहुँचा ही था कि बोपल एरिया की एक हाउसिंग सोसाइटी से फ़ोन कॉल आया कि सोसाइटी में एक साँप दिखा है। स्नेक रेस्क्यू के लिए उसे बुलाया गया।
- मतलब सोहम का कोंटेक्ट नंबर उनके पास था।
- सोहम और उसके दोस्तों ने मिलकर एक 'स्नेक रेस्क्यू टीम' बनाई है। कोंटेक्ट नंबर सारे अहमदाबाद के सभी एरिया के लोगों के पास है। बोपल एरिया अभी-अभी डेवलप हुआ है। शहरीकरण के चलते आसपास की खेती की जमीन पर ही बिल्डरों ने कब्ज़ा जमाना शुरू किया है।
- खेतों में रहने वाले सारे जीवों की जगह इंसानों ने हड़प ली।
- इसी कारण ये साँप भी कभी कभार रिहाइशी इलाकों में दिख जाते हैं। अहमदाबाद में अधिकतर जहरीले कोब्रा निकलते हैं।
- ओह! स्नेक रेस्क्यू का काम तो उसे आता ही होगा, फिर यह हादसा हुआ कैसे?
- उसके पास स्नेक रेस्क्यू के सारे साधन उपलब्ध है। वह घर पर होता और ये कॉल आता तो वह अपनी स्नेक स्टिक, प्लास्टिक की बड़ी बरनी लेकर जाता। उसे लगा, अगर जाने में देर हुई तो लोग उस साँप को मार देंगे या घायल कर देंगे। वह खाली हाथ चल दिया।
- समझा।
- वहाँ पहुँचकर उसने जमा हुए लोगों से एक प्लास्टिक बॉक्स या बरनी जैसा कुछ माँगा जिसमें कुछ होल बनाकर इसे रेस्क्यू किया जा सके। दु:खद बात यह थी कि इतने सारे घरों के लोग इकट्ठा हुए थे, किसी को यह ज़रूरी नहीं लगा कि एक बड़ा सा प्लास्टिक का कोई बर्तन या बरनी लेकर आते। एक ने बड़ी मुश्किल से एक छोटा सा प्लास्टिक का बॉक्स ला कर दिया, जिसमें इस साँप को क़ैद करना बड़ा मुश्किल था।
- सोहम ने उसे उस बॉक्स में क़ैद करने की कोशिश की?
- बिलकुल यही किया। उसने हाथ से ही साँप को पूंछ से पकड़कर बॉक्स में डालने की कोशिश की और साँप ने मुड़कर उसके हाथ पर डस लिया!

- उसकी हिम्मत को तो दाद देनी पड़ेगी, मल्लिका।

- उसका यह जूनून देखकर मैं खुद हैरान हूँ! वह तो बी.सी.ए. पढ़ रहा था। अश्विन, मैंने उसे जीवन में कोई भी निर्णय लेने से कभी नहीं रोका, लेकिन रेप्टाइल्स में उसकी रुचि मुझे पसंद नहीं थी।

- इन जीवों के साथ काम करने का मतलब है अपनी जान जोखिम में डालना।

- और कोई भी माँ नहीं चाहेगी कि उसका बच्चा ऐसा कोई काम करे, जिसमें जान का ख़तरा हो। एक बार मैंने उससे पूछा भी कि इस धरती पर इतने सारे पशु-पंछी हैं, उसे रेप्टाइल्स के अभ्यास में दिलचस्पी क्यों है?

- क्या कहा उसने?

- उसका जवाब सुनने लायक था। उसने कहा, 'मम्मा, रेप्टाइल्स ही इस धरती पर मोस्ट नेगलेक्टेड जीव हैं, चाहे वह कछुआ, छिपकली, साँप, मगरमच्छ हो या फिर गिरगिट, मेंढक, गोह हो; इसलिए मैं उनके लिए काम करना चाहता हूँ। ये जीव हमारे जीवन में बहुत उपयोगी रोल निभाते हैं।

- इकोसिस्टम में हर जीव का इंपोर्टेन्ट रोल होता है। मानव जाति उनके इंपोर्टेन्स को नहीं समझ पाई है।

- इसीलिए तो सोहम ने ये कैंपेन शुरू किया है। वह यही बात लोगों तक पहुँचाना चाहता है। सच कहूँ तो मुझे भी रेप्टाइल्स के बारे में ज्यादा जानकारी नहीं थी। जैसे, इंडिया में जहरीले साँप तो अनेक प्रकार के हैं, लेकिन मुख्यतया चार प्रकार के साँपों के डसने की घटनाएं होती है।

- कौनसे चार प्रकार के साँप?

- इन्डियन कॉमन क्रेट, स्पैक्टेकल कोब्रा, रसेल्स वाइपर और सॉ-स्केल्ड वाइपर।

- अपने ज़माने में हम पढ़ाई के दौरान भी स्टीरियोटाइप स्टडीज के अलावा कुछ नहीं जान सकते थे। अब इंटरनेट के कारण हम जैसे लोग बहुत सी जानकारी हासिल कर सकते हैं। कुछ भी हो, तुम्हारे बेटे ने एक चुनौतीपूर्ण फील्ड चुना है।

- यह फील्ड उसने ख़ुद चुना है। ग्यारह साल की उम्र में उसने हमारे गार्डन से ही एक साँप को रेस्क्यू किया था और बस्ते में भरकर सुंदरवन में दे आया था, जब हम पति-

पत्नी ऑफिस में थे।

- वही संस्था 'सुंदरवन' जहाँ साँपों की रक्षा की जाती है?

- वही। किसी ने उसे साँप को रेस्क्यू करना नहीं सिखाया। मैं चाहकर भी उसे इस क्षेत्र में नहीं भेज सकती थी और मैं चाहकर भी उसे वापस नहीं ला सकी।

- यही उसकी डेस्टिनी में लिखा है। तुम उसे रोकना नहीं।

- मैंने उसके काम को एक्सेप्ट कर लिया है, अश्विन।

- मैं हैरान हूँ कि तुम्हारे जीवन में ऐसी चुनौतियाँ आई, जहाँ कोई दूसरा तुम्हें मदद नहीं कर सकता था।

- मैंने उन चुनौतियों को सुलझाया या उनसे सुलह कर ली। आज मुझे गर्व है कि इस फील्ड में काम करते हुए उसने दुनिया के कई देशों की यात्रा कर ली।

- मल्लिका, हम पैरेंट्स को यह समझना चाहिए कि हर बच्चा यूनिक होता है और सबकी अपनी काबिलियत है।

- सहमत हूँ तुम्हारी बात से। अब बात को विराम देती हूँ, वैसे सोने का समय भी हो चला है।

- ओके, गुड नाइट।

- तुम्हारा दिन शुभ हो।

26 सितम्बर 2018, बुधवार रात 10.50

- वॉक से लौटा हूँ। चाय भी पी ली। तुमने डिनर तो ले ही लिया होगा।
- शैतान को याद किया और शैतान हाज़िर! सारे सांसारिक कामों से निपटकर अभी कम्प्यूटर ऑन किया है।
- मैं भूल ही जाता हूँ कि यह तुम्हारे लिखने का प्राइम टाइम है। मैं कबाब में हड्डी बन गया।
- नहीं, तुम केक पर आइसिंग बन गए। लिखते-लिखते तुम्हारी एक्टिंग के बारे में सोच रही थी कि एक घटना याद आ गई।
- तुम मेरे बारे में कितना सोचती हो? इसलिए सुबह उठते ही मेरे सिर में दर्द होने लगता है।
- अच्छा? जो सोचता है उसके सिर में दर्द होता है, समझे?
- मतलब मैं तुम्हारे सिरदर्द की बजह बन गया हूँ?
- वजह नहीं, सिरदर्द ही बन गए हो।
- ओके। कल बात करेंगे, बाय।
- अरे...अरे... इतना गुस्सा! मज़ाक भी नहीं समझते क्या? मैं तुम्हारे गुस्से वाले चेहरे की कल्पना भी नहीं कर सकती, आशु।
- अहा! अब बताओ कौनसी घटना याद आई।
- तब मैं कॉलेज में ही थी और हम लोग बारेजड़ी रेलवे स्टेशन के क्वार्टर में रहते थे।
- बारेजड़ी ही तुम्हारे दिमाग के भूकंप का एपिसेंटर है।
- दिमाग के नहीं, दिल के भूकंप का।
- दिलका भूकंप ही तो आख़िर दिमाग तक पहुँचा! बताओ बारेजड़ी में क्या हुआ?
- हमारे पड़ोसी थे पुरुषोत्तम दवे अंकल। उनकी बेटी मीना दवे जो कोई अन्य शहर की स्कूल में टीचर थी, वेकेशन में घर आई थी। एक दिन मुझसे कहा, 'मल्लिका, कल हम अहमदाबाद जाएंगे, एक साथ दो फ़िल्में देखेंगे। मैं बहुत ख़ुश हो गई।

- तुमसे इतनी सीनियर होकर भी तुम्हें ले जाना चाहती थी?
- दोस्ती तो दिलों की होती है जनाब!
- समझा। कौनसी फ़िल्में देखी?
- अहमदाबाद पहुँचकर हमने पहले 'अलंकार' सिनेमा हॉल से फ़िल्म 'दुश्मन' के दूसरे शो का टिकट लिया।
- 'अलंकार' सिनेमा हॉल तो अहमदाबाद रेलवे स्टेशन के पीछे कुछ ही दूरी पर है।
- तुम्हें अब भी याद है वह सिनेमा हॉल?
- अहमदाबाद मेरे दिल में बसा है। फिर कहाँ गए?
- फिर चले गए शहर के मध्य, नाम याद नहीं आ रहा है, शायद प्रकाश सिनेमा हॉल। वहाँ 'पाक़ीज़ा' चल रही थी। वहाँ पहले शो का टिकट लिया और साढ़े बारह से साढ़े तीन तक फ़िल्म देखी। झटपट बाहर आए, ऑटो में बैठकर अलंकार सिनेमा हॉल पहुँचे। दरबान ने बताया तब पता चला कि यहाँ दूसरा शो तीन बजे का था! हम पहुँचे तब पौने चार बज रहे थे!
- गज़ब! राजेश खन्ना कोई गाना गा रहे होंगे।
- कितना सही अंदाज़ा लगाया! राजेश खन्ना ही गाना गा रहे थे। इस फ़िल्म की कहानी समझ में नहीं आ रही थी क्योंकि फ़िल्म को शुरू हुए पैंतालीस मिनट हो चुके थे और 'पाक़ीज़ा' का नशा उतरा नहीं था।
- मीनाकुमारी के प्यार ने तुम्हें नशेड़ी बना दिया, है न? वैसे राजेश खन्ना मेरे भी फेवरेट हीरो थे।
- मैं तो दीवानी थी राजेश खन्ना की, इसलिए कुछ दिनों बाद हमने फिर 'दुश्मन' देखी।
- और किसकी दीवानी थी?
- बांग्ला फ़िल्मों के हीरो उत्तम कुमार मेरे अति प्रिय रहे हैं।
- मैं कौनसी फ़िल्म का हीरो था?
- तुम तो मेरे ख़्वाबों के हीरो थे। तुम्हारे आगे मैं इन दोनों को क़ुर्बान कर सकती थी।
- समरकंद और बुखारा की तरह?

- अश्विन...अश्विन...तुम मेरी बात को कहीं ओर ले जा रहे हो, जबकि मैं कुछ और कहना चाहती हूँ।

- कहो, कहो, कॉलेजियन गर्ल।

- बात कॉलेजकाल की ही है, कॉलेजियन बॉय! वर्ष 1975 का होगा जब उत्तम कुमार-शर्मीला टैगोर की 'अमानुष' बांग्ला फ़िल्म रिलीज़ हुई थी। हम पश्चिम बंगाल के कल्याणी शहर में मेरे ताऊजी के घर रुके थे। 'नैहाटी' नगर के एक सिनेमा हॉल में यह फ़िल्म चल रही थी, जो कल्याणी से ज्यादा दूर नहीं था।

- तुमने ये फ़िल्म नैहाटी में देखी?

- जी, हम चचेरे भाई-बहनों ने प्रोग्राम बनाया और कुल मिलाकर सात जन ट्रेन से नैहाटी रेलवे स्टेशन पहुँचे।

- मल्लिका, यह फ़िल्म बांग्ला में सुपरहिट रही थी, जिसे हिन्दी में डब किया गया था। क्या टिकटें मिल गईं?

- कहाँ? भीड़ इतनी भयानक थी कि लाइन में खड़े होकर टिकट लेना संभव ही नहीं था। हमारी भी ज़िद थी कि आज इस फ़िल्म को देखे बिना नहीं जाएंगे। साढ़े तीन बजे का शो हाउसफुल हो गया, छह बजे के शो की टिकटें ब्लैक में बिक रही थी, लेकिन हम नहीं ले सकते थे।

- क्यों?

- बड़ी मुश्किल से घर से टिकट के पैसे मिले थे, वो भी गिनती से। सबके पास थोड़ा-थोड़ा पॉकेट मनी था। उसे जोड़कर हम एक व्यक्ति के पास गए जो ब्लैक में टिकट बेच रहा था। और हमारे पास जितने पैसे थे उतने में टिकटें देने का अनुरोध किया। बड़ी मुश्किल से वह राज़ी हुआ और हमने यह शानदार फ़िल्म देखी।

- फिर?

- फ़िल्म देखने के बाद हमारे पास कोई पैसे नहीं बचे थे।

- घर कैसे पहुँचे?

- 'नैहाटी' रेलवे स्टेशन से हम बिना टिकट ट्रेन में सवार हो गए। रात के क़रीब साढ़े दस बजे हम कल्याणी स्टेशन पर उतरे। अब यहाँ से बस का सफ़र लगभग पच्चीस

मिनट का था और बिना टिकट बस में चढ़ना मुश्किल था। कंडक्टर दरवाज़े के पास ही खड़ा था।

- ओह!

- पंद्रह-बीस मिनट तक वहीं खड़े होकर सोचते रहे कि कंडक्टर की नज़र बचाकर बिना टिकट बस में कैसे चढ़े। कोई मौक़ा नहीं मिला। अब हमने तय किया कि पैदल चलकर ही घर पहुँचेंगे।

- टीन एज का गज़ब का एडवेंचर था! भूत-प्रेत का डर नहीं लगा?

- डर तो बहुत लग रहा था, लेकिन कोई उपाय नहीं बचा था। अँधेरी रात में क़रीब डेढ़ घंटे पैदल चलने के बाद रात को साढ़े बारह बजे हम घर पहुँचे। घर के सभी सदस्य बहुत परेशान थे कि हमें कुछ हो तो नहीं गया?

- हाँ, उस समय फ़ोन की फ़ैसिलिटी भी तो नहीं थी, घरवालों को क्या बताया?

- हम सब ने रास्ते में ही तय कर लिया था कि यह कहानी घर पर नहीं बतानी चाहिए। हमने बहाना बनाया कि रास्ते में ही बस का टायर पंक्चर हो गया, इसलिए हमें चलकर आना पड़ा।

- अच्छा किया, वैसे बता दिया होता तो ज्यादा अच्छा होता। उन दिनों थिएटर में फ़िल्म देखने का कुछ अलग ही मज़ा था न?

- गज़ब की ख़ुशी मिलती थी, इसीलिए तो यह घटना आज भी याद है।

- तुम्हारी बात पर मुझे भी वह दिन याद आ गया जब मुंबई में उस समय के जाने-माने फ़िल्म डायरेक्टर ऋषिकेश मुखर्जी से मुलाक़ात हुई थी।

- अरे वाह! कैसे?

- मैंने तुम्हें बताया था न, पुणे फिल्म इंस्टीट्यूट की एंटरन्स एग्जाम में पहले तीस कैंडिडेट्स में मैं सिलेक्ट हुआ था।

- हाँ, याद है।

- सिलेक्शन के अगले स्टेज में ओरियंटेशन और इंटरव्यू का अरेंजमेंट इंस्टीट्यूट की ओर से बॉम्बे में किया गया था। मैं और मेरा दोस्त रामचंद्र, बॉम्बे में दादर के पास एक गेस्ट हाउस में ठहरे थे। उस शाम हम जुहू बीच गए। हम दोनों चलते हुए जा

रहे थे तभी अचानक एक बंगले के सामने खुले बरामदे में ऋषिकेश मुखर्जी दिखाई दिए। वे उनके सामने बैठे एक व्यक्ति के साथ चैस खेल रहे थे।

- फिर?

- अनायास मैं जोर से बोल उठा, 'अरे देखो, ऋषिकेश मुखर्जी!' उन्होंने सुना और खड़े हो गए। हम दोनों को अंदर आने का इशारा किया। हम दोनो डरते हुए उनके पास गए। उन्होंने हमारे बारे में जानना चाहा। हमने उन्हें बताया कि हम पुणे फिल्म इंस्टीट्यूट में एडमिशन के लिए इंटरव्यू देने आए हैं।

- उन्होंने हमें शुभकामनाएं दीं।

- वाह! फिर?

- बातचीत में उन्होंने पूछा, 'शूटिंग देखना चाहते हो?' हमने तुरंत हाँ कह दी, तो वे बड़े प्यार से बोले, 'कल सुबह अंधेरी स्टूडियो में आ जाना। गेट पर मेरा नाम बताना, तुम लोगों को अंदर आने देंगे।'

- क्या तुम लोग दूसरे दिन अंधेरी स्टूडियो पहुँचे थे?

- हाँ, हम बहुत एक्साइटेड थे। हम दोनों सुबह अंधेरी स्टूडियो पहुँचे। ऋषिकेश जी का नाम लिया तो हमें अंदर जाने दिया। जाकर देखा तो दो सेट लगे हुए थे। एक पर 'बावर्ची' फ़िल्म की शूटिंग होने वाली थी और दूसरे सेट पर किसी और फ़िल्म की शूटिंग चल रही थी, जिसमें धर्मेन्द्र थे।

- वाह! तुमने ने राजेश खन्ना को देखा?

- राजेश खन्ना की दीवानी, हमने दोनों को देखा।

- उन दिनों किसी फ़िल्म स्टार को रूबरू देखना कितना थ्रिलिंग एक्सपीरियंस था, है न?

- हमने उस सेट पर नीतू सिंह को भी देखा, उसने छोटी स्कर्ट पहनी हुई थी और पूरी पंजाबिन लग रही थी।

- मुझे नीतू सिंह की 'दो कलियाँ' फ़िल्म बेहद पसंद आई थी। ख़ैर, तुमने बताया था कि फ़िल्म इंस्टीट्यूट के फ़ाइनल सिलेक्शन में तुम्हारा नाम नहीं था, इंटरव्यू के बारे में कुछ बताओ।

- अंधेरी में कहीं एक बड़ा हॉल था। जगह का नाम अभी याद नहीं आ रहा है। उस समय इंस्टीट्यूट के कुछ विद्यार्थी भी वहाँ मौजूद थे, उनमें से मुझे डैनी याद हैं। सिलेक्शन कमिटी में एक थे ओम शिवपुरी, जिनकी बेटी भी फ़िल्मों में काम कर चुकी है।

- हाँ, उनका नाम रितु शिवपुरी है।

- हाँ वही। हमें बताया गया कि शाम तक लिस्ट बोर्ड पर डाल दी जाएगी। बाहर आते समय ओम शिवपुरी ने मुझसे यह भी कहा कि पहले तीस में आपका सिलेक्शन हो गया है। मैंने उनसे पूछा, 'सर, क्या मेरा फ़ाइनल में सिलेक्शन होगा?'

- क्या कहा उन्होंने?

- उन्होंने पूछा, 'क्या फ़िल्म लाइन में किसी प्रोड्यूसर या डायरेक्टर के साथ आपकी कोई पहचान है? मैंने कहा, 'नहीं, हम तो अहमदाबाद से आए हैं। हम किसी को नहीं जानते।' तब उन्होंने कहा कि फ़ाइनल सिलेक्शन पंद्रह जून को होना है और उसमें ये पहचान बहुत काम आती है।

- अब याद आया, ये बात तुमने पहले भी बताई थी, तब तुम्हें ओम शिवपुरी का नाम याद नहीं आया था। इस जुगाड़ कल्चर ने ही हमारे देश को तबाह कर दिया है।

- मुझे उसी वक़्त पता चल गया था कि मुझे एडमिशन नहीं मिलेगा। मैंने 'अश्वत्थामा' की मोनो एक्टिंग की थी।

- यह तो तुम्हारा बेहतरीन परफोर्मन्स था अश्विन।

- फिर भी मैं सिलेक्ट नहीं हुआ। योग्यता कोई मायने नहीं रखती मल्लिका। एक इंस्ट्रक्शन यह भी था कि मेकअप के साथ नहीं आना है, फिर भी कई कैंडिडेट्स मेकअप में आए थे।

- वैसे तुम्हें तो किसी मेकअप की ज़रूरत ही नहीं थी, हाँ कोस्च्युम की अनुमति होती तो बात ही कुछ और होती। तमाम योग्यताओं के बावजूद तुम्हें निराशा ही हाथ लगी।

- वहाँ से हम दोनों पुणे में आगा खाँ पैलेस देखने गए, ताकि कुछ अच्छा फील हो।

- इस पैलेस का निर्माण सुल्तान मुहम्मद शाह आगा खाँ सेकण्ड ने करवाया था।

- वाह! तुम्हें तो इतिहास में कोई दिलचस्पी नहीं थी!
- ये सब तो बहुत बाद में गूगल में पढ़ा था।
- जानकर ख़ुशी हुई। वर्ष 1942 में इसी इमारत में महात्मा गांधी को उनके अन्य साथियों के साथ क़ैद कर लिया गया था।
- यह भी पढ़ा है कि इसी इमारत में कस्तूरबा गांधी की मृत्यु हुई थी।
- सही पढ़ा, उनकी समाधि भी यहीं है। यह भवन अब एक म्यूज़ियम है। गांधीजी के जीवन पर फ़ोटो-एक्जीबिशन और उनके पर्सनल यूज़ की चीजें भी यहाँ रखी हैं।
- अंत में तुम मुझे आगाखान पैलेस ले गए। याद दिला दूँ कि यह मेरे लिखने प्राइम टाइम है, नहीं तो तुम मुझे पुणे से आगरा ले जाओगे।
- पागलखाने?
- ओ पागल, मैं ताजमहल के बारे में सोच रही हूँ और तुम पागलखाने पहुँच गए?
- तुमसे मिलने मैं पागलखाने भी आ सकता हूँ।
- तब तो तुम्हें न पहचान पाने का मुझे भी बहाना मिल जायेगा। हा...हा...आवजो... औरंगज़ेब।
- ताजमहल के साथ औरंगज़ेब को सोच रही हो?
- हा...हा...आवजो।
- लगता है असर होने लगा है, आवजो दीदी।

भवन्स कॉलेज, अहमदाबाद

अभिनेता की एक लाक्षणिक अदा

गुजरात कॉलेज, अहमदाबाद

गुजराती फ़िल्म – 'रणुजाना राजा रामदेव'

27 सितम्बर 2018, गुरुवार शाम 8.35

- तुम्हारी सुबह हो गई जनाब, कैसे हो?
- ओचिंतु कोई मने रस्ते मळे ने कदी धीरेथी पूछे के केम छे?
  आपणे तो कहिये के दरिया शी मोजमां ने उपरथी कुदरतनी रहेम छे।
- अपनी बात कहने का ध्रुव भट्ट का अंदाज़!
- क़ुदरत की रहम के बिना ज़िंदगी का सफ़र कैसे कटता, मल्लिका?
- तुम्हारी इस बात से सहमत हूँ, अश्विन।
- पार्क में बैठा हूँ और उन दिनों को याद कर रहा हूँ जब साइकिल पर सवार होकर मैं सारे अहमदाबाद में घूमता था। ज़ेवियर्स स्कूल, दोस्तों के घर, टाउन हॉल, गान्धर्व महाविद्यालय, गुजरात कॉलेज, इसरो...
- दिल के तहख़ाने में जो भी अनुभूतियाँ छिपी हैं, साझा करने से दिल कितना हल्का हो जाता है!
- तुमने यादों की गठरी खोल दी है, लड़की।
- क्या तुम्हें याद है कि उन दिनों हमारे कॉलेज में ज्यादातर छात्र साइकिल से आते थे। कुछ ही छात्र स्कूटर या बाइक लेकर आते थे। सड़क पर कारें भी कम ही नज़र आती थीं?
- बिलकुल याद है। कभी-कभी मैं अपने दोस्त की बाइक लेकर आता, उससे ही दस रुपये लेता और पेट्रोल भरवाता।
- ऐश, मुझे ताज्जुब हो रहा है कि तुम्हारे आस-पास ऐसा कौनसा प्रभामण्डल था कि तुम मुझे एक अमीर घराने के शहज़ादे लगते!
- क्योंकि मैं दिल का शहज़ादा था। मुझे कभी कोई अफ़सोस नहीं था कि मेरे पास किसी चीज़ की कमी है। मेरे सिर पर खुला आसमान था और दिल में सपनों का डेरा था।
- ओ हर दिल के शहज़ादे, एक बार तुम्हारी साइकिल में मुझे लाल दरवाज़ा बस स्टैंड तक लिफ़्ट दे दी होती!

- कभी कहकर तो देखती, सीधे अहमदाबाद रेलवे स्टेशन तक लिफ़्ट दे देता। तुम्हें पता नहीं, दिवाली के टाइम पापा के दोस्त की पत्नी, जिन्हें हम चाची कहकर पुकारते, नाश्ता बनाने में माँ की मदद करने के लिए नवरंगपुरा से आती। शाम ढल जाती और माँ कहती, 'चाची को बस स्टैंड तक छोड़ आओ।'

- साइकिल पर?

- जी हाँ, और हिदायत दी जाती कि अगर जल्दी ऑटो न मिले तो नवरंगपुरा तक छोड़ आना। गिरने के डर से वे अक्सर मेरी कमर को थामकर बैठतीं और मुझे इतनी शर्म आती कि कोई देख लेगा तो क्या सोचेगा?

- देखा? शर्मीले शहज़ादे ने चाची को भी बिठाया अपनी साइकिल पर! मुझे जलन हो रही है।

- मन ही मन जलने से क्या फ़ायदा? हमारे घर दीदी की सहेली आती। दोनों बड़ी देर तक बातें करती रहतीं, फिर दीदी कहती, 'सहेली को छोड़कर आओ, अपनी साइकिल पर।'

- और तुम्हें जाना पड़ता। तुम्हारी वो साइकिल अब कहाँ है?

- क्यों?

- फ़िलहाल तुम्हारी कमर तो दूर है, लेकिन साइकिल अगर अहमदाबाद के तुम्हारे बंगले में पड़ी हो तो उसको तोडनी है।

- देखा? अब आग निकलती दिखाई दे रही है। वैसे, मैं स्मृति को साइकिल पर बिठाकर भी ख़ूब घूमा हूँ।

- स्मृति मुझे बहुत प्रिय है, इसलिए बच गए। वैसे मुझे भी साइकिल चलानी आती है।

- अच्छा? कब सीखी?

- शादी के बाद।

- मतलब पार्थो ने अपना सिर पीट लिया होगा।

- तुम बच गए!

- बचा कहाँ? सिर खाने के लिए तो मुझे ढूंढ ही लिया न? आगे बताओ।

- वर्ष 1988 में, जब हम मणिनगर में रहते थे। एक दिन अचानक मैंने स्कूटर सीखने का फैसला किया, लेकिन मुझे साइकिल चलाना भी नहीं आता था, इसलिए मैंने सोचा कि पहले साइकिल सीखूंगी।

- वाह!

- एक सुबह पार्थो किराये की साइकिल लेकर आए। हाउसिंग बोर्ड के फ्लैट्स थे और बीच में एक बहुत बड़ा खुला मैदान था। एक फ्लैट के पास ऊँचा पत्थर था, मैंने पार्थो से कहा, 'इस पत्थर के सहारे मैं साइकिल पर बैठती हूँ, आप साइकिल पकड़े रहो, फिर मैं पैडल घुमाती हूँ।

- ये कोई तरीका हुआ साइकिल सीखने का?

- आगे भी तो सुनो... पैडल घुमाने की कितनी कोशिश की, पहिए नहीं हिले। पार्थो को थोड़ा गुस्सा भी आया कि थमी साइकिल पर बैठकर पैर चलाओगी तो साइकिल कैसे चलेगी?' पार्थो ने साइकिल को पीछे से धक्का दिया, मैंने पैर चलाए और साइकिल चलने लगी।

- फिर तुम रुकी कैसे?

- हा... हा... रुकना मेरा काम नहीं था! मैदान के चारों ओर किनारे पर एक पतली सड़क थी, मैंने उस पर साइकिल चलाना शुरू कर दिया। पीछे पीछे पार्थो दौड़ रहे थे, ब्रेक लगाने पर मुझे गिरने का डर था। लगभग चार राउंड के बाद बड़ी हिम्मत जुटाकर ब्रेक मारा, गिरते गिरते बची। इस तरह मैंने साइकिल चलाना सीख लिया लेकिन मुझे अभी तक साइकिल पर चढ़ना नहीं आता।

- ग्रेट! ग्रेट!

- स्कूटर सीखने की कहानी सुनोगे तो कितनी बार ग्रेट कहोगे?

- गिन रहा हूँ, एक, दो, तीन, चार....

- पार्थो ने कांकरिया लेक इलाके में रहने वाले हमारी पारिवारिक मित्र मधु पटेल के बेटे 'लाला' को मुझे स्कूटर सिखाने का काम सौंपा।

- फिर?

- तुम्हें ये तो पता ही है, कांकरिया लेक के चारों ओर एक बहुत ही सुन्दर चौड़ी सड़क है, जहाँ बहुत से लोग मॉर्निंग वॉक के लिए आते हैं। उस सड़क पर लाला ने हमारा 'लैम्बी' स्कूटर स्टार्ट किया, मुझे स्कूटर पर बिठा दिया, एक्सेलरैटर को थोडा सा घुमाया; स्कूटर तो चल पड़ा और मैं जोर से चिल्लाने लगी, 'अब इसे कैसे रोकूँ, लाला?'

- इसका मतलब है वह बन्दा बिलकुल तुम्हारे जैसा था, पगला दीवाना!

- तुमसे तो कम ही था। जाओ, अब कुछ नहीं बताना।

- अरे पगली, मज़ाक को समझा करो।

- एक टीनएजर लड़का, समझ ही ना पाया कि यह काम उसके लिए जितना आसान था, मेरे लिए उतना ही मुश्किल! वह पीछे पीछे दौड़ता हुआ आ रहा था, 'भाभी जी, ब्रेक पर पैर दबाओ। बड़ी मुश्किल से मैंने ब्रेक लगाया और स्कूटर एक तरफ़ लुढ़क गया!

- चलो, आख़िर सीख लिया न?

- सीख तो लिया, कभी रोड पर चलाने का कॉन्फिडेंस नहीं आया।

- ग्रेट! अब मैं तुम्हें मेरी कार सीखने की कहानी सुनाता हूँ।

- सुनाओ अब तुम्हारी बारी।

- अहमदाबाद में मैं साइकिल और टू व्हीलर्स तो चला लेता था लेकिन मुझे कार चलाने का कोई एक्सपीरियंस नहीं था और यहाँ वर्क प्लेसिस इतनी दूर होते हैं और बस से जर्नी करना बहुत मुश्किल हो जाता है।

- मतलब तुमने कैलिफ़ोर्निया जाकर कार चलाना सीखा?

- बिलकुल, लॉस एंजेलिस आने के बाद हम जिन सज्जन की मोटेल में रहते थे, उनके जमाई एक ड्राइविंग स्कूल में ड्राइविंग सिखाते थे। उनके कहने पर मैंने उनके साथ कार ड्राइविंग के तीन लेसन लिए, फिर लाइसेंस भी मिला।

- तुमने कार कब खरीदी?

- क़रीब एक साल बाद, खरीदनी पड़ी।

- मतलब?

- स्मृति सुबह काम पर उसी रेस्टोरेंट में जाती, जहाँ मैं काम करता था। मैं दोपहर को बेटी हीरवा को स्कूल से लेकर, फिर वहाँ जाता। हमारे घर से बस में रेस्टोरेंट पहुँचने में लगभग डेढ़ घंटे का समय लगता। स्मृति की ड्यूटी शाम पाँच बजे तक रहती। वह बेटी को लेकर घर चली आती।

- तुम कितने बजे घर लौटते?

- मुझे निकलने में रात के ग्यारह बज जाते। बस में घर पहुँचते-पहुँचते क़रीब साढ़े बारह बज जाते। बस से उतरने के बाद मुझे कुछ देर पैदल चलना पड़ता। अक्सर रास्ते में लूट करने वाले ब्लैक लोग मिल जाते, कभी कोई मैक्सिकन भी।

- माय गॉड! फिर?

- वे हाथ में चाकू लिए खड़े मिलते थे। शुरू में एक रात में मेरे सारे डॉलर ले लिए थे। फिर मैं बाकी डॉलर बचाने के लिए अपनी शर्ट की ऊपरी पॉकेट में एक-दो डॉलर रख लेता। जब कभी उनसे सामना होता, मैं जल्दी से वह डॉलर अपनी पॉकेट से निकाल कर उन्हें दे देता। वे लोग डॉलर लेकर मुझे जाने देते। मैं बहुत जल्दी-जल्दी चलते हुए घर पहुँच जाता।

- अश्विन, मुझे सुनकर भी डर लग रहा है।

- मुझे भी बहुत डर लगता डियर, लेकिन कोई उपाय नहीं था। फिर मैंने सोचा कि एक कार लेनी बहुत ज़रूरी है। हमने 1050 डॉलर में सेकंड हैंड कार 'शेवरले शेवेट' खरीदी, जो हैचबैक कार थी। यू.एस. ऑटो इंडस्ट्री में अपने ज़माने की यह एकमात्र किफ़ायती और पोप्युलर कार थी।

- चलो, अच्छा हुआ।

- अच्छा कहाँ हुआ? मैं कार चला लेता लेकिन कार के मेकैनिज्म के बारे में मुझे कोई आइडिया नहीं था। इंजन को ओवरहीट होने से बचाने के लिए रेडिएटर में एक गैलन पानी भरकर निकलता, लेकिन जब तक रेस्टोरेंट पहुँचता, कार से धुआं निकलने लगता।

- माय गॉड, फिर?

- रेस्टोरेंट पहुँचकर मैं फिर से रेडिएटर में पानी भरता। एक कंटेनर में एक गैलन पानी भरकर कार में रखता ताकि रास्ते में किसी भी तरह की गड़बड़ी होने पर यह काम

आ सके। बाद में पता चला कि रेडिएटर लीक हो रहा था।

- क्या बात करते हो?

- इस कार की ब्रेक भी बड़ी मुश्किल से लगती। एक बार देर रात मैं इस कार को चलाते हुए, सेंचुरी सिटी नामक जगह से निकला। अचानक कार के साइलेंसर का पाइप बैंड होकर रोड से टकराने लगा। एक अजीब सी आवाज़ आ रही थी। मुझे लगा कि कुछ तो गड़बड़ है, लेकिन मैंने रुकना उचित नहीं समझा।

- ये तो और भी खतरनाक मामला हुआ!

- ऐसी भयानक आवाज़ के साथ मैं कार चला रहा था और एक जगह रोड के एक तरफ़ किसी फ़िल्म की शूटिंग चल रही थी। कैमरामैन 'साइलेंट' 'साइलेंट' चिल्ला रहा था। हो सकता है सीन के रेफ़रन्स में हो, लेकिन मुझे लगा जैसे मुझे ही कह रहा था। मेरी कार उस वक़्त चढ़ाई वाले रोड पर थी, मैंने कार की स्पीड बढ़ा दी।

- तुम्हारी कार की कहानी तो बहुत डरावनी है आशु!

- पढ़ती जाओ। घर पहुँचते ही इंजन से धुआँ निकलने लगा। बड़ी मुश्किल से मैंने उस आग को बुझाया। उसके बाद मैंने दो बार ऐसी ही यूज़्ड कार खरीदी। बेटी हीरवा ने साल 1996 में कॉलेज में एडमिशन लिया। वह कॉलेज हमारे घर से सेवंटी मील दूर था। मतलब आने जाने की कुल वन फोर्टी मील की जर्नी। बस में जाना बहुत ही मुश्किल था, तब हमने बेटी के लिए नई 'टोयोटा कैम्री' कार खरीदी।

- तुमने अपने लिए नई कार कब खरीदी?

- साल 2001 में मैंने अपने लिए 'होंडा अकॉर्ड' कार खरीदी। 2005 में जब जॉब करते हुए हीरवा ने अपने लिए नई 'होंडा अकॉर्ड' ली, उसकी कार स्मृति यूज़ करने लगी। यहाँ घर के हर मेंबर का वर्क प्लेस बहुत दूर होता है। हम तीनों अपनी-अपनी कार लेकर अलग-अलग समय पर काम पर निकलते।

- अब अच्छा फील हो रहा है।

- 2006 में एक और अजीब घटना घटी।

- फिर अजीब घटना?

- यहाँ ईएमआई पर कार आसानी से मिल जाती है, लेकिन समय से पेमेंट नहीं किया

गया तो बैंकर आकर गाड़ी उठा लेते हैं। यहाँ के एक रेसिडेंट ने इसी तरह से कार खरीदी थी और टाइम से इंस्टालमेंट नहीं भरता था। एक अर्ली मॉर्निंग एक टो ट्रक उसकी कार को उठाने के लिए आकर रुका। ट्रक से दो लोग उतरे और उसकी कार को ट्रक के पिछले हिस्से से बाँध दिया, जिससे कार के आगे के दो पहिए ऊपर उठ गए।

- वे कार लेकर चले गए?

- कहाँ! कैसे तो उस शख़्स को पता चला, वह हाथ में गन लिए सीधा बाहर आ गया। उसके हाथ में गन देखकर दोनों भाग खड़े हुए।

- फिर उस व्यक्ति ने अपनी कार खोल दी होगी।

- नहीं, वह नशे में था। वह टो ट्रक पर चढ़ गया और ट्रक चलाने लगा। हमारे घर के सामने रोड के दोनों साइड में गाड़ियाँ पार्क की हुई रहती है। ट्रक के पिछले हिस्से में बंधी उसकी कार पार्किंग के एक साइड की सभी कारों से टकराती चली। हमारी तीनों कारें उसी साइड में पार्क की हुई थी। हमारी कारों के साथ सत्रह और कारें डैमेज हो गई!

- तुम्हारी कहानी किसी थ्रिलर फ़िल्म से कम नहीं है।

- इसलिए तो बता रहा हूँ। क़रीब एक महीने तक हम बिना कार के परेशान रहे। बाद में कोर्ट के डिसीजन के अनुसार बीमा कंपनी ने सभी कारों की मरम्मत कराई।

- इस दुनिया ने तुम्हें कितना सताया अश्विन? इस पल मुझे साहिर का यह गीत याद आ रहा है-

  तुम अपना रंज-ओ-गम, अपनी परेशानी मुझे दे दो;
  तुम्हें गम की कसम, इस दिल की वीरानी मुझे दे दो।

- वीरानी से तो दोस्ती ही कर ली थी मैंने, मल्लिका! तुमने शेयर कर लिए मेरे रंज-ओ-गम।

- मीठी बातों से मैं तुम्हारी वीरानी दूर करना चाहती हूँ।

- मोस्ट वेलकम डियर फ्रेंड। तुम्हारे डिनर का टाइम हो गया है, बाकी बातें कल होगी।

- बाय।

28 सितम्बर 2018, शुक्रवार शाम 8.45

- सुप्रभात महाशय।
- गुड इवनिंग डियर। डिनर लिया?
- नहीं। अभी न्यूज़ देख रही हूँ।
- न्यूज़ देख रही हो फिर मुझे क्यों याद किया? कहीं स्क्रीन पर मेरे बारे में कोई समाचार तो नहीं आ रहा?
- काश! ऐसा होता तो तुम्हें बहुत पहले ढूंढ लिया होता! आज दोपहर को गूगल पर भारत सरकार द्वारा दिए जाने वाले प्रमुख सम्मानों और पुरस्कारों के नाम देख रही थी कि अचानक सुनीता कृष्णन का नाम दिखा।
- सुनीता कृष्णन, वे जिन्हें पद्मश्री अवार्ड मिला है?
- क्या बात है, अपने वतन की सारी ख़बरें रखते हो।
- कभी-कभी इंडिया के न्यूज़ देखता हूँ। अगर मैं नहीं भूला हूँ तो सुनीता को यह अवार्ड वर्ष 2016 में मिला है। वे महिलाओं और बच्चियों को सेक्स ट्रैफिकिंग से आज़ाद कराने का काम करती हैं, राइट?
- हाँ, सुनीता अब तक बाईस हज़ार से ज्यादा महिलाओं और लड़कियों को यौन तस्करी से आज़ाद करा चुकी हैं।
- ऐसा अद्भुत कार्यक्षेत्र चुनने की प्रेरणा उन्हें कहाँ से मिली?
- कारण जानकर मैं भी हैरान हूँ।
- कुछ बताओगी भी?
- जब वे सिर्फ़ पंद्रह साल की थीं, उनके साथ आठ लोगों ने गैंग रेप किया था।
- क्या बात करती हो?
- ये सच है अश्विन। सदमा इतना गहरा था कि उनके पास केवल दो ही रास्ते बचे थे, या तो वे अपनी स्थिति से परेशान होकर ख़ुद को ख़त्म कर देतीं या इस स्थिति का डटकर मुकाबला करतीं।

- ओह! उन्होंने दूसरा रास्ता चुना।
- हाँ, उन्होंने वेश्यावृति में फंसी बेबस महिलाओं को बचाने का फैसला किया।
- मल्लिका, हमारे जीवन का कोई हार्ड एक्सपिरियंस हमें सोसायटी को बेहतर बनाने की दिशा में आगे ले जाता है, सुनीता उसका जीता जागता उदाहरण है।
- सही कहा ऐश। सुनीता कहती हैं कि लड़कियों के बजाय लड़कों को सिखाया जाना चाहिए कि एक लड़की के प्रति उनका रवैया क्या होना चाहिए।
- उनकी बात से सहमत हूँ।
- सुनीता के हौसले बुलंद थे तो उन्हें कामयाबी भी मिली। उन्हें एक बहुत अच्छे इन्सान पति के रूप में मिले।
- कौन हैं वे?
- राजेश टचरिवर, एक भारतीय फिल्म निर्माता, प्रोडक्शन डिज़ाइनर और स्क्रिप्ट राइटर हैं।
- क्या बात करती हो?
- राजेश ने फीचर फिल्मों के साथ-साथ मानव तस्करी, बाल यौन शोषण, एड्स और सांप्रदायिक दंगों पर कई लघु फिल्में और वृत्तचित्र बनाए हैं।
- फिर तो राजेश जी सुनीता के सपनों के साथीदार हैं।
- अश्विन, इसी सन्दर्भ में आज मुझे डॉ. निमित्त ओझा का एक लेख भी याद आ रहा है।
- बताओ।
- उनका कहना है कि शरीर को वर्जिनिटी से जोड़ने का विचार निराधार है। हम अभी तक इसके स्थूल अर्थ से बाहर नहीं आए हैं।
- मतलब?
- भारतीय समाज में सांस्कृतिक और धार्मिक परंपराओं के आधार पर वर्जिनिटी की अवधारणा को विशेष रूप से शरीर से जोड़ा गया है, वह भी लड़कियों के शरीर के साथ।

- मल्लिका, कभी-कभी ये परम्पराएँ समझ में नहीं आतीं। शादी से पहले सेक्स को अपवित्र माना जाता है, लेकिन सिर्फ़ लड़की के लिए। यह लड़कों पर लागू नहीं होता है।

- अब यह सोच कुछ हद तक बदल चुकी है, फिर भी लड़कियों की वर्जिनिटी से जुड़ी कई परम्पराएँ आज भी अस्तित्व में हैं। यह सिर्फ़ हमारे देश की बात नहीं है। साउथ आफ्रिका में जुलू जनजाति में 'उमेमुलो' नामक एक परंपरा के बारे में एक आर्टिकल पढ़कर मैं स्तब्ध रह गई थी।

- क्या है ये परंपरा?

- इस परंपरा के अनुसार लड़की का इक्कीस साल की उम्र तक वर्जिन रहना अनिवार्य है। लड़की की वर्जिनिटी को सेलिब्रेट करने के लिए एक पार्टी का आयोजन किया जाता है।

- लेकिन लड़की के पास अपनी वर्जिनिटी साबित करने का कौनसा तरीका होगा?

- बिलकुल है। एक जानवर की बलि दी जाती है और उसी जानवर की खाल से उसे टॉपलेस होकर अपने शरीर को ढंकना होता है। अगर इस रस्म के दौरान यह खाल फट जाती है तो यह माना जाता है कि लड़की वर्जिन नहीं है।

- ओह गॉड! यह परंपरा तो ह्यूमिनिटी के ख़िलाफ़ है, मल्लिका। क्या इसी सिलसिले में तुम डॉ. निमित्त ओझा के बारे में बात कर रही थी?

- सॉरी, जुलू जनजाति की परंपरा याद आ गई इसलिए लिखा। डॉ. ओझा वर्जिनिटी को शरीर से जोड़कर नहीं बल्कि आत्मा से जोड़कर देखते हैं। वे कहते हैं कि किसी के साथ घनिष्ठ शारीरिक संपर्क के बाद भी आत्मा का अभेद्य रहना संभव है।

- बात तो सोचने लायक है।

- वही तो। जब कोई हमारे अखंड अस्तित्व पर इस तरह छा जाता है कि हम उसके बिना अपने अस्तित्व की कल्पना भी नहीं कर सकते हैं, तो वह पल वर्जिनिटी खोने का संकेत है।

- मतलब जिस पल अपना पूरा एक्सिस्टेंस किसी के विचारों को डेडीकेट हो जाता है।

- हाँ, जिस तरह शरीर से जुड़े संबंधों को हम शारीरिक कहते हैं, इसी तरह आत्मा से

जुड़े संबंधों को आत्मिक कहा जाता है। समर्पण में शरीर के साथ-साथ आत्मा भी होनी चाहिए। इसके विपरीत, कोई हमारी आत्मा को बिना शारीरिक स्पर्श के भी छू सकता है।

- यह विचार तो वर्जिनिटी से जुड़े मिथक को खत्म करने में काफी मददगार हो सकता है।

- डॉक्टर ओझा आगे कहते हैं कि बलात्कार की शिकार युवती भी वर्जिन होती है, क्योंकि उसने स्वेच्छा से किसी से शारीरिक संपर्क नहीं बनाया था। एक वेश्या भी उतनी ही वर्जिन होती है, जब तक उसका मन और उसकी अंतरात्मा अछूत है।

- मल्लिका, यह एक अद्भुत सोच है!

- सुनीता कृष्णन और राजेश टचरिवर ने एक-दूसरे की आत्मा को छू लिया।

- और देखो, हमारी नैरो सोसाइटी को सुनीता कृष्णन जैसी सामाजिक कार्यकर्ता मिल गई।

- आज हमने बड़े गंभीर विषय पर चर्चा की अश्विन। मेरे डिनर का समय हो गया है। आज इजाज़त चाहती हूँ।

- मैं जानता हूँ, जब भी कोई संवेदनशील मुद्दे पर चर्चा होती है, तुम डिस्टर्ब हो जाती हो। गुड नाइट डियर।

29 सितम्बर 2018, शनिवार शाम 08.15

- मेरी शाम है और राही राजकोटी के इस शेर से तुम्हें याद दिला रही हूँ कि तुम्हें अहमदाबाद आना है।

प्रतीक्षा छे, पंथे नजर छे ने हुं छुं,
तमे आवशो ए ख़बर छे ने हुं छुं।

- ओय, सुबह-सुबह ये क्या लिख दिया? फ़िलहाल पेशंट अंकल के घर आया हूँ। अभी जागे नहीं हैं, तो तुमसे थोड़ी देर के लिए बात कर सकता हूँ।
- अहमदाबाद आना है, वादाखिलाफ़ी तो नहीं होगी ना?
- ये वादा रहा।
- मित्र हो तो ऐसा। तुम जैसा मित्र जिसे भी मिले, उसे समझना चाहिए कि ख़ज़ाना मिल गया है।
- धन्यवाद, सखी।
- ऐश, तुम मेरे जीवन में एक ऐसे मित्र के रूप में आये जिसने मुझे मानसिक रूप से मजबूत किया। ऐसे शुद्ध हृदय के सच्चे मित्र क़िस्मत वालों को ही मिलते हैं।
- मल्लिका, मुझसे तुम्हारा टीन एज का प्रेम इतनी सुन्दर मित्रता में बदल गया, तुम्हारे दुस्साहस को मैं सलाम करता हूँ।
- तुमसे मेरी मित्रता को भारतीय परंपरा में दुस्साहस ही कहा जाएगा, लेकिन हजारों साल पहले द्रौपदी की कृष्ण के साथ मित्रता भारतीय परंपरा में विजातीय मैत्री का श्रेष्ठ उदाहरण है।
- फिर भी वे ऐसे पात्र हैं जिन पर आसानी से ऊँगली नहीं उठाई जा सकती।
- ये भी सच है। विजातीय मैत्री के बारे में ओशो कहते हैं कि एक सुंदर सुसंस्कृत व्यक्तित्व में इतनी क्षमता तो होनी चाहिए कि वह किसी स्त्री/पुरुष से मित्रता कर सके।
- किसी भी विषय पर ओशो के विचार बहुत स्पष्ट होते हैं।

- बेशक, वे कहते हैं, 'मैत्री एक आत्मिक संबंध है। पश्चिम में एक पुरुष और एक स्त्री के बीच इस तरह की मित्रता हो सकती है जैसे दो पुरुषों के बीच या दो स्त्रियों के बीच होती है। मैत्री का आधार बौद्धिक हो सकता है। दोनों के बीच एक बौद्धिक तालमेल हो सकता है। दोनों के बीच रुचियों का एक सम्मिलन हो सकता है।'

- मतलब शरीर का संबंध ही एक मात्र संबंध नहीं है।

- इस पर भी उन्होंने कहा है कि शरीर का संबंध ही एक मात्र संबंध अगर है, तो इसका अर्थ यह हुआ कि फिर इन्सान के भीतर मन नहीं, आत्मा नहीं, परमात्मा नहीं, कुछ भी नहीं सिर्फ़ शरीर ही शरीर है। अगर इन्सान के भीतर शरीर के ऊपर मन है, मन के ऊपर आत्मा है और आत्मा के ऊपर परमात्मा है तो इन चार स्तरों पर संबंध हो सकते हैं।

- ओशो ने ह्युमन रिलेशन्स का माइक्रोस्कोपिक ऑब्ज़र्वेशन किया है। हमारे देश में यह मानने में कई साल लग जायेंगे कि स्त्री और पुरुष में ऐसी कोई मैत्री हो सकती है, जिसका आधार शरीर ना हो।

- ऐश, ओशो पति-पत्नी के रिश्ते को एक डायमेंशन मानते हैं। यह भी संभव है कि रिश्तों के सभी डायमेंशंस एक ही व्यक्ति में मिल जाएं।

- हक़ीक़त में ऐसी सम्भावना बहुत कम होती है मल्लिका।

- ऐसे में मानसिक रूप से ऐसी विजातीय मैत्री की सम्भावना बन सकती है।

- बिलकुल। इसका अर्थ यह नहीं है कि उनके दांपत्य जीवन में कोई उथल-पुथल है। दरअसल बात स्वीकार की है।

- ऐश, ऐसे मित्र घंटों बैठकर अपने पसंदीदा विषय पर विचार विमर्श कर सकते हैं। मेरी बात करूँ तो कार्यालय में कई पुरुष सहकर्मियों से मेरे मैत्रीपूर्ण संबंध रहे। ऑफिसर्स एग्जाम की फेकल्टी के रूप में, मेरे सभी छात्र मेरे बहुत अच्छे मित्र बने रहे। मेरे नाट्य ग्रुप के साथियों से भी मेरी अच्छी मित्रता थी।

- ऐसी मित्रता हमेशा रुचियों की, विचारो के साम्यता के कारण होती है जो बाद में पारिवारिक मित्रता में बदल जाती है।

- सच कहा तुमने, मेरे सभी मित्रों से मेरी पारिवारिक मित्रता ही रही है।

- अक्सर हममें विजातीय मित्रता को स्वीकार करने का साहस नहीं होता क्योंकि हमें पहले से ही डराया गया है।
- अश्विन, ऐसी मित्रता में सेंध लगाने वाले हमेशा हमारे जीवनसाथी नहीं होते। दोनों पक्षों के मित्र भी एक बड़ी भूमिका निभाते हैं।
- येस, उनमें यह समझ नहीं होती कि रुचि एक होने से ये मित्रता है। ऐसे लोग विजातीय मैत्री को स्वीकार नहीं पाते, इतना ही नहीं उन्हें बदनाम करने से भी नहीं हिचकिचाते।
- हालांकि अब ऑफिस का माहौल बदल चुका है। नई पीढ़ी इस मामले में उदार है। वे ऐसी मित्रता में यक़ीन करते हैं। जहाँ मन का मेल नहीं होता, वहाँ ये रिश्ता निभाने में भी यक़ीन नहीं करते।
- रिश्ता बनाये रखने में तुम ही एक अपवाद हो।
- अब मैं बदल गई हूँ ऐश। जो लोग मुझे अकारण चोट पहुँचाते हैं उन लोगों से भले मैं रिश्ता ना तोड़ूं, लेकिन एक सुरक्षित दूरी ज़रूर बना लेती हूँ।
- ये हुई न बात!
- सुबह-सुबह तुम्हारा सिर खा लिया।
- अब पार्थो को बोलो, अदरक वाली स्ट्रोंग चाय बनाकर मुझे भेज दे।
- काश, ये संभव होता! यहाँ आओगे तो उनके हाथ की स्पेश्यल चाय ज़रूर मिलेगी।
- मैं अब अंकल को उठाता हूँ। आज अंकल एक क्लब में अपने दोस्तों से मिलेंगे। लौटने में देर हो जाएगी।
- ओके, मेरे डिनर का टाइम हो गया है। तुम्हारा दिन अच्छा बीते।

30 सितम्बर 2018, रविवार सुबह 10.40

- हैलो, माय फ्रेंड। व्यस्त हो क्या? फ़िलहाल क्या कर रहे हो?
- दिन भर बहुत व्यस्तता रही। अब फ्री हूँ, अंकल को सुलाकर अपने कमरे में आ गया हूँ। तुमने सुबह की चाय पी ली होगी।
- चाय पी ली और नाश्ता करते हुए शोर्ट फ़िल्म 'द कन्फ़ेशन' भी देख ली, जिसके बारे में तुमने चर्चा की थी।
- बड़ी ओबिडियंट स्टूडेंट हो।
- तुम जैसे गुरु से तो कोई भी स्टूडेंट पढना चाहेगा।
- थैंक्स। फ़िल्म कैसी लगी?
- बढ़िया। इस फ़िल्म का अंत बहुत अच्छा लगा।
- मल्लिका, मैंने कहा था न इस कोरियन फ़िल्म को 'बेस्ट फ़िल्म इंटरनेशनल फ़िल्म फेस्टिवल' में बेस्ट फ़िल्म का अवोर्ड् मिला है। 'ऑस्कर' में भी पहले विदेशी भाषा वाली फ़िल्में बहुत ज्यादा सक्सेस नहीं होती थी, अब ट्रेंड बदला है। अब अमेरिकन सिनेमा में विदेशी लोग भी अपनी फ़िल्मों को पर्दे पर लाने में कामयाब हो रहे हैं।
- ग्लोबलाइजेशन के कारण हॉलीवुड एक विश्वव्यापी कल्चरल सोर्स बन गया है।
- यहाँ अलग-अलग संस्कृति की बड़े बजट की फ़िल्में बनने लगी है। एंटरटेनमेंट के साथ-साथ इन फ़िल्मों में ग्लोबल अपील भी होती है।
- ऐश, इन फ़िल्मों की कहानी तो हटकर होती ही है, साथ में इनका फिल्मांकन भी बढ़िया होता है।
- याह, हॉलीवुड के पास बेहतरीन फ़िल्म स्टूडियोज़ हैं, बेहतरीन टेक्नोलोजी है। स्पेशल इफेक्ट्स, सिनेमैटोग्राफ़ी, साउंड इफ़ेक्ट्स, ग्राफ़िक्स सब कुछ शानदार है।
- अब तो हॉलीवुड की फ़िल्मों में बॉलीवुड के लोग भी काम करने लगे हैं।
- इतना ही नहीं मल्लिका, इन फिल्मों ने ओस्कार अवार्ड्स भी जीते हैं। तुम्हें तो पता ही होगा कि 'गांधी', 'स्लमडॉग मिलियनेयर', 'लाइफ ऑफ पाई' ऐसी ही फ़िल्में हैं।

- हाँ। ऐश, हॉलीवुड की बातें करते एक ख्याल आया।
- क्या?
- हॉलीवुड तो लॉस एंजिलस के बहुत पास है, तुम वहाँ ट्राई कर सकते थे।
- क्या याद दिलाया! मैंने ट्राई किया था। तुम्हें तो पता है कि एक्टिंग मेरी रग-रग में बसा है। यहाँ आने के बाद मैंने सेंट्रल कास्टिंग कंपनी में अपना नाम दर्ज करवाया था, जो अभी भी कंटिन्यु है।
- सच? ये कंपनी क्या है?
- 'सेंट्रल कास्टिंग' हॉलीवुड में काम की तलाश में आये लोगों को एक्स्ट्रा कलाकार के रूप में फ़िल्म और टेलीविजन, दोनों में रोजगार देता है। एप्लाय करने के बाद बायोडेटा लेकर इंटरव्यू देने जाना पड़ता है। एक्टर के तौर पर हमारा एक्सपीरियंस भी कंसीडर होता है। हमारी प्रोफाइल वे ही बनाते हैं फिर जब हमारे लायक काम हो तब फ़ोन करके बुला लेते है।
- तुम्हें काम मिला था?
- हाँ, मिला था। कुछ समय तक काम किया, लेकिन मैं यूनियन का मेम्बर नहीं बन सका, इसलिए अच्छे चांस नहीं मिले। मेरे लिए एक रेग्युलर जॉब ज्यादा ज़रूरी था। मेरा परिवार था, महीने में पाँच-छह दिन काम मिलने से घर का ख़र्चा नहीं निकल पाता था।
- सहमत हूँ तुम्हारी बात से। एक प्रश्न है तुम यूनियन के मेम्बर क्यों नहीं बन सके?
- उसके लिए भी फ़ीस भरनी होती है, मेरे पास उतने डॉलर्स नहीं थे।
- सॉरी डियर। वैसे उनकी तरफ़ से पेमेंट का प्रॉब्लम तो नहीं था न?
- नहीं, उनका काम बड़ा सिस्टमेटिक होता है। शूटिंग ख़त्म होते ही चेक दे देते हैं। मेरी मज़बूरी थी कि अभिनय में करियर बनाने के लिए वेटिंग स्ट्रेस नहीं ले सकता था। मुझे नर्सिंग आसिस्टेंट की जॉब मिलने के बाद भी कई बार फ़ोन आए। जॉब से छुट्टी लेकर जाना संभव नहीं हो पाया।
- हॉलीवुड का अनुभव कैसा रहा तुम्हारा?
- कितने साल हो गए हैं! एक दो किस्से याद आ रहे हैं। 'हीरोज़' नाम की एक

अमेरिकी सुपरहीरो ड्रामा टेलीविज़न सीरीज़ में एक चांस मिला था। इसे युनिवर्सल स्टूडियोज़, हॉलीवुड में फ़िल्माया गया था।

- क्या विषय था इस सिरीज़ का?

- इसमें ऐसे लोगों की कहानियाँ थी जिनमें सुपरनैचरल एबिलिटीज़ हैं। उनकी ये एबिलिटीज़ अन्य पात्रों के जीवन में आने वाली मुश्किलों को रोकने में सहायक होती हैं।

- कैसा रहा शूटिंग का अनुभव?

- मैं जिस दिन शूटिंग के लिए पहुँचा, एक इंडियन टाइप के बाज़ार का सेट लगा था। बीच में एक रास्ता था, आसपास छोटी-छोटी दुकानें थी और रास्ते पर किसी अन्याय के खिलाफ़ बीस-पच्चीस लोगों को नारे लगाते हुए आगे बढ़ना था। शूटिंग के दौरान बारिश शुरू हो गई तो रुकना पड़ा। अचानक डायरेक्टर को यह खयाल आया कि इस नारेबाजी को बारिश में ही फ़िल्माया जाए तो बेहतर होगा।

- फिर?

- फ़रवरी का महीना था और हम लोग सुबह दस बजे ही भीग गए थे। बारिश का आइडिया ही नहीं था इसलिए कोई एक्स्ट्रा कपड़े लेकर भी नहीं गए थे।

- तुम गीले कपड़ों में ही बैठे रहे?

- और कोई उपाय भी तो नहीं था। कुछ देर बाद नैचरल बारिश तो रुक गई, लेकिन अपने नए खयाल के मुताबिक़ डायरेक्टर ने रेन मशीन से आर्टिफ़िशल बारिश शुरू करवाई और हम दिन भर गीले कपड़ों में शूटिंग में लगे रहे। सीन ओके हुआ तब शाम के चार बज रहे थे। हमने लंच लिया, घर जाने के लिए निकल रहे थे कि हम तीन एक्टरों को रोका गया।

- क्यों?

- उन्हें हीरो के पिता के पोट्रेट के लिए तस्वीर लेनी थी। हम तीनों की अलग-अलग तस्वीरें खींची गईं। सात बजे हम घर के लिए रवाना हुए।

- मतलब हॉलीवुड में भी तुम्हारे क़दम पड़े अश्विन!

- बस क़दम ही पड़े! इस संस्था से जुड़ा एक और वाक़या याद आ रहा है।

- बताओ।
- प्रोफ़ाइल बनाते समय मुझे एक अजीब सा सवाल पूछा गया था।
- कौनसा?
- 'कैन यू प्ले द कैरेक्टर ऑफ अ नेकेड मैन?'
- क्या? एक नग्न आदमी का किरदार निभाने को कहा?
- टेंशन मत लो डियर, मैंने कह दिया, 'आई कांट डू देट, नॉट इवन वियरिंग अ ब्रीफ़।'
- ओह! तुम माचो मैन थे न, तुम्हारा शरीर सौष्ठव देखकर शायद उन्होंने तुम्हें ऐसा पूछा होगा। स्वीकार कर लेते।
- क्या बात करती हो तुम? अगर ऐसी फ़िल्म इंडिया में रिलीज़ हो जाती, इस दृश्य को देखकर मुझे जानने वाले क्या सोचते?
- यह तो एक्टिंग की बात थी न? हो सकता है, आगे चलकर तुम्हें कोई अच्छा चांस मिल जाता।
- चांस तो जब मिलता तब मिलता, उस समय तो मेरे मन में एक साथ कई दृश्य घूमने लगे थे। ऐसा कैरेक्टर या तो क्रेज़ी पर्सन का हो सकता है या सायकोपेथ का। यदि ऐसा कैरेक्टर हीरो से जुड़ा हो, तो सड़क के किनारे लगे बड़े-बड़े पोस्टरों में उसके साथ मेरी तस्वीर लग जाती। हर बीस मिनट में टीवी पर एड आती, वो अलग से।
- बाप रे! क्या कुछ सोच लिया तुमने।
- इतना ही नहीं मल्लिका, ऐसा भी तो हो सकता था कि यह कैरेक्टर किसी हीरोइन के साथ जुड़ा हो, जो उसे सपने में आकर डरा रहा हो।
- 'एक्सॉर्सिस्ट' की तरह?
- कुछ ऐसा ही समझो, इसलिए मैंने स्पष्ट ना कह दी कि मैं ऐसा रोल नहीं कर सकता।
- वैसे भारतीय परिवेश में तुम्हारी बात भी सोचने लायक है क्योंकि लोग कहते, 'क्या ऐसे काम के लिए विदेश गया?'
- और फिर हो सकता था कि मुझे ब्लू फ़िल्म की ऑफ़र मिलने लगती!
- बाप रे! अब लगता है, अच्छा हुआ कि तुमने मना कर दिया।

- क्या बताऊँ मल्लिका, एक्टिंग फील्ड में अजीब क़िस्म के चैलेंजिस से जूझना पड़ता है। मुझे एक और घटना याद आ रही है जो अहमदाबाद में रहते हुए घटी थी, लेकिन कल बताऊंगा।

- ओके, तुम ड्यूटी पर हो और तुम्हें आराम की ज़रूरत भी हैं। चैन से सो जाओ, गुड नाइट।

- तुम्हारा गुड डे।

01 अक्टूबर 2018, सोमवार सुबह 11.10

- सॉरी डियर, सुबह-सुबह थोड़ी व्यस्तता रही।
- कोई बात नहीं। तुम वक़्त निकालकर आओ यही क्या कम है?

  'सुबह' दस्तक देती है, 'साँझ' करवट लेती है।
  'दिन' गुज़र जाते हैं, 'रातें' भी कट जाती है।

- क्या बात! मैं तो कल से तुम्हारी हॉलीवुड में एंट्री के बारे में सोच रही हूँ। तुम्हारा प्रोफ़ाइल, युनिवर्सल स्टूडियोज़ में शूटिंग, हीरो के पिता के पोट्रेट के लिए तुम्हारी तस्वीर, और न जाने क्या-क्या!
- नेकेड मैन का कैरेक्टर निभाने की बात...
- सच...अश्विन तुम्हारा हर पसंदीदा क्षेत्र तुमसे एक क़दम आगे रहा!
- कभी तो लगता है कि एक्टिंग भले ही मेरी रग-रग में था, लेकिन आगे भी मैं इतना सफल न हो पाता।
- शायद कल तुमने इसी संदर्भ में कहा था कि इस फील्ड में अजीब क़िस्म के चैलेंजिस से जूझना पड़ता है।
- क्या बताऊँ मल्लिका, गुजरात में घटी यह घटना का सीधा संबंध एक्टिंग फील्ड से नहीं था, लेकिन बात परेशान कर देने वाली थी।
- अगर मूड है तो मुझे बताओ और रिलैक्स हो जाओ।
- काम से फ्री होकर अपने कमरे में आया हूँ। सोचता हूँ, बता ही दूँ।
- ओके।
- एक बार हमारी यूनिट एक गुजराती फ़िल्म की शूटिंग के लिए कच्छ के रेगिस्तान के पास, पाकिस्तान के बोर्डर से कुछ मील की दूरी पर 'थराद' शहर में रुकी थी। पास ही एक गाँव 'वाडिया' था जो एक ही काम के लिए मशहूर था।
- कौन सा काम?

- उस गाँव की सारी महिलाएं प्रोस्टिट्यूशन का काम करती। वहाँ के मर्द कोई काम नहीं करते। वे सिर्फ़ इन महिलाओं के लिए ग्राहक को लाने का काम करते। वे इनके पति, भाई, बेटा कोई भी हो सकता था।

- याद आया अश्विन, इस गाँव के बारे में कहीं पढ़ा है।

- हमारे यूनिट के ज्यादातर मेंबर्स मुंबई से आए थे। छोटे-छोटे रोल के लिए, हम अहमदाबाद के एक्टर्स थे, उनमें से एक ने कहा, 'चलो, आज हम वाडिया जाते हैं और देखते हैं कि वहाँ का माहौल कैसा है।' यह सुनकर मैं बहुत डर गया। मैंने साफ़-साफ़ कहा, 'तुम लोग जाओ, मुझे नहीं जाना।'

- फिर?

- मेरी बात सुनकर वहाँ मौजूद सभी लोग मेरा मज़ाक उड़ाने लगे और कहने लगे, 'मर्द होकर ऐसी बातें करता है?'

- तुमने क्या किया?

- मैंने कहा, 'अगर मेरे पापा को पता चल गया, तो मैं कहीं का नहीं रहूंगा। उन्हें मुझ पर भरोसा है इसलिए वे मुझे इस फील्ड में काम करने दे रहे हैं। दूसरा, मुझे ऐसी बातों में कोई दिलचस्पी नहीं है।' उनमें से एक ने कहा, 'आना तो तुम्हें पड़ेगा। तुम कहीं बैठकर हमारा इंतज़ार करना। हम तो चलेंगे भाई।'

- गज़ब का प्रेशर था!

- मजबूरन मुझे उनकी बातों से सहमत होना पड़ा, सोचा वहीं कहीं बैठा रहूंगा। हम बस में चल दिए। शाम हो चुकी थी, क़रीब एक घंटे की जर्नी के बाद हमारी बस उस गाँव के बाहर रुकी। कुछ लोग ग्राहक के इंतज़ार में वहाँ खड़े थे।

- ओह!

- उनको लगा कि कोई बड़ी टीम आई है तो उन्हें मोटी रकम मिलेगी। एक भाई ने हमें अपने साथ चलने को कहा। वह हमें एक घर तक ले गया और सामने वाले कमरे में बिठाया और ख़ुद भीतर के कमरे में चला गया। कुछ ही देर में एक के बाद एक कुछ लड़कियाँ आकर सामने खड़ी हो गई।

- फिर?

- मैं अपनी आँखे भी नहीं उठा पा रहा था, फिर भी एक नज़र जब मैंने उन्हें देखा तो चौंक गया! बहुत ही सीधी सादी लड़कियाँ, अपने फीके चेहरे लिए खड़ी थीं।
- दोस्तों का क्या रिएक्शन था?
- उन्हें कोई भी लड़की पसंद नहीं आई। कहने लगे कि और कोई अच्छी, सुंदर लड़कियाँ बताओ। उस भाई ने कहा, 'जो सबसे अच्छी थीं, मैं उन्हीं को लाया हूँ।' सभी ने एक-दूसरे को देखा और इशारे से फैसला किया कि हमें यहाँ नहीं रुकना चाहिए। एक मित्र ने कहा, 'नहीं भाई, हमें कोई पसंद नहीं आई। हम चलते हैं।'
- तुम लोग वहाँ से चल दिए?
- वहाँ से चलना इतना आसान नहीं था मल्लिका। कुछ ही पलों में एक मुखिया जैसे बुज़ुर्ग आ गए, हमें पाँच मिनट रुकने के लिए कहा। कुछ देर बाद वे एक पुलिस के साथ हाज़िर थे।
- उस गाँव में पुलिस स्टेशन भी था?
- ये तो तभी पता चला। हो सकता है यहाँ अक्सर ऐसी घटनाएँ होती हों कि कोई ग्राहक बनकर आए, फिर हंगामा कर दे।
- पुलिस ने क्या कहा?
- पुलिस ने पहले तो हमें ख़ूब डाँटा, फिर कहा, 'चलो, थाने आना पड़ेगा। सब के नाम एफ.आइ.आर. दर्ज़ होगी। मेरे तो होश उड़ गए।
- फिर?
- हमारे सारे बहाने व्यर्थ हुए। पुलिस ने कहा, 'वैसे तो आप जा ही नहीं सकोगे।'
- क्या पुलिस आख़िरकार मान गये?
- नहीं, हमें कुछ पैसे देकर उन्हें मनाना पड़ा।
- मतलब, पुलिस भी मिली हुई थी उनसे!
- हम ऐसा कुछ सोच नहीं पा रहे थे। रात के दस बज रहे थे, वहाँ से लौटने के लिए अब कोई बस नहीं थी, न ही कोई और साधन मिल सकता था।
- तुम लोग आख़िर लौटे कैसे?

- हमारे पास चलने के सिवा कोई ऑप्शन नहीं था। हमें थराद पहुँचने का रास्ता भी नहीं पता था। पुलिस ने हमें रास्ता दिखाते हुए यह भी कहा, 'संभलकर जाना, अँधेरे में जंगली जानवर मिल सकते हैं और अगर आप गलती से बॉर्डर पार कर गए तो पाकिस्तान पहुँच जाएंगे।'

- माय गॉड! यह तो और भी भयावह स्थिति थी, फिर?

- हम गाँव से बाहर आ गए और दिखाए गए रास्ते पर चलना शुरू किया। कच्चा रास्ता और घनी अँधेरी रात, आसमान में तारे चमक रहे थे। बीच-बीच में आठ-दस घर वाले गाँव आ रहे थे। कहीं-कहीं उन छोटे-छोटे घरों में टीम-टीम दिये जल रहे थे।

- तुम्हें तो अँधेरे से भी डर लगता होगा।

- बहुत। ऐसे ही एक गाँव में पहुँचकर एक दोस्त जोर से बोल उठा, 'क्या कोई है? जरा बाहर आइए। हमें थराद जाना है। प्लीज़, रास्ता बताइए।' साथ में हम भी रिक्वेस्ट करने लगे।

- कोई बाहर आया रास्ता दिखाने?

- रास्ता तो दूर की बात, हमारी आवाज़ सुनते ही एकाध घर में जलता हुआ दीया भी बुझ गया।

- गाँव के लोग थे, ऐश। इस विचार से डर गए होंगे कि कोई चोर या डकैत हो सकते हैं।

- कुछ और गाँवों में भी ऐसे ही पूछते रहे, लेकिन रात के बारह-एक बजे कौन बाहर आएगा? हम रात भर चलते रहे। पता नहीं किस दिशा में जा रहे थे। पाकिस्तान की सीमा में घुसने का ख़तरा अलग से डरा रहा था।

- तुम लोग रात को कहीं रुक जाते।

- रुकना तो और मुश्किल था। जंगली जानवरों का डर था, फिर ठंड का मौसम था और रात में रेगिस्तान में ठंड बहुत बढ़ जाती है। चलते रहना थोड़ा बेहतर लग रहा था। अर्ली मॉर्निंग, साढ़े पाँच बजे के आसपास एक गाँव आया, जहाँ एक एस.टी. बस खड़ी दिखाई दी।

- उफ़्फ़! मैंने भी राहत की साँस ली।

- वहाँ जाकर हमने ड्राइवर से पूछा, 'क्या ये बस थराद जाएगी?' उन्होंने कहा, 'हाँ, यह सुबह नौ बजे रवाना होगी।'

- मतलब और साढ़े तीन घंटे इंतज़ार करना था।

- फिर भी जैसे जान में जान आई। ड्राइवर की परमिशन लेकर हम बस में बैठ गए। शूटिंग दस बजे शुरू होने वाली थी, हमें पहुँचने में देर हो गई थी। लोकेशन पर पहुँचकर हम तैयार होने के लिए सीधे मेकअप मैन के पास चले गए।

- ईश्वर ने तुम्हें बचा लिया, ऐश।

- सच मल्लिका। अगर हमें पुलिस स्टेशन में रोका जाता, तो अगले दिन हमारे नाम अखबार में छप जाते और पता नहीं आगे क्या होता!

- किसी भी व्यक्ति के लिए अपनी गलतियों को स्वीकार करना आसान नहीं होता है। इसके लिए बहुत साहस की ज़रूरत होती है। तुममें वो साहस है, ऐश।

- जाने-अनजाने इन्सान अपनी गलतियों से ही पाप में पड़ता है। तुम्हें यह सब कहते हुए आज मैं ईश्वर से भी माफ़ी माँग रहा हूँ।

- तुम जैसे साफ़-दिल इंसान को ईश्वर ने पहले ही माफ़ कर दिया होगा, डियर। तुम्हारे वहाँ बहुत रात बीती। तुम्हें गुड नाइट कहते हुए किचन में जा रही हूँ, दाल-चावल बन गए हैं, आलू-गोभी की सब्जी बनाना बाकी है।

- सब्जी जलाना मत, ऑल द बेस्ट।

- ओके बाबा, धन्यवाद।

02 अक्टूबर 2018, मंगलवार रात 9.00

- गुड मॉर्निंग अश्विन।
- कोण जाणे हती केवी वर्षो जूनी जिंदगीमां असर एक तन्हाईनी,
  कोइए ज्यां अमस्तुं पुछ्युं, 'केम छो?', एणे आखी कहाणी सुणावी दीधी!
- आज सुबह-सुबह ये शेर क्यों फ़रमाया?
- तुमने डिनर लिया?
- नहीं थोड़ी देर बाद लूंगी। मेरे प्रश्न का जवाब दो।
- सोचता हूँ, कैसे मैंने तुम्हें अपनी पूरी कहानी कह दी?
- मैंने भी तो कही।
- सांसारिक बंधनों से ऊपर उठकर तुमने मेरी तन्हाइयों को महसूस किया। एक इंटिमेट फ्रेंड की तरह मेरी लिखी हर बात का सही अर्थ समझा।
- ऐश, तुमने हर बार तुम्हारी मनःस्थिति का सहज-सरल भाषा में सदृश वर्णन किया। तुम्हारा संघर्ष पढ़ती हूँ तो लगता है, तुम्हारी जगह कोई और होता तो कब से टूट जाता।
- ये मर्द अमदावादी है, सरदार का सीना रखता है। साबरमती का पानी पिया है। गांधीजी जिसका आदर्श है, वह कैसे टूट सकता है?
- क्या बात! आज गांधी जयंती के दिन ही तुमने गांधीजी को याद किया।
- व्होट अ कोइन्सिडेन्स! मल्लिका, आज फिर तुमने मुझे बहुत कुछ याद दिला दिया।
- बताओ वत्स, मैं भी जानना चाहूँगी।
- गांधीजी का अहमदाबाद के कोचरब इलाके में स्थापित किया गया वह पहला आश्रम...
- कोचरब आश्रम के बारे में पढ़ा है, पर कभी गई नहीं।
- मैं गया हूँ। यही आश्रम बाद में साबरमती नदी के किनारे शिफ़्ट हुआ और 'साबरमती आश्रम' कहलाने लगा।

- मैं साबरमती आश्रम कई बार गई हूँ। बंगाल से कोई भी मेहमान आएँ तो उन्हें गांधी आश्रम तो दिखाना ही होता है।

- मेरे पापा पक्के गाँधी वादी थे। वे बताते थे, शुरू में साबरमती आश्रम में साधारण ईंटों से बने कुछ मकान थे। साबरमती नदी के किनारे गोशाला थी। एक बगीचा भी था। कुछ खेत भी थे, जहाँ सब्जियाँ उगाई जाती।

- वाह! इतनी जानकारी तो मुझे भी नहीं है।

- उन दिनों इस आश्रम में एक नॅशनल स्कूल था जिसमें में इंडस्ट्रियल सिलेबस था, जिसमें पढ़ाई के साथ साथ निटिंग वर्क और फार्मिंग वर्क भी शामिल था। पापा वहाँ से 'कचरियुं' खरीदकर लाते।

- 'कचरियुं', वो जो तिल से बनता है?

- हाँ वही, ठण्ड के मौसम में ख़ूब बिकता है।

- मैंने भी खाया है।

- हमारे घर गांधी आश्रम से दूध भी आता था।

- क्या बात! मेरे पापा भी पक्के गांधीवादी थे। गांधीजी के विचारों को उन्होंने अपने जीवन में उतारा था, विशेषकर सादगी का विचार।

- मल्लिका, मेरे पापा ने भी हमेशा खादी का कुर्ता-पजामा पहना और भोजन भी सादा ही पसंद करते थे।

- हमारे जीवन पर हमारे पिता के विचारों का अधिक प्रभाव दीखता है।

- शायद इसलिए हमारे विचार भी मिलते हैं। पापा का एक मकसद था हमें अच्छी पढ़ाई मुहैया कराना। पाँच भाई-बहन के साथ, सात लोगों का हमारा मध्यमवर्गीय परिवार था फिर भी पापा ने हमें सेंट ज़ेवियर्स स्कूल में पढ़ाया, जहाँ अधिकतर अमीर परिवार के बच्चे आते।

- मेरे पापा ने भी बच्चों की शिक्षा को सबसे अधिक अहमियत दी।

- याद है? उन दिनों स्कूल के बाहर फेरी वाले कुछ खाने-पीने की चीज़ें लेकर खड़े रहते थे?

- अच्छी तरह याद है ऐश।
- हमारी स्कूल के बाहर एक रगड़ा पेटिस वाला भी खड़ा रहता। उस ज़माने में 15 या 20 पैसे में एक प्लेट मिलती। मुझे रगड़ा पेटिस खाने की इच्छा बहुत होती लेकिन उतने पैसे नहीं होते थे। मैं थोड़ी दूर खड़े रहकर उसे प्लेट बनाते देखता और उसीको एन्जॉय करता।
- कितनी पारदर्शिता है तुम्हारी बातों में!
- तुमने मुझे मेरे स्कूल कैम्पस में पहुँचा दिया तो मैं बच्चा बन गया! आज भी महसूस कर पा रहा हूँ उन घडियों को। फेरी वाला सर्विंग प्लेट में पहले आलू की बनी पेटीस रखता। उस पर गर्म रगड़ा डालता। फिर दही, प्याज, टमाटर, सेव, हरा धनिया आदि डालकर कस्टमर को देता।
- उफ़्फ़! ये कहते हुए तुमने मुझे भी मेरे स्कूल कैम्पस में पहुँचा दिया। मेरी स्कूल, तुम्हारी स्कूल से बिलकुल अलग थी। बारेजड़ी गाँव की एक मात्र सरकारी स्कूल, 'श्री सरस्वती सार्वजनिक विद्यालय'।
- क्या तुम्हारी गाँव की स्कूल के सामने भी कोई फेरी वाला खड़ा रहता था?
- हमारी स्कूल के सामने एक ही फेरी वाला खड़ा रहता था, लेकिन उसके पास सिर्फ़ नमकीन मूंगफली, छोले होते। सीज़नल फ्रूट भी रखता जैसे बेरी, आम, अमरूद, खट्टी इमली, जंगल जलेबी आदि। मैं कभी-कभी पाँच पैसे में जितना मिलता उतना ही खरीदती।
- हा..हा...हा... हम भी रगड़ा पेटिस वाले चाचा के पास खड़े दूसरे फेरी वाले से पाँच पैसे में मिलने वाली ऐसी चीज़ें ही खरीदते। एक और मज़ेदार बात याद आ रही है।
- बताओ।
- हमारे क्लास में एक पारसी भाई-बहन आते थे। उनके टिफ़िन में रोज अंडा करी और रोटी होता क्योंकि उनके घर पर मुर्गियाँ पाली हुई थी। हम भाई-बहन के टिफ़िन में अक्सर रोटी और आलू की सूखी सब्जी होती। हर रोज़ एक तरह का खाना किसी को भी अच्छा नहीं लगता। अक्सर हम टिफ़िन एक्सचेंज करके खाते और किसी को बताते भी नहीं। बहुत मज़ा आता।
- मतलब, शरारती तुम बचपन से ही थे।

- अभी भी हूँ! नाराज मत होना, ऐसा तुम ही कहती हो।

- हम्म....मेरा तो गाँव में ही स्कूल था और घर से बहुत दूर भी नहीं था। रिसेस में मैं दौड़ती हुई घर पहुँच जाती। माँ खाना तैयार रखती, घर पहुँचकर झटपट खाकर फिर दौड़ती हुई स्कूल पहुँच जाती।

- गाँव की गोरी, तुम्हारी तो बात ही अलग है। मेरी माँ जब कभी समय से टिफ़िन नहीं बना पाती, तब कुछ पैसे देती। उस दिन हम भाई-बहन बड़े ख़ुश हो जाते।

- कितनी छोटी-छोटी ख़ुशियाँ थी न हमारी?

- सच्ची! कभी ऐसा भी होता कि टिफ़िन भी नहीं बनता और पैसे भी नहीं मिलते।

- फिर क्या करते तुम?

- रिसेस में हम दोनों भाई-बहन चुपचाप पेड़ के नीचे जाकर बैठ जाते। अचानक पापा लंच बॉक्स में खाना लेकर आ पहुँचते। तब बहुत ख़ुशी होती।

- उन दिनों को याद करते हुए, हम आज भी कितने ख़ुश हो रहे हैं!

- मेरे बड़े भाई को जब नौकरी मिल गई तब वे नए कपड़े सिलवाते और पुराने मुझे दे देते। साइकिल चलाने की वजह से अक्सर सीट के पास से पैंट फट जाती और मैं उसे टेलर को दे आता, रफ़ू करने के लिए। न जाने कितनी बार रफ़ू करवाता और पहनता रहता। आख़िर में टेलर ख़ुद ही कह देता कि अब इसे ठीक नहीं किया जा सकता, तब जाकर उस पैंट की छुट्टी होती।

- हम अपने पैरेंट्स की तकलीफ़ें समझते थे, ऐश। उन पर किसी तरह का दबाव नहीं डालते थे।

- मल्लिका, कॉलेज में भी मेरे पास ज्यादा कपड़े नहीं थे। कभी मेरे दोस्त की शर्ट पहन लेता।

- ये बात तुमने पहले भी बताई है। हक़ीकत में मैंने कभी तुम्हारे कपड़ों पर ध्यान ही नहीं दिया। चुपके से, डर-डरकर तुम्हें देखती और तुम्हारे चेहरे से ही नज़र न हटती!

- कभी नज़र मिलाई भी होती तो 'आदाब..आदाब' कह देता!

- अब तो कह दिया न!

- उम्र भर छानी है इन हाथों से ख़ाक-ए-मयकदा,
  हाथ अब आए हैं कुछ आदाब-ए-मयख़ाना हमें!

- चलो यही सही। तुम्हें बताया तो है कि जब कॉलेज में एडमिशन लिया तब मैंने पहली बार अहमदाबाद शहर देखा!

- तभी तो नयन इतने डरे डरे रहे।

- मेरे पास भी बहुत ज्यादा ड्रेस नहीं थे, इसलिए मैं कभी-कभी माँ की कॉटन साड़ी पहनकर कॉलेज आती। कॉलेज में हम दो ही लडकियाँ थी जो कभी साड़ी पहनती और दोनों बंगालिन थी!

- मुझे याद है बंगालिन! मुझे साड़ी में लडकियाँ बहुत पसंद थीं।

- अच्छा लगा सुनकर।

- पसंद पर ही रुकना पड़ा क्योंकि कॉलेज की कैंटीन में अगर किसी को एक कप चाय भी पिलानी हो, तो सोचना पड़ता।

- ओ माय गॉड! अश्विन, मुझे चाय नहीं चाहिए थी। मेरे पापा भी महीने के पाँच रुपये पॉकेट मनी देते। कभी-कभार अहमदाबाद स्टेशन के रेलवे कैंटीन में उपलब्ध इडली, मसाला दोसा में ही मैनेज करना होता और महीने में एक बार कभी प्लेटफ़ार्म पर घूम रहे आइसक्रीम वाले से नब्बे पैसे का चॉकोबार खाती तो लगता जैसे दिन बन गया।

- मैं भी एक बार नब्बे पैसे का चॉकोबार ही खा लेता!

- अहा! अगर तुम मेरे साथ ट्रेन में बारेजड़ी तक आते तो मैं तुम्हें खट्टा-मीठा सेब भी खिलाती। ट्रेन में एक चाचा सेब बेचते, हरे रंग के सेब। पचीस पैसे का एक, वह भी काटकर चटपटा मसाला लगाकर कागज़ में लपेटकर देते। अश्विन, सच कहती हूँ, बाद में कितने महंगे सेब खाए, लेकिन उस सेब जैसे स्वादिष्ट कभी नहीं लगे!

- उस समय में लौटकर कितना अच्छा लग रहा है! हमें कभी यह अफ़सोस नहीं होता था कि हमारे पास यह क्यों नहीं है या वह क्यों नहीं है। कॉलेज में जब मुझे एक्टिंग फील्ड से थोड़ा पैसा मिलना शुरू हुआ तब मैं और मेरा दोस्त खादी का कपड़ा खरीद कर लाते, जो बहुत कम दाम में मिलता, और उसमें से पैंट और शर्ट सिलवाते।

- तुम तो कॉलेज में कुर्ता पहनकर भी आते।
- खादी के सफेद कपडे से मैं कुर्ते सिलवाता, फिर उन्हें कलर करवाता। कलर वाला कहता, 'आप पर कोई भी कलर जँचेगा।' मैंने तो कॉलेज में ऑरेंज कलर का पैंट भी पहना है।
- तुम पर हर रंग जँचता। मुझे तुम्हारा रंगीन कुर्ते पहनना बहुत पसंद था।
- राजेश खन्ना कुर्ते का फ़ैशन लाए थे।
- मुझे राजेश खन्ना भी बहुत अच्छे लगते थे।
- और मैं?
- तुम तो बहुत, बहुत, बहुत अच्छे लगते।
- धन्यवाद, चलो मेरी दूसरी पारी की चाय का और तुम्हारे डिनर का वक़्त हो गया।
- तुम्हारा दिन रंगमय बीते।
- तुम्हारी रात संभलकर बीते टीचर, रंग-बिरंगे कुर्ते में राजेश खन्ना सपनों में न आ जाए। हा... हा... बाय।

03 अक्टूबर 2018, बुधवार शाम 8.30

- ख़ुशनुमा सुबह है, पार्क में बैठा हूँ –

  हे...नीले गगन के तले...धरती का प्यार पले....
  ऐसे ही जग में आती हैं सुबहें, ऐसे ही शाम ढले...

- अहा! गीत से ही पता चल रहा है कि नीले आसमा के नीचे बैठे हो। गाने का मूड भी बनाया होगा।
- मैडम, पिछले वर्ष आज ही के दिन हमारा 'विविध-भारती' साठ बरस का हुआ था, आज इकसठवीं वर्षगाँठ है।
- क्या बात! तुम अभी तक नहीं भूले हो 'विविध-भारती' को?
- कैसे भूलूँ? क्या तुम्हें पता है, उस ज़माने में भारत सरकार ने आकाशवाणी पर फ़िल्मी गाने-बजाने पर रोक लगा रखी थी?
- नहीं, क्यों?
- तब मान लिया गया था कि फ़िल्मी गाने सुनकर लोग बिगड़ जाते हैं, इसलिए केवल सुगम-संगीत पर आधारित गीत ही रेडियो पर बजाए जाते थे।
- तुम्हें कैसे पता ?
- मैंने 'विविध-भारती' के अनाउंसर यूनुस ख़ान का एक आर्टिकल पढ़ा था।
- क्या लिखा है उस आर्टिकल में?
- मल्लिका, उन्होंने लिखा है कि उसी दौर में 'रेडियो सीलोन' नए फ़िल्मी गीतों के जरिए लोगों के बीच पैठ बना रहा था। 'रेडियो सीलोन' का कंटेंट तो शानदार था ही, वह बिजनेस-इंटरेस्ट को बख़ूबी पूरा कर रहा था।
- कैसे?
- तमाम कंपनियाँ अपने प्रोडक्ट्स की सेल्स बढ़ाने के लिए उसका सहारा ले रही थीं। 'रेडियो सीलोन' के ज़रिए अपने प्रोडक्ट्स की एड करने वाली कंपनियों में भारतीय कंपनियाँ भी शामिल थीं, यानी देश का पैसा बाहर जा रहा था। लिहाज़ा 'रेडियो सीलोन' का मुक़ाबला कर सके ऐसे रेडियो चैनल की ज़रूरत महसूस हुई।

- फिर?
- यूनुस आगे लिखते हैं, 'ये ज़िम्मेदारी कवि पंडित नरेन्द्र शर्मा को दी गई। उन्होंने कुछ साहित्यिक और रेडियो ब्रोडकास्टिंग पर्सनालिटीज़ के साथ मिलकर 'विविध-भारती' की नींव रखी। तारीख़ थी, तीन अक्टूबर 1957, जब तुम एक साल की होने को थी।
- और तुम आठ साल के हो चुके थे, शायद गीत गाने भी लगे थे।
- मैं बचपन से ही गीत संगीत का दीवाना था।
- फिर उम्र के साथ अलग अलग दीवानगियाँ बढ़ी।
- अंत में पागल हुआ।
- हा....हा.... मेरी बला से। हम 1957 में रुके थे, 'विविध भारती' पर।
- समझ गया छोरी, गाड़ी पटरी से उतर गई थी।
- अच्छा हुआ तुम इंजिन ड्राइवर नहीं बने, वरना न जाने कितनी बार तुम्हारी गाडी का डीरेलमेंट होता और रेलवे विभाग अपना सिर पीटता रहता।
- तुम स्टेशन मास्टर की बेटी हो तो रेलवे विभाग का भला ही सोचोगी।
- अब गाड़ी को पटरी पर लाती हूँ, 'विविध-भारती' के बारे में बताओ।
- उस दिन 'विविध-भारती' का आग़ाज़ शील कुमार शर्मा की आवाज़ में हुआ था। उन्होंने कहा था, 'यह विविध-भारती है, आकाशवाणी का पंचरंगी कार्यक्रम।' 'पंचरंगी कार्यक्रम' का अर्थ यह था कि इसमें पाँच ललित कलाओं-गीत, संगीत, नृत्य, नाट्य और चित्र-को शामिल किया गया है।
- सबसे पहले कौनसा गाना बजा था?
- सबसे पहले 'नाच रे मयूरा' गाना 'विविध-भारती' पर बजा था। इसे पंडित नरेन्द्र शर्मा ने ही लिखा था। अनिल विश्वास का संगीत था और मन्ना डे की आवाज़।
- वाह! तुम कलाकार हो, इसलिए इस आर्टिकल को इतने ध्यान से पढ़ा और याद भी रखा।
- अपनी पसंद का विषय हो तो सब कुछ याद रहता है।

- सही, फिर तो 'विविध-भारती' चल पड़ी।

- देश की इस सुरीली धड़कन ने ऐसे सुर बुलंद किए कि 'विविध-भारती' एक हिट कार्यक्रम बन गया। इनमें अमीन सायानी की आवाज़ में 'बिनाका गीतमाला' का तो कहना ही क्या! संगीत के सातों सुर जैसे अपने आप फिक्स हो गए।

- मैंने 1971 में 'बिनाका गीतमाला' सुनना शुरू किया, तब तो ये 'रेडियो सीलोन' पर आता था।

- तुमने सही कहा, पहले यह 'रेडियो सीलोन' पर आता था, पर 1989 के बाद से 'विविध-भारती' पर आने लगा।

- मुझे याद है ऐश, हिन्दी फ़िल्मों के टॉप टेन गानों का काउंटडाउन होता था। अमीन सयानी अपनी बुलंद आवाज़ में बताते थे कि कौन सा गाना कितने 'पायदान' की छलांग लगाकर कहाँ पहुँचा।

- इस कार्यक्रम की लोकप्रियता का अंदाज़ा इसी से लगाया जा सकता है कि इसके प्रेज़न्टर अमीन सयानी को आज भी लोग याद करते हैं।

- मैं इस कार्यक्रम की दीवानी थी। हर बुधवार रात आठ बजे मैं पड़ोसी ललिता आंटी के घर पहुँच जाती। हमारे घर तब रेडियो भी नहीं था।

- उस ज़माने में रेडियो भी लग्ज़ुरीअस आइटम गिना जाता था।

- ऐश, मुझे तो लगता है कि मानव के सभी भावों में संगीत समाया हुआ है।

- मल्लिका, संगीत हमारी फीलिंग्स को कम्युनिकेट करने का एक शानदार तरीका है।

- बिलकुल, मुझे संगीत की डिटेल जानकारी नहीं है, लेकिन इतना जानती हूँ कि एक इंस्ट्रूमेंट बजाकर या एक गीत लिखकर आप अपनी फीलिंग्स को व्यक्त कर सकते हैं।

- मैं अक्सर कोई गाना गुनगुनाता रहता हूँ, मुझे बहुत अच्छा फील होता है। मेरे पास हिन्दी फ़िल्मी गानों के अनगिनत कैसेट थे। धीरे धीरे सभी निकाल दी। अब इंटरनेट के कारण गाने आसानी से उपलब्ध हैं। भारत से जो भी संगीत के कार्यक्रम यहाँ ओर्गेनाइज किये जाते थे, मैं उन सभी को देखने जाता था।

- तुम अहमदाबाद आओगे, तब हम एक संगीत का कार्यक्रम आयोजित करेंगे। मेरी प्रिय सखी नीता व्यास, सुमधुर आवाज़ की स्वामिनी उनकी बेटी हिमाली व्यास नायक, और भी कई मित्र हैं जो संगीत से जुड़े हैं। तुम्हें भी गाना पड़ेगा।

- तुम मेरे साथ ड्यूएट गाओगी ना?

- हा...हा...इससे अच्छा कोई मज़ाक नहीं हो सकता। अब मेरे डिनर का वक़्त हो चला है। जाने से पहले ये भी बता दूँ कि 'विविध भारती' ने बदलते वक़्त के साथ अपना रूप भी बदला है। तुम्हें तो ज़रूर पता होगा।

- पता है, अन्य एफ.एम. चैनलों की तरह विविध भारती भी मोबाइल-इंटरनेट पर उपलब्ध है।

- सुनने वालों की संख्या में भले ही कुछ कमी आई हो, लेकिन चाहने वालों की कमी नहीं है।

- आज मेरे पसंदीदा विषय पर चर्चा करना बहुत अच्छा लगा, मल्लिका।

- रमेश पारेख के गीत की दो पंक्तियों के साथ अपनी बात समाप्त करती हूँ।

  शब्दोमां क्यां समाय छे तारी ने मारी वात?
  अर्थोमां क्यां चणाय छे तारी ने मारी वात?

- मेरी और तुम्हारी बात को न शब्दों में समेटा जा सकता है, न अर्थों में बाँधा जा सकता है, तभी तो किताब लिखनी पड़ रही है। कल फिर मिलेंगे कोई नई बात लेकर, आवजो।

- आवजो बन्धु।

04 अक्टूबर 2018, गुरुवार रात 10.30

- सुप्रभात डियर अश्विन।
- एन मौके पर आई तुम-

  तुम चले जाओगे तो सोचेंगे,
  हमने क्या खोया हमने क्या पाया...

- वाह! तुम्हें याद है ये गज़ल?
- जगजीतसिंह को ही सुन रहा था। गीत-गज़ल के रूमानी शब्द कैसे इन्सान के जीने की वजह बनते हैं!
- ये शब्द जावेद अख्तर के हैं, तो उन्हें भी याद रखना।
- वे भी याद हैं। ये लाइन्स सुनते हुए सोच रहा था कि तुम मेरी दोस्ती तोड़ तो नहीं दोगी?
- कैसी बात करते हो अश्विन?
- पता नहीं क्यों, कभी डर लगता है।
- ऐसा डर मुझे नहीं लगता, पता है क्यों?
- क्यों?
- इतने सालों तक तुम प्रत्यक्ष रूप से मेरे जीवन में नहीं थे, फिर भी अप्रत्यक्ष रूप से सदा मेरे साथ रहे। मेरा एक तरफ़ा प्रेम तो सदा रहता, जैसे ईश्वर से हमारा प्रेम सदा रहता है।
- तुम अलग ही मिट्टी की बनी हो! मैं तुम्हारी बराबरी नहीं कर सकता। ख़ैर, हम शब्दों की बात कर रहे थे।
- शब्दों में गज़ब की ताकत होती है, शब्द कभी तलवार बनकर किसी को घायल कर कर सकते हैं, तो मरहम बनकर किसी के जख्मों को ठीक कर सकते हैं। निर्भर करता है कि आप शब्दों का प्रयोग कैसे करते हैं।
- बिलकुल मल्लिका, कितने ही रिश्ते सिर्फ़ शब्दों की वजह से टूटते हैं।
- टूटते ही नहीं ऐश, जीवन भी खो जाता है।

- आज कौनसा वाक़या याद आ गया?
- लगता है, तुम्हारे दिल में भी आँखें उगी है।
- मतलब मैं सही हूँ।
- इस घटना को मैं आज तक भूल नहीं पाई अश्विन।
- मैं जानना चाहूँगा।
- तुम्हें तो पता है, हॉर्स-रेसिंग भारत में अमीर वर्ग के मनोरंजन का लोकप्रिय खेल है।
- जानता हूँ, इंडिया में यह खेल बहुत पुराना है। इंडिया में होर्सेज की एस्टाब्लिस्ट ब्रीडिंग इंडस्ट्री भी है। लेकिन तुम कहना क्या चाहती हो?
- हॉर्स-रेसिंग खेल के आयोजन में सट्टेबाजी की प्रक्रिया भी शामिल होती है, एक तरह का जुआ।
- इस तरह के जुए का इकोनोमिक इम्पोर्टेंस भी बहुत है।
- हो सकता है। हमारे दूर के एक रिश्तेदार रॉयल कलकत्ता टर्फ क्लब में सट्टेबाजी के संचालन से जुड़े हुए थे, जहाँ जुआरी घोड़े पर पैसा लगाते हैं। सीज़न के साथ रेसिंग का आयोजन होता, तब ये सज्जन अपने युवा साले को भी काम में मदद के लिए साथ ले जाते थे।
- फिर?
- सट्टेबाजी का रूप मैं नहीं जानती, पर इतना पता है कि तेईस साल का वह युवा जिसकी कुछ समय पहले ही शादी हुई थी, इस पर पैसा लगाने लगा। शुरू में एक-दो बार जीता भी, फिर हारता चला गया। जब बहुत कर्ज़ हो गया, तो उसने अपनी पत्नी से गहने माँग लिए, और किसी को न बताने का वचन भी ले लिया।
- पत्नी ने उसका कहा मान लिया?
- अठारह वर्ष की भोली सी लड़की और क्या करती, ऐश? पति के सुख में सुख और पति के दुःख में दुःख, लडकियों को बचपन से यही सिखाया जाता है।
- सहमत।
- उसकी गर्भावस्था का एडवांस स्टेज था। हिंदू परंपरा के अनुसार, पहले बच्चे का जन्म ननिहाल में होना था। युवा की दीदी भी भाई की दुल्हन को मायके विदा करने आईं और कैसे तो उनकी नज़र दुल्हन की खाली गर्दन पर पड़ी।

- फिर?
- बातों बातों में उन्होंने दुल्हन से गहनों का सत्य उगलवा लिया।
- दीदी ने फिर भाई को कुछ कहा?
- ऐश, गलती तो वह कर ही चुका था। उस समय हक़ीक़त में उसे कोई ऐसा दोस्त चाहिए था, जिससे वह अपनी परेशानी शेयर कर सकें।
- और उसे मदद भी कर सके।
- सही, दीदी अपने भाई से बेइंतिहा प्यार करती थीं, लेकिन सच्चाई जानने के बाद उन्होंने गुस्से में अपने भाई से कहा, 'तुम्हारे जीजा के पास इतना पैसा है, एक बार कहते तो तुम्हारा सारा कर्ज़ चुका देते। तुम इतने नीचे गिर गए कि कर्ज़ चुकाने के लिए तुमने पत्नी के गहने छीन लिए?' वह एक पंक्ति, वह क्षण, उसके जीवन पर भारी पड़ा।
- जरा विस्तार से बताओ तो समझ पाऊँ।
- अश्विन, अक्सर हमें यह पता ही नहीं होता कि हमारे कहे गए शब्द सामने वाले पर क्या असर डालेंगे। उसे यक़ीन हो गया कि पत्नी ने दीदी को गहनों के बारे में बता दिया था। अपनी गलतियों पर, पत्नी ने तोड़ा वचन इतना हावी हो गया कि उसने एक भयानक निर्णय ले लिया।
- क्या?
- उसने ट्रेन के नीचे आकर अपनी जान दे दी।
- ओह माय गॉड! क्या बात कर रही हो?
- शाम को जब वह घर नहीं लौटा, तो उसकी तलाश शुरू की गई। अगले दो दिन तक भी वह नहीं मिला, तब जाकर पुलिस स्टेशन में रिपोर्ट लिखवाई गई। उसके बाद दो-तीन दिन और बीत गए, अचानक पुलिस स्टेशन से फ़ोन आया कि सब-अर्ब के एक रेलवे स्टेशन से कुछ ही दूरी पर, ट्रेक के पास एक युवक की लाश मिली है; जिसे शहर के मुर्दाघर में रखा गया है। आप वहाँ जाकर उसे देखें।
- ओह गॉड!
- वहाँ जाकर घरवालों को पता चला कि यह उनके परिवार का वही युवा है जो एक सप्ताह से लापता था।

- क्या बीती होगी घरवालों पर! मल्लिका, उसकी पत्नी को कैसे ख़बर दी गई?
- तेईस साल के होनहार युवक की मौत को एक हफ़्ता बीत चुका था। उसकी लाश भी देखने योग्य नहीं थी। उसके ससुराल वालों को ख़बर दी गई, लेकिन इस ख़बर को उसकी पत्नी तक पहुँचाने की हिम्मत किसकी थी? पत्नी को बिना बताए पति का अंतिम संस्कार कर दिया गया।
- ओह!
- ऐश, एक अठारह वर्ष की भोली-भाली युवती जो गहनों की बात भूलकर अपनी आने वाली संतान को लेकर अपने सपने सजा रही थी, उसे यह ख़बर कैसे सुनाई जाती?
- बताना निहायत ज़रूरी भी था।
- परिवार की एक बुजुर्ग महिला ने हिम्मत जुटाई और उसे बताया। यह सुनकर उसकी आँखें फटी की फटी रह गईं! उसे लेबर पेन शुरू हो गया और हॉस्पिटल में भर्ती होने के बाद उसने एक ख़ूबसूरत बच्ची को जन्म दिया, जिसका भविष्य जन्म से पहले ही अँधेरी खाई में जा गिरा था।
- कितना गहरा सदमा था उसके लिए!
- वह बच्ची को देखती और लगातार बोलती रहती। उसके आँसू सूख चुके थे।
- मल्लिका, मैंने नेट पर "लि सुइसाइड" किताब के बारे में पढ़ा है।
- किसकी है ये किताब?
- यह फ्रेंच सोशियोलोजिस्ट एमिल दुर्खीम की किताब है।
- क्या लिखा है उस किताब में?
- दुर्खीम ने कहा है कि सुइसाइड करने वाले का भले ही अपना कारण हो, लेकिन उस कारण से, वह सोशल पावर का दबाव महसूस करता है। इस वजह से वह सुइसाइड करने को मजबूर हो जाता है।
- मतलब? आत्महत्या एक सामाजिक घटना है?
- जो बात हमें पर्सनल लगती है, दरअसल वह पर्सनल एलिमेंट्स के सीड्स हमारे सोशल स्ट्रक्चर में छिपे हैं।

- थोडा विस्तार से बताओ, ऐश।

- पर्सनल फीलिंग्स, वेल्यूज़ या थोट्स जैसी चीजें हक़ीक़त में सोशल पार्टिसिपेशन से पैदा होती हैं। एक व्यक्ति, सुइसाइड की ओर ले जाने वाली तरह-तरह की सोशल सिच्युएशन्स की ओर जितना अधिक लगाव महसूस करता है, उसके सुइसाइड की ओर बढ़ने की पॉसिबिलिटी उतनी ही ज्यादा होती है।

- बात तो सही है।

- मल्लिका, एक बात और है। परिवार हो या समाज, दूसरों को सुनने के लिए लोगों ने अपना पेशन्स खो दिया है।

- यह आधुनिक समाज का एक नुकीला सच है ऐश। हमारी ख़ुशकिस्मती है कि हम एक-दूसरे को लिखे गए शब्दों को ध्यान से पढ़ते हैं, यहाँ तक कि न लिखे गए शब्द भी पढ़ लेते हैं।

- थैंक यु फॉर अंडरस्टैंडिंग मी।

- दोस्ती में 'नो सॉरी, नो थैंक यू', नहीं तो मुझे भी कहना पडेगा।

- ज़िंदगी से मैंने क्या चाहा? थोड़ी हंसी, थोड़ा सुकून, थोड़ा प्यार।

- सच कहूँ तो यादों का गुलदस्ता लेकर ईश्वर ने ही मुझे तुम्हारे पास भेजा, मेरे प्यारे दोस्त। सर्वेश्वरदयाल सक्सेना की एक कविता की कुछ पंक्तिओं के साथ आज अपनी बात को विराम देती हूँ।

तुम्हारे साथ रहकर
अक्सर मुझे महसूस हुआ है
कि हर बात का एक मतलब होता है,
यहाँ तक कि घास के हिलने का भी,
हवा का खिड़की से आने का,
और धूप का दीवार पर
चढ़कर चले जाने का।

- वाह! कविताओं के लिए तुम्हारा प्यार यूँ ही बना रहे।

- कल फिर मिलेंगे कुछ यादों के साथ। तुम्हारा दिन शुभ हो।

- गुड नाइट डियर फ्रेंड।

05 अक्टूबर 2018, शुक्रवार शाम 5.40

- अश्विन, कल हमने गीत-ग़ज़ल के अपनी बात शुरू की और कविता पर आकर रुके थे, इन रचनाओं के रूमानी शब्द कैसे इन्सान के जीने की वजह बनते हैं! प्रेम ही जीवन के केन्द्र में है- देर रात तक मैं इस विषय पर ओशो के विचार याद करती रही। कुछ छोटे-छोटे अंश तुम्हें भी पढ़वाना चाहती हूँ—

  प्रेम शब्द जितना मिसअंडरस्टुड है, जितना गलत समझा जाता है, उतना शायद मनुष्य की भाषा में कोई दूसरा शब्द नहीं! प्रेम के संबंध में जो गलत-समझी है, उसका ही विराट रूप इस जगत के सारे उपद्रव, हिंसा, कलह, द्वंद्व और संघर्ष हैं। प्रेम की बात इसलिए थोड़ी ठीक से समझ लेनी जरूरी है। जैसा हम जीवन जीते हैं, प्रत्येक को यह अनुभव होता होगा कि शायद जीवन के केन्द्र में प्रेम की आकांक्षा, प्रेम की प्यास और प्रेम की प्रार्थना है। जीवन का केन्द्र अगर खोजना हो, तो प्रेम के अतिरिक्त और कोई केन्द्र नहीं मिल सकता है।

  मनुष्य-जीवन का सारा उपक्रम, सारा श्रम, सारी दौड़, सारा संघर्ष अंतिम रूप से प्रेम पर ही केन्द्रित है। सारे प्रयास प्रेम के आसपास ही होते हैं। युद्ध प्रेम के आसपास लड़े जाते हैं। धन प्रेम के आसपास इकट्ठा किया जाता है। यश की सीढ़ियां प्रेम के लिए पार की जाती हैं। संन्यास प्रेम के लिए लिया जाता है। घर-द्वार प्रेम के लिए बसाये जाते हैं और प्रेम के लिए छोड़े जाते हैं। जीवन का समस्त क्रम प्रेम की गंगोत्री से निकलता है।

  प्रेम का मौलिक भाव एकता खोजना है। लेकिन जिन-जिन दिशाओं में हम यह एकता खोजते हैं, वहीं-वहीं असफल हो जाते हैं। शायद जिन मार्गों से हम एकता खोजते हैं, वे मार्ग ही अलग करने वाले मार्ग हैं, एक करने वाले मार्ग नहीं। इसलिए प्रेम के नाम से झूठे सिक्के प्रचलित हो गये हैं। मनुष्य जो एकता खोजता है, वह शरीर के तल पर खोजता है। लेकिन शरीर के तल पर जगत में कोई भी एकता संभव नहीं है।

  शरीर के तल पर किये गए सारे प्रेम असफल हो जाते हों तो आश्चर्य नहीं। शरीर की सीमा है कि शरीर के तल पर एक नहीं हुआ जा सकता, पदार्थ के तल पर एक नहीं हुआ जा सकता। पदार्थ अनिवार्य रूप से एटामिक है, आणविक है और एक-एक अणु अलग-अलग है। दो अणु पास तो हो सकते हैं, लेकिन एक नहीं हो सकते।

प्रेम जब जीवन के भीतर, स्वयं के भीतर जला हुआ एक दीया बनता है--रिलेशनशिप नहीं, स्टेट आफ माइंड--जब किसी से प्रेम एक संबंध नहीं है, बल्कि प्रेम स्वभाव बनता है, तब जीवन में प्रेम की घटना घटती है। तब प्रेम का असली सिक्का हाथ में आता है। तब यह सवाल नहीं है कि किससे प्रेम, तब यह सवाल नहीं है कि किस कारण प्रेम। तब प्रेम अकारण है, तब प्रेम इससे-उससे नहीं है, तब प्रेम है। कोई भी हो तो प्रेम के दीये का प्रकाश उस पर पड़ेगा। आदमी हो तो आदमी, वृक्ष हो तो वृक्ष, सागर हो तो सागर, चांद हो तो चांद, कोई न हो तो फिर एकांत में प्रेम का दीया जलता रहेगा। प्रेम परमात्मा तक ले जाने का द्वार है। लेकिन जिस प्रेम को हम जानते हैं, वह प्रेम झूठा है।

06 अक्टूबर 2018, शनिवार सुबह 7.45

- गुड इवनिंग डियर। कैसा बीता आज का दिन?
- इवनिंग वॉक के लिए निकला था, थोड़ी देर बाग़ में बैठा हूँ।
- मतलब आसमा के नीचे बैठे हो।
- लेकिन देव आनंद की तरह गाना नहीं गा रहा- आसमा के नीचे, हम आज अपने पीछे, प्यार का जहाँ बसाके चले... क़दम के निशा बनाके चले...
- हे भगवान! मेरी हर बात को तुम हवा में उड़ा देते हो, क्यों?
- उड़ाया कहाँ? इतना सुन्दर गीत याद कराया।
- वैसे 'ज्वेल थीफ़' मेरी बहुत फ़ेवरेट फ़िल्म थी। मैंने पूछा था, कैसा बीता आज का दिन?
- तुमने तुम्हारा फ्राईडे ओशो के नाम कर दिया, तो मेरा फ्राईडे भी 'ओशो के प्रेम पर विचार' पर विचार करते हुए ही बीता। उनकी एक लाइन में ही सब कुछ आ गया।
- कौनसी लाइन?
- जीवन का केन्द्र अगर खोजना हो, तो प्रेम के अतिरिक्त और कोई केन्द्र नहीं मिल सकता है।
- लेकिन जिस प्रेम को हम जानते हैं, वह कलह, द्वंद्व, संघर्ष, हिंसा, क्रोध, घृणा, इन सबका द्वार बनता है।
- सही कहा मल्लिका, ओशो की बात पर सोचते हुए मुझे कल नेट पर एक कहानी मिली।
- जानकर बहुत अच्छा लगता है कि तुम्हारी साहित्य में रुचि बढ़ रही है। कौनसी कहानी?
- रूसी कहानीकार और नाटककार चेखव की कहानी, 'अ जोक' यानी एक छोटा-सा मज़ाक।
- वाह! मैंने विदेशी कहानीकारों की ज्यादा कहानियाँ नहीं पढ़ी है। आज तुम बताओगे, इस कहानी के बारे में, जो मैंने नहीं पढ़ी है।

- पढ़कर जितना मैंने समझा वही बताऊंगा। यह कहानी अलग तरह की इसलिए भी है कि यह एक नेमलेस पुरुष स्टोरी टेलर द्वारा सुनाई गई है। इस कहानी में नैरेटर का कोई नाम नहीं दिया गया है।

- मतलब लेखक ही नैरेटर है। कहानी का नायक भी है। नायिका कौन है?

- नायिका का नाम नाद्या है। मुख्य घटना यही है कि नायक और नाद्या एक ख़ूबसूरत सर्दियों की दोपहर में एक पहाड़ी पर खड़े हैं। उनके पैरों के पास एक स्लेज पड़ा हुआ है। नाद्या इतनी ऊंचाई से स्लेज पर फिसलने से डरती है।

- फिर?

- नायक डरी हुई नाद्या से कहता है, 'चलो, एक बार फिसलें, नाद्या!' नाद्या डरी हुई है। वह फिर कहता है, 'बस एक बार, घबराओ नहीं। हमें कुछ नहीं होगा, हम ठीक-ठाक नीचे पहुँच जाएंगे।' आख़िरकार वह मान जाती है।

- इंटरेस्टिंग शुरुआत!

- वह उसे स्लेज पर बैठाता है, उसके कंधों पर अपना हाथ रखता है और उसके पीछे बैठ जाता है। दोनों उस अथाह गहराई की ओर फिसलने लगते हैं। ठंडी हवा इतनी तेज है कि साँस लेना भी मुश्किल हो जाता है। आसपास की सारी चीजें तेजी से भागती हुई लकीर में बदल गई है। अचानक वह धीरे से कहता है, 'आई लव यू, नाद्या।'

- अहा! प्रेम के इज़हार का इतना रोमेंटिक तरीका!

- कहानी का अंत वैसा नहीं है जैसा तुम सोच रही हो।

- आख़िरकार वे नीचे सही सलामत पहुँच जाते हैं न?

- हाँ, पहुँच जाते हैं। नाद्या डर के मारे अधमरी-सी हो रही है, पर थोड़ी देर बाद वह सहज हो जाती है और सवालिया निगाहों से नायक की ओर देखती है। क्या वाकई उसने वे शब्द सुने थे या उसे ऐसा महसूस हुआ था?

- नायक ने ही तो कहा था।

- तेज हवा में उसने इन शब्दों को सुना था, इसलिए द्विधा में थी।

- नाद्या क्या करती है?

- नाद्या नायक का हाथ अपने हाथ में ले लेती है और वे दोनों देर तक पहाड़ी के आसपास घूमते रहते हैं। नाद्या इस बात से हैरान है कि वे शब्द जो उसने पहाड़ी से नीचे फिसलते हुए सुने थे, सच में कहे गए थे या नहीं?
- अगर कोई अचानक ऐसी बात कह दे जिसके बारे में कभी सोचा ही न हो तो हैरान होना स्वाभाविक है। नाद्या उसे ही पूछ लेती।
- वह उससे पूछना चाहती है, लेकिन वह अपनी फीलिंग्स को शब्दों में व्यक्त नहीं कर पाती। वह झेंप रही है और डरी हुई भी है।
- फिर वो क्या करती है?
- वह नायक से रिक्वेस्ट करती है, 'चलिए, एक बार फिर फिसलें।'
- क्या वे फिर से पहाड़ी के ऊपर जाते हैं?
- हाँ, नायक फिर से भय से सफेद पड़ चुकी और काँपती हुई नाद्या को स्लेज पर बैठाता है। वे फिर से भयानक गहराई की ओर फिसलने लगते हैं। जब शोर अपने चरम पर होता है, तो वह धीमी आवाज़ में कहता है, 'आई लव यू, नाद्या।'
- अब तो नाद्या को यक़ीन हो गया होगा कि नायक ने ही यह लाइन बोली है।
- नहीं, उसे अभी भी दो लोगों पर संदेह है - नायक पर और हवा पर। उस दिन के बाद से वे दोनों रोज फिसलने के लिए पहाड़ी पर जाते हैं और स्लेज पर नीचे फिसलते हुए हर बार नायक धीमी आवाज़ में वही चार शब्द कहता है, 'आई लव यू, नाद्या।' जल्द ही नाद्या को इन शब्दों का नशा-सा हो जाता है।
- प्रेम एक ऐसा भाव है अश्विन, जो डरपोक को साहसी बना देने की क्षमता रखता है! पहली बार पहाड़ी से नीचे फिसलने नाम से इतनी भयभीत लड़की में 'आई लव यू नाद्या' सुनकर इतनी हिम्मत आ गई कि वह बार-बार पहाड़ी से फिसलने लिए उत्सुक रहने लगी!
- वह अब इन शब्दों की ख़ुमारी में जीने लगी है। हालांकि वह हमेशा की तरह पहाड़ी से नीचे फिसलने से डरती है, लेकिन अब प्यार भरे ये शब्द उसके लिए एक पहेली बने हुए हैं और उसके दिल को तड़पाते हैं।
- नाद्या के व्यवहार से लगता है, अभी वह यौवन की दहलीज़ पर क़दम रख रही एक भोली किशोरी है। उम्र के नाज़ुक पड़ाव पर जिस प्रेम के लिए वह तरसती है, नायक

द्वारा कहे गए इन शब्दों में उसे महसूसने लगती है।

- सहमत। नायक नाद्या का पहला प्यार बन जाता है, लेकिन वह आमने-सामने नायक को पूछने की हिम्मत नहीं जुटा पाती।
- नायक प्रेम का इज़हार तो कर रहा था, लेकिन तरीका अजीब था। स्पष्ट रूप से भी तो कह सकता था।
- मल्लिका, ऐसा भी हो सकता है कि उसके मन में रिजेक्शन का डर हो।
- क्या पता, फिर क्या हुआ?
- अचानक एक दोपहर नाद्या अकेली पहाड़ी तक पहुँचती है और धीरे-धीरे पहाड़ी पर चढ़ने लगती है। उसने फैसला कर लिया है कि इस बार वह अकेले ही नीचे फिसलेगी, यह देखने के लिए कि क्या अकेले होने पर भी वह उन मीठे शब्दों को सुन सकती है।
- ओह! क्या वह अकेली स्लेज पर बैठ जाती है?
- हाँ, बैठती है इतना ही नहीं, अपनी आँखें बंद कर लेती है और नीचे की ओर फिसल पड़ती है।
- नायक कहाँ है?
- नायक उसे दूर से देख रहा होता है। नायक नाद्या के चेहरे पर यह पढ़ सकता है कि नीचे फिसलते हुए वह इतना डर रही है कि उसके लिए कुछ भी सुनना या समझना मुश्किल हो गया है। नीचे पहुँचकर वह बहुत थकी हुई स्लेज से उठती है।
- मतलब पहाड़ी पर से अकेले फिसलते हुए नाद्या को ये चार शब्द सुनाई नहीं दिए।
- नहीं।
- फिर क्या हुआ?
- वे ऐसे ही रोज पहाड़ी से फिसलते रहे। कुछ समय बाद बसंत का मौसम आ गया। मार्च का महीना था। धीरे-धीरे सारी बर्फ़ पिघल गई। उनका फिसलना बंद हो गया, अब नाद्या उन शब्दों को नहीं सुन पाती है।
- मेरी उत्सुकता बढ़ रही है, कहानी का अगला मोड़ क्या है?
- नायक इस शहर को छोड़कर पीटरबर्ग जाने वाला है, शायद हमेशा के लिए। उसके रवाना होने से दो दिन पहले वह एक शाम उस बगीचे में आकर बैठता है, जो नाद्या

घर से लगा हुआ है। बीच में एक ऊंची बाड़ है।

- शायद वो नाद्या से मिलना चाहता है।

- वह बाड़ के पास आता है और एक दरार में से बरामदे में खड़ी नाद्या को देखता है।

- नाद्या क्या कर रही है?

- नाद्या उदास निगाहों से आसमान की ओर देख रही है। शाम के समय पक्षियों की चहचहाहट सुनाई देती है। बसन्ती हवा उसके उदास फीके चेहरे को सहला रही है। यह हवा उसे उस हवा की याद दिलाती है, जो पहाड़ी पर गरजती थी जब उसने उन शब्दों को सुना था। उसका चेहरा और उदास हो जाता है, उसके गालों पर आँसू बहने लगते हैं।

- ओह गॉड! फिर?

- वह अपने हाथ इस तरह फैलाती है, मानो वह हवा से प्रार्थना कर रही हो कि वह उन शब्दों को एक बार फिर से दोहराए। और जब हवा का एक झोंका आता है तो नायक उस बाउंड्री की झिरी से फिर धीमी आवाज में कहता है, 'आई लव यू, नाद्या।'

- फिर भी वह नाद्या से आमने-सामने नहीं मिलता?

- नहीं। वह अपने घर लौट जाता है।

- उफ़्फ़! क्या नायक हमेशा के लिए गाँव छोड़ने से पहले भी इन चार शब्दों को उसके सामने नहीं दोहरा सकता है? यह कैसा प्यार है अश्विन?

- और देखो मल्लिका, अचानक इन शब्दों को सुनकर न जाने नाद्या को क्या हुआ! वह चौंककर मुस्कराने लगती है और अपना हाथ हवा की ओर बढ़ाती है। वह बेहद ख़ुश है, बेहद सुखी, बेहद सुन्दर। नायक इस शहर को छोड़कर पीटरबर्ग चला जाता है।

- फिर नाद्या का क्या हुआ?

- नाद्या की शादी हो जाती है। उसका पति एक बड़ा अफसर है। उनके तीन बच्चे हैं। वह आज भी उस समय को नहीं भूली है जब दोनों फिसलने के लिए पहाड़ी पर जाया करते थे। हवा में तैरते हुए आते वे शब्द आज भी उसके जीवन की सबसे ख़ूबसूरत याद है।

- कहानी अंत क्या है?

- नायक प्रौढ़ हो चुका है। वह कहता है कि उसने जो शब्द बोले थे, वह मूल रूप से एक मज़ाक था! वह यह नहीं समझ पा रहा कि उसने नाद्या से वे शब्द क्यों कहे थे, किसलिए उसने ऐसा मज़ाक किया था!
- अब समझ में आया कि कहानी का शीर्षक 'अ जोक' क्यों है। ऐश, मुझे लगता है, इस कहानी के माध्यम से कथाकार के रूप में चेखव ने भले यह कहा कि नाद्या को 'आई लव यू' कहना एक मज़ाक था, लेकिन हक़ीक़त में वे कहना चाहते हैं कि प्रेम कभी भी मज़ाक का विषय नहीं हो सकता।
- मैं भी यही समझ रहा हूँ, मल्लिका। सोचो, नाद्या जब तक हवा में तैरते इस वाक्य को सुनती रहती है, तब तक उसकी ज़िंदगी हसीन बन गई थी; लेकिन जब नायक बगीचे की आड़ से आख़िरी बार यह वाक्य कहकर सदा के लिए उसकी ज़िंदगी से दूर चला गया, उस पर क्या बीती होगी!
- उस दिन के बाद नाद्या इन शब्दों को कभी नहीं सुन सकीं। उसके लिए वह स्मृति उसके जीवन की सबसे सुखद, सबसे सुंदर स्मृति हो सकती है, लेकिन यह उसकी सबसे मार्मिक, सबसे दुखद स्मृति भी बन गई। यह भी दिलचस्प है कि इतना समय बीतने के बावजूद लेखक अभी भी स्वीकार नहीं कर पा रहा है कि वह नाद्या से प्यार करता था। वह यही मानता है कि उसने नाद्या के साथ मज़ाक किया था।
- मल्लिका, मैंने तो पहले ही कहा कि कहानी सोचने पर मजबूर करती है।
- मुझे लगता है, इस कहानी के शीर्षक के भीतर छिपे गूढ़ अर्थ तक पहुँचना जरूरी है।
- सही, इस तरह का मज़ाक कुछ समय के लिए किसी की ज़िंदगी सँवार सकता है। भले ही नायक नाद्या का डर मिटाने के लिए यह कहने लगा था, लेकिन प्रेम को लेकर ऐसा मज़ाक कभी नहीं करना चाहिए; चाहे अच्छे कारण के लिए हो या बुरे कारण के लिए।
- कहानी का अंत दु:खी कर गया ऐश, लेकिन तुमने शानदार तरीके से कहानी को नैरेट किया। आज मैंने जाना कि तुम एक बेहतरीन स्टोरी टेलर भी हो। आज यहीं रुकती हूँ।
- धन्यवाद। मैं जानता हूँ, इस कहानी ने तुम्हें इमोशनल बना दिया है। तुम्हारा दिन शुभ हो।
- कल तुम्हें काम पर भी जाना है। गुड नाइट।

07 अक्टूबर 2018 रविवार सुबह 10.15

- क्लब से अभी लौटा हूँ। अंकल को दवाई दी। अब सोने की तैयारी कर रहा हूँ।
- गुड इवनिंग डियर। वैसे थकान भी होगी, डिनर कहाँ लिया?
- आज के.एफ़.सी. का स्पाईसी फ्राइड चिकन खाया। रोज बहुत सादा खाना खाता हूँ तो कभी-कभी बाहर कुछ ऐसा ही खा लेता हूँ।
- अच्छा किया। वैसे भी तुम खाने के शौक़ीन हो। के.एफ.सी. के रेस्टोरेंट यहाँ भी हर जगह खुले हैं। मैंने सिर्फ़ दो बार खाया है। के.एफ.सी. का फुल फॉर्म क्या है?
- नहीं सुना?
- कभी कोशिश नहीं की, जानने के लिए।
- के.एफ.सी. एक फास्ट फूड रेस्टोरेंट है जिसका फुल फॉर्म 'केंटकी फ्राइड चिकन' है। इसका हेड क्वार्टर अमरीका के केंटकी स्टेट में है। यह वर्ल्ड में मैकडॉनल्ड्स के बाद दूसरे नंबर पर है।
- अच्छी जानकारी दी तुमने। मुझे उनका आइटम बहुत पसंद आया था। ख़ास तौर पर फ्राइड चिकन।
- के.एफ.सी. फ्राइड चिकन के स्वाद के बारे में तो बहुत लोग जानते हैं, लेकिन इस स्वाद के पीछे छिपी स्ट्रगल की कहानी के बारे में बहुत कम लोग जानते हैं।
- मैं भी नहीं जानती। अब तुम्हारा सोने का समय है, बाद में कभी सुनूंगी।
- इतनी जल्दी बोर हो गई?
- नहीं यार। मैंने तो तुम्हारे बारे में सोचा। तुम्हें आराम की ज़रूरत है।
- तुम मेरा बड़ा ख्याल रखती हो, लेकिन अगर मैं तुमसे थोड़ी देर बात करूं तो थकान दूर हो जाएगी।
- ठीक है, फिर बताओ। के.एफ.सी. की कहानी, तुम्हारी जुबानी।
- मल्लिका, मैंने भी इंटरनेट पर ही पढ़ा है। के.एफ.सी. के मालिक कर्नल हरलन सैंडर्स का जन्म अमरीका के इंडियाना प्रान्त में एक गरीब परिवार में हुआ था। वे जब पाँच

साल के थे तब उनके पिता का देहान्त हो गया और उनकी माँ ने एक टमाटो-कैनिंग फैक्ट्री में नौकरी शुरू की।

- फिर?

- हरलन सैंडर्स तीन भाई-बहनों में सबसे बड़े थे तो छोटे भाई-बहनों की देखभाल और घर संभालने की जिम्मेदारी सैंडर्स के छोटे कंधों पर आ गई।

- उन्होंने क्या किया?

- वे खाना बनाने में अपनी माँ की मदद करते। टीन एज में ही उन्होंने कई रिजिओनल डिशेज बनाना सीख लिया था।

- क्या बात! उनकी पढ़ाई का क्या हुआ?

- सोलह साल की उम्र में स्कूल छोड़ना पड़ा। सत्रह साल की उम्र तक उन्हें चार नौकरियों से निकाला जा चुका था। अठारह साल की उम्र में ही शादी हो गई। उन्नीस साल की उम्र में पिता बने। बीस साल की उम्र में उनकी पत्नी उन्हें छोड़कर चली गई और बच्ची को अपने साथ ले गई।

- तुम्हें तो सब कुछ याद है!

- कुछ पढ़ता हूँ तो मन लगाकर पढ़ता हूँ जी।

- वो तो देख ही रही हूँ।

- अठारह से बाईस साल की एज तक कंडकटर की नौकरी की। आर्मी में गए, वहाँ से निकाल दिये गए। लॉ स्कूल में दाखिला लेने गए, रिजेक्ट हो गए। लोगों के इन्श्योरेंस का काम शुरू किया, लेकिन सक्सेस नहीं मिली।

- फिर?

- एक होटल में कुक का काम किया। पैंसठ साल की उम्र में रिटायर हो गए। उनके पास कोई जमा पूंजी नहीं थी। वे सोशल सिक्युरिटी के सहारे बड़ी मुश्किल से अपना गुज़ारा कर रहे थे।

- मतलब उनके सामने सबसे बड़ी समस्या जीवन-यापन की थी।

- उन्होंने कई बार सुइसाइड करने की कोशिश की।

- ओह!

- मल्लिका, एक बार एक पेड़ के नीचे बैठ कर अपनी ज़िंदगी के बारे में लिख रहे थे तभी अहसास हुआ कि अभी बहुत कुछ करना बाकी है। उन्हें याद आया कि वे एक शानदार कुक हैं।

- हाँ, तुमने अभी-अभी बताया कि किचन में अपनी माँ की मदद करते हुए उन्होंने बहुत कुछ सीखा था। होटल में भी काम कर चुके थे।

- हाँ, उन्हें अपनी फ्राइड चिकन रेसिपी के स्वाद पर पूरा भरोसा था। इसे बनाकर उन्होंने केंटकी की सड़क किनारे बेचना शुरू कर दिया। उनके द्वारा तैयार किया गया पैन फ्राइड चिकन लोगों को बहुत पसंद आया। उन्होंने सड़क के दूसरी तरफ़ एक मोटल और रेस्टोरेंट खोला।

- पैंसठ की उम्र में भी कुछ नया करने का आइडिया! फिर सफलता की वह मिसाल कायम की, जो अपने आप में एक बहुत बड़ी उपलब्धि है अश्विन।

- जिस इन्सान ने पैंसठ वर्ष की उम्र में सुइसाइड करने की कोशिश की थी, वह अट्ठासी साल की उम्र तक अरबपति बन गया। आज के.एफ.सी. एक बहुत बड़ा ब्रांड बन गया है और दुनिया भर में उसके होटल हैं।

- जिस पल उन्होंने अपनी हताशा पर विजय पाई, उन्हें नई ज़िंदगी मिली।

- सैंडर्स द्वारा बनाया गया चिकन केंटकी के गवर्नर को इतना पसंद आया कि 1935 में उन्होंने हरलन सैंडर्स को 'कर्नल' की उपाधि से सम्मानित किया।

- वाह! अश्विन, यह न केवल एक दिलचस्प कहानी है, बल्कि एक प्रेरक कहानी भी है। हौसले बुलंद हों तो सफलता किसी भी उम्र में मिल सकती है।

- अब बात को विराम देता हूँ, नींद आने लगी है।

- कोई बात नहीं डियर, चैन से सो जाओ। अंकल के लिए तुम्हें रात को भी कभी जागना पड़ता है। कल कोई हल्की-फुल्की बात करेंगे।

- गुड नाइट।

8 अक्टूबर 2018, सोमवार सुबह 10.30

- गुड मॉर्निंग डियर। फेसबुक पर तुम्हारी खुले घुंघराले बालों वाली तस्वीर देखी।
- ओह हाँ! कल रात को ही प्रोफाइल पिक्चर बदला था।
- तस्वीर देखकर ये शेर याद आ गया।

  कुछ बिखरी हुई यादों के क़िस्से भी बहुत थे,
  कुछ उसने भी बालों को खुला छोड़ दिया था।

- लगता है अंकल सो गए हैं, तभी मुनव्वर राणा याद आ गए। मुझे तो राजेश याद आ गया।
- कौन राजेश, जो सुबह-सुबह याद आ गया?
- मैंने सुबह-सुबह अपने बालों को शैंपू किया था, फिर अपने बालों को आईने में देखा, तो मुझे राजेश याद आया।
- तुम भी गज़ब हो! राजेश खन्ना का तुम्हारे घुंघराले बालों से क्या रिश्ता?
- पगले, मैं अपने गाँव बारेजड़ी के राजेश की बात कर रही हूँ, राजेश खन्ना की नहीं।
- समझ गया गाँव की गोरी। तुम राजेश खन्ना की दीवानी थी ये तो पता है, ये राजेश तुम्हारा दीवाना होगा।
- सही समझे, वैसे किसी चीज़ के जलने की गंध भी आ रही है।
- बिना माचिस के जलाना कोई तुमसे सीखे, आगे बताओ।
- राजेश हमारे पडोसी बत्रा अंकल का दूसरा बेटा था, बड़े बेटे मुकेश से मेरी अच्छी दोस्ती थी।
- वही मुकेश जिसने मेडिसिन की पढ़ाई की? तुमने पहले बताया था।
- हाँ वही मुकेश। उन दिनों बच्चों के पढ़ने के लिए अलग से स्टडी रूम नहीं होता था। पापा ने हम भाई-बहनों के पढने के लिए एक बड़ी टेबल बनवाई थी। मुकेश वैसे बी.जे. मेडिकल कॉलेज के हॉस्टल में रहता था लेकिन एग्जाम से पहले घर आता था, तब हमारे घर पढने आता था।

- इतना याद है कि मुकेश तुम्हारे घर पढने आता था।
- जब भी मैं अपने बाल धोकर बाहर धूप में बैठती, स्वीटी मुझे दूर से एकटक देखा करता।
- स्वीटी?
- अरे, राजेश का निकनेम 'स्वीटी' और मुकेश का 'पप्पू' था। ऐसा कई बार हुआ, तो एक दिन मैंने उसे बुलाया और डाँटा कि इस तरह घूर कर क्या देख रहे हो?
- क्या कहा उसने?
- उसने कहा, 'आपके बाल लम्बे, काले और घुंघराले, इतने सुंदर हैं जैसे किसी देवी के होते हैं।'
- अच्छा! और थोड़ा बोलता तो शायरी बन जाती। राजेश से डर नहीं लगता था?
- वह मुझसे तीन-चार साल छोटा था। उस समय उसकी उम्र तेरह-चौदह वर्ष रही होगी। वह इतनी मासूमियत से बोला कि मुझे उस पर गुस्सा नहीं आया।
- मैं भी बहुत भोला था। काश, मैं भी तुमसे तीन-चार साल छोटा होता!
- अब तुम मुझसे दस-बारह साल छोटे बन गए हो।
- तुम्हारे सामने तो बच्चा बन जाना भी अच्छा लगता है।
- बेटे, एक और बात याद आ गई।
- क्या?
- गाँव में खुले बालों में कोई भी लड़की नहीं दिखती थी।
- मैंने भी सुना है कि खुले बाल रखना अपशकुन का प्रतीक माना जाता है।
- बंधे बाल मर्यादा में रहना सिखाते हैं, ऐसा माँ कहती थी। कॉलेज में भी मैं दो चोटी बनाकर जाती थी।
- माँ की लाडली, कहीं स्कूल का यूनिफार्म पहन कर तो कॉलेज में नहीं आती थी?
- सच में अश्विन, अब तुम्हारे सिर के बाल खींचने का मन कर रहा है।
- नाराज मत होना, हालांकि कॉलेज में स्कूल यूनिफॉर्म पहनने की इजाज़त नहीं थी,

लेकिन तुम पहनकर आती तो अच्छा होता। मुझे ज़रूर दिख जाती और शायद ऐसी बुद्धू लड़की को देखकर मुझे उससे बात करने की हिम्मत मिलती।

- एक बात बोलूं?

- बोलो।

- मेरे इतने सुंदर बालों में एक बार जुएँ हो गई थी।

- उफ़्फ़! विषय बदलना कोई तुमसे सीखे। मतलब तुम्हारे लम्बे, काले और घुंघराले बाल इतने गंदे थे कि जुओं ने भी अड्डा जमा लिया था? जुओं की बात सुनते ही सिर में खुजली होने लगती है।

- जुओं के बारे में तुम्हारा ज्ञान बहुत कम है, एशिया। जुएँ हमेशा साफ़ बालों में अपना घर बनाती हैं।

- लो, गुस्से में ऐश से एशिया बना दिया?

- कल को अमेरिका भी कह दूंगी, जिस देश के तुम वासी हो।

- ट्रेक बदलने से पहले मुद्दे पर आता हूँ। मेरे बालों में जुएँ नहीं थी, तो क्या मेरे बाल गंदे थे?

- मुझे क्या पता, दूर से तो सुंदर दीखते थे। मैं तो तुम्हारे बालों पर भी फ़िदा थी।

- जाने दो अब... यह 'फ़िदा' 'फ़िदा' का 'फ़ालूदा' भी नहीं बना।

- हा... हा... मेरा फेवरेट है फ़ालूदा। इस पर एक और बात याद आई।

- बताओ, अब धीरे-धीरे मैं सोने चला जाऊँगा।

- फ़ालूदा की बात सुने बिना, मैं थोड़े ही तुम्हें जाने दूँगी। जब हमारी ऑडिट टीम 'दादरा और नगर हवेली' में एक यूनिट का ऑडिट कर रही थी, जिस होटल में हम ठहरे थे, उससे थोड़ी दूरी पर सड़क किनारे फ़ालूदा की एक छोटी-सी दुकान थी, जो बहुत प्रसिद्ध थी।

- तो?

- मैं, जया नायर और रश्मिकांत यादव, तीनों डिनर के बाद वहाँ चले जाते और फ़ालूदा आइसक्रीम खाने का मज़ा लेते।

- अहा! कितने ख़ूबसूरत दिन तुमने याद करा दिए।
- वैसे तुमसे बात करती हूँ तो मुझे बदसूरत दिन भी अच्छे लगते हैं, क्योंकि तुम्हारा दिल ख़ूबसूरत है।
- धन्यवाद। फिर जुएँ चली गई या अभी भी है?
- हे भगवान! अच्छा हुआ कि माँ ने कई घरेलु उपाय आजमाकर जुएँ निकाल दी। जब तुम अहमदाबाद आओगे, मैं तुम्हारे बालों के लिए कहीं से भी जुओं का इंतज़ाम करुँगी।
- अब तुम किचन में जाओ। मैं जो थोड़े बहुत बाल मेरे बचे हैं, उनकी रक्षा के उपाय सोचते हुए सोने जा रहा हूँ, जूँली। सॉरी...जूली।
- गुड नाइट जूँला।

10 अक्टूबर 2018 बुधवार शाम 5.00

- कल तुमसे बात नहीं हो पाई, क्योंकि मेरे एक यात्रा संस्मरण का फ़ाइनल एडिटिंग करना था। अभी फ्री हूँ, लेकिन तुम्हारे वहाँ अभी सुबह नहीं हुई है। जब तुम नींद में होते हो, तुम्हें बहुत कुछ लिखने का मन करता है ताकि सुबह उठकर तुम चाय बनाते हुए दिमागी कसरत कर सको।

  बहुत पहले अज्ञेय जी की लिखी एक किताब पढ़ी थी-'शाश्वती अंतः प्रक्रिया'- जो 1975 से 1979 तक का समय कवर करती है और उसमें उन्होंने अपने मन की अनुभूतियाँ लिखी है। एक पैरा जो मेरे मनको छू गया था, मैंने अपनी डायरी में नोट कर लिया था। आज वही पैरा तुम्हें लिख रही हूँ-

  "असल में सबसे बड़ा जोखिम उसका है, जो अपने युग से एक डेढ़ पीढ़ी आगे रहा। जो युग से दो चार सौ बरस आगे हैं या आगे रहे, उनको कोई जोखिम नहीं है। अपने ज़माने में वे चाहे पैगंबर माने जाए, चाहे पागल, दोनों सुरक्षित अवस्थाएँ हैं; क्योंकि दोनों को यथार्थ से कटा हुआ मान लिया जाता है। दोनों से किसी ख़तरे का बोध मानव समाज को नहीं है, लेकिन अपने युग से बीस-पचीस वर्ष या सिर्फ़ एक पीढ़ी भर आगे होने से ज्यादा ख़तरनाक या कष्टकर कोई स्थिति नहीं होती। उस स्थिति में रहने वाले आदमी से सभी को ख़तरा जान पड़ता है। वह आगे है तो इतनी दूर आगे क्यों नहीं है कि हम उसकी उपेक्षा कर सकते। वह आज भी हमारी स्थिति में नहीं है लेकिन जिस स्थिति में है, उसके बारे में हम यह भी नहीं कह सकते कि वह अपने जीवनकाल में आने वाली नहीं है। वह यथार्थ भी नहीं है और यथार्थ पर छाए हुए आसन्न संकट के रूप में और भी अधिक यथार्थ है!

  पीढ़ी भर आगे होने का एक और भी पहलू है- जो आगे है उसके भी आगे और हमारे अपने भी जीवन काल में लगातार यह संभावना बनी है कि जिन बातों की संभावना वह एक दिन कर रहा था और जिन्हें हम नहीं मान रहे थे। वे संभावनाएं जब उसके सामने रहते हमारे सामने आ जाएंगी तब फिर हमारे लिए कितने असमंजस की स्थिति होगी! हमें उसके सामने लज्जित होना पड़ेगा कि उसने जो देखा था और जो हमें दिखा रहा था, उसे हम भी क्यों ना देख सके? और जैसे डर प्रतिहिंसा में बदलता है, प्रतिघात की प्रेरणा देती है। जिसे बीस बरस पहले हमने इसलिए मारा था कि उसके कारण हमें डर हुआ था। हम बीस बरस बाद दोबारा उसे इसलिए अपमानित

करते हैं कि उसके कारण हमें शर्मिंदा होना पड़ा!

इसलिए भाई सयाने की राय यही है कि या तो दो चार सौ बरस आगे की बात करो और आदर्शवादी कहलाकर मौज से रहो (या पागल कहलाकर और भी मगन रहो) नहीं तो भाई ज़माने के साथ चलो उसी में ख़ैर है..."

अज्ञेय की इस बात पर हम कल बात करेंगे। आज शाम सात बजे मुझे एक सहेली के घर जाना है। लौटने में देर होगी। गुड मॉर्निंग भी लिख देती हूँ।

11 अक्टूबर 2018 गुरुवार रात 9.18

- मेरी सुबह का सलाम मल्लिका। डिनर ले लिया?
- अभी लिया, और बताओ।
- मैं चाय पी रहा हूँ। अज्ञेय जी की लिखी बात कल पढ़ ली थी। मैंने उन्हें ज्यादा नहीं पढ़ा है। उनकी भाषा समझने में थोड़ा समय लगता है।
- मुझे अज्ञेय जी की भाषा बहुत अच्छी लगती है।
- उनकी बात से मैं ख़ुद को जोड़ता हूँ तो ये बात सही लगती है कि असल में सबसे बड़ा जोखिम उसका है, जो अपने युग से एक डेढ़ पीढ़ी आगे चलता है।
- सच में। तुम्हारे परिवार में तुम्हारे पसंदीदा फील्ड अभिनय, गीत, संगीत को इसलिए स्वीकार नहीं किया गया कि तुम उनसे एक पीढ़ी आगे चल रहे थे।
- वही तो। उन दिनों अधिकतर माता-पिता का माइंड सेट यही होता था- लड़के इतना पढ़ लिख ले कि एक अच्छी नौकरी मिल जाए। फिर शादी हो जाए, घर बस जाए जाए, बस।
- अहा! शादी शब्द से ही वह बात याद आ गई जो मैं भी अज्ञेय जी की बात से जोड़ना चाहती हूँ। मैं भी अपने युग से थोड़ा आगे चल रही थी। पढ़ लिखकर कुछ करना चाहती थी। हमारे परिवार में भी यही माइंड सेट था कि लडकियाँ थोड़ा पढ़ लिख ले, समय रहते उनकी शादी हो जाए, वे ससुराल में अपना सारा दायित्व संभाल ले, दो-चार बच्चे हो जाए, बस।
- मल्लिका, जैसे मैंने सबकी मर्ज़ी के ख़िलाफ़ अपना रास्ता चुना था, तुमने भी तो अपना रास्ता चुना। मैं सफल नहीं हो सका वो अलग बात है, लेकिन तुमने सफलता पा ली।
- अश्विन, मेरे पापा भी ज़माने से थोड़ा आगे चल रहे थे। उन्हें भी बहुत सुनना पडा, लेकिन वे पुराने हानिकारक ख़यालातों से अपने बच्चों को आज़ाद कराना चाहते थे। पापा की वजह से ही मैं उच्च शिक्षा पा सकी।
- शादी के लिए तो तुमने कभी सोचा ही नहीं था, जैसा कि तुम पहले बता चुकी हो।

- हाँ, मैं सोचती कि मेरे जैसी इतनी साधारण, साँवली लड़की से शादी कौन करेगा?
- मल्लिका, शादी के बाज़ार में लड़की की पहली योग्यता उसकी सुंदरता है, यह ज़बरदस्त ख्याल जो हमारे समाज में प्रचलित है, मैं आज तक इसके पीछे के विज्ञान को समझ नहीं पाया हूँ।
- अब समय काफ़ी बदल गया है, फिर भी हमारे समाज में आज भी अगर कोई परिवार अपने बेटे की शादी के लिए लड़की की तलाश रहा है, तो कोई नहीं कहता कि एक अच्छी, संस्कारी, समझदार, शिक्षित लड़की चाहिए जो हमारे परिवार के साथ अच्छी तरह मेल बैठा सके।
- पार्थो ने तुम्हारी सारी योग्यताओं को पहचाना। तुम्हारे बारे में सब कुछ जानकर भी तुम्हें चाहा। तुम्हारी ज़िन्दादिली ही उसे भा गई।
- सही कहा तुमने। जब मैंने शादी के लिए हाँ कह दी तो सारी बिरादरी में एक सवाल वायरल हो गया कि इस लड़के ने उस लड़की में ऐसा क्या देखा! अगर हर कोई एक ही बात दोहराता रहे तो हमें भी लगता है कि यह सही है।
- संभव है।
- मैंने तो पार्थो से उसी समय पूछ लिया था जब उन्होंने शादी का प्रस्ताव रखा था कि उन्होंने मुझ में ऐसा क्या देखा?'
- हाँ, यह बात तुमने पहले भी बताई है।
- जवाब में उन्होंने यही कहा था कि वे मुझसे प्रेम करते हैं, मेरे अतीत से उन्हें कोई वास्ता नहीं। शादी के कुछ दिनों बाद मैंने पार्थो के सामने वही सवाल दोहराया।
- इस बार क्या कहा पार्थो ने?
- उन्होंने कहा, 'जब कभी मैं तुम्हारी मौसी के घर आता था, तब तुम किचन में काम कर रही मौसी से बातें करते हुए, डाइनिंग टेबल पर बैठकर नोटबुक में पढ़ाई का कुछ लिखती हुई दिखती। मौसी मुझे भी टेबल के सामने वाली कुर्सी पर बिठाती थीं। तुम मेरी ओर देखे बिना चुपचाप लिखती रहती। मैं तुम्हारी ख़ूबसूरत उंगलियों को प्लेन पेपर पर बिना किसी गलती के एक सीधी रेखा में बड़े करीने से लिखते हुए देखता था।'

- गज़ब!

- अश्विन, उनका हैरतअंगेज जवाब सुनकर मैं भी सकते में आ गई थी! जिस साँवले रंग और साधारण चेहरे को लेकर बिरादरी की सारी महिलाएँ चिंतित थी, इस लड़के ने उस पर तो गौर ही नहीं किया!

- पार्थो ने तुम्हारे आतंरिक सौन्दर्य को पहचाना। शरीर तो समय के साथ क्षीण हो सकता है। मन जैसा है, वैसा ही रहता है।

- तुम सही हो। एक बंगाली परिवार जो कभी पड़ोसी था, उस परिवार की बुज़ुर्ग महिला हम जिन्हें दादी कहकर पुकारते, जो ख़ुद साँवली और कुछ हद तक बदसूरत भी थीं। हर शाम हमारे घर अपनी बहू की निंदा करने आती और जाते-जाते मेरी तरफ़ देखकर एक पंक्ति दोहराती।

- कौनसी?

- 'रूबी, तुम्हारी इस साँवली बेटी की शादी कैसे होगी?'

- 'रूबी' कौन?

- 'रूबी' मेरी माँ का निकनेम था। मुझे दादी पर बहुत गुस्सा आता। एक बार मैंने उनसे कह दिया, 'दादी, देखना मेरी शादी होगी तो किसी राजकुमार से।

- शाबाश!

- अब वही परिवार दूसरे स्टेशन में शिफ़्ट हो गया था। शादी के बाद उन्होंने हम पति-पत्नी को डिनर पर बुलाया। उनके घर जाने से पहले मैंने भी सुंदर मेकअप किया, एक सुन्दर साड़ी पहनी।

- शादी के बाद लड़कियाँ वैसे ही ख़ूबसूरत दिखने लगती हैं।

- मैं भी निखर गई थी। उनके घर में प्रवेश करते हुए मैंने गौर किया कि दादी ने हम दोनों को एक नज़र देखा और तुरंत अपने पूजा-घर में चली गई। पूजा-घर के दरवाज़े की आड़ में हमें देखने लगीं।

- तुम्हारी बात सही ठहरी थी न, उन्हें सदमा लगा होगा।

- इसलिए तो अज्ञेय की बात याद आई, मैं अपने युग से बीस-पचीस वर्ष या सिर्फ़ एक पीढ़ी भर आगे चल रही थी। मैंने मास्टर्स किया, मुझे सरकारी जॉब मिल गई और

मुझे सुन्दर और गोरा युवक पति के रूप में मिला तो दादी के लिए कितने असमंजस की स्थिति पैदा हुई!

- उन्हें तुम्हारे सामने लज्जित होना पड़ा कि तुमने जो संभावना जताई थी, वह तो सच हो गई! वे तुम्हारे साँवले रंग में ही उलझी रहीं।

- जिस साँवले रंग के कारण दादी मेरा अपमान करती थीं, अपने पूजा-घर में ही उन्होंने मुझे फिर से अपमानित करने की योजना बनाई।

- अब क्या कहा उन्होंने?

- कुछ देर के बाद वे बाहर आईं, हमने उनके पैर छुए। वे बार-बार पार्थो को देख रही थीं। मन ही मन शब्दों को क्रम से अरेंज कर रही थीं। आख़िर बोलीं, 'मल्लिका, तेरी क़िस्मत बहुत अच्छी है कि तुझे इतना सुंदर पति मिला। तू कायस्थ वंश की लड़की है और तुझे ब्राह्मण वंश का लड़का मिला, तूने पिछले जन्म में ज़रूर बहुत अच्छे कर्म किए होंगे।'

- तुमने कुछ कहा नहीं?

- मैं बस मुस्कुराई। मेरे लिए सुकून की बात यही थी कि पार्थो ने मुझे प्रेम की परम सुंदरता से परिचय करवाया था। दादी की बातें अर्थहीन थी।

- तुम दोनों में, पति-पत्नी से ज्यादा दोस्ती का रिश्ता रहा।

- इसी वजह से मैं अपनी जड़ें संसार की धरा पर मजबूती से जमाते हुए भी मुक्त आसमान में उड़ सकी। केरिंग, शेरिंग एंड अंडरस्टेन्डिंग हो तो पति-पत्नी का रिश्ता दोस्ती का बन जाता है।

- मेरा और स्मृति का रिश्ता भी ऐसा ही था, मल्लिका। शादी से पहले एक बार किसी बात को लेकर हम दोनों में बहस हो गई और एक हफ़्ते तक मैं उससे मिलने नहीं गया।

- फिर?

- मुझसे रहा नहीं गया और मैं उसकी हॉस्टल के गेट तक पहुँच गया। सामने एक लड़की खड़ी थी उसके साथ मैसेज भेजा। कुछ ही देर बाद स्मृति बिलकुल पहले की तरह मुस्कुराती हुई मेरे सामने आकर खड़ी हो गई, जैसे कुछ हुआ ही नहीं।

- स्मृति ने तुम्हें सच्चे दिल से चाहा है, अश्विन।

- बस समय ने हमारा साथ नहीं दिया।
- फिर भी प्रेम की परम शक्ति ने ही हमें अपने-अपने परिवारों से मजबूती से जोड़े रखा है।
- सच मल्लिका, मुश्किल परिस्थितियों में भी हमारे परिवार के प्रति हमारा प्रेम कभी कम नहीं हुआ।
- सहमत हूँ तुम्हारी बात से। आज यहीं रुकती हूँ, कल फिर मिलेंगे कोई नई बात लेकर।
- बाय डियर।

12 अक्टूबर 2018, शुक्रवार रात 09.15

- हमीं तक रह गया क़िस्सा हमारा,
  किसी ने ख़त नहीं खोला हमारा!
- कभी एक ख़त लिखकर तो देती, बाला!
- अरे ये मेरा नहीं, शारिक़ कैफ़ी का शेर है जो अभी-अभी पढ़ा।
- मुझे भी तो पढ़ाया।
- क्योंकि मैं अपने दिल की हर बात तुमसे शेयर करती हूँ।
- मैं भी तुम्हें अपनी हर बात बताता हूँ।
- हम अपने दिल की बात उसी शख़्स से शेयर कर सकते हैं, जो हमसे अपने दिल की बात शेयर करता है।
- सही कहा मल्लिका, तुमने अपनी बातों से मुझ पर विश्वास जगाया। इतना ही नहीं, मेरी हर बात को तुमने ध्यान से सुना, महसूस किया और मुझे आश्वस्त भी किया।
- मैंने भी तुम्हारे शब्दों को अपने दिल पर एक कोमल स्पर्श के साथ महसूस किया।
- मैंने अपने जीवन पर कहानी या उपन्यास लिखने के बारे में जो कहा था, तुमने मेरे उस विचार को, मेरे सपने को साकार कर दिया।
- ऐश, मेरे मन में कितनी ही ऐसी बातें थीं, जिनका बोझ मैं ढोए जा रही थी। तुमने मुझे मन का बोझ हल्का करने का सुनहरा अवसर दिया।
- मेरे लिए तो तुम्हें अपने दिल की बात बताना वाकई सार्थक रहा। मैं जीवन भर तुम्हारा आभारी रहूंगा।
- जो बीत गया उसे भूल जाओ और जो जीवन बचा है उसे ख़ुशी-ख़ुशी जियो। हमारी बातचीत का उद्देश्य भी यही रहा है।
- सहमत। संगीत के प्रति मेरे लगाव ने भी मुझे ग्रेट रिलीफ़ दी।
- भले ही मैंने संगीत की कोई औपचारिक शिक्षा नहीं ली, लेकिन मुझे भी बचपन से ही रवीन्द्र संगीत, श्यामा संगीत बहुत पसंद था।

- वाह! संगीत ने तो मुझे जीवन दिया।
- जानती हूँ। मुझे भी संगीत से बहुत लगाव था। हर सुबह मैं रेडियो पर नरसिंह मेहता के भजन सुनती। शाम को हमारे पडोसी चक्रवर्ती अंकल के घर चली जाती। उनकी बेटियों के साथ बैठकर रेडियो पर 'सांध्य-गीत' का कार्यक्रम सुनती।
- उन दिनों रेडियो का ही चलन था।
- हाँ, फिर एक दौर ऐसा आया, मेरी ज़िंदगी से गीत, संगीत, साहित्य सब कुछ चला गया। मैं नितांत अकेली रह गई। दुनिया की नज़रों में जो सुख के साधन कहे जाते हैं, वे मेरे पास थे, लेकिन जीवन में कोई ऊर्जा नहीं थी।
- मल्लिका, मैं तो भौतिक सुख-सुविधाएं भी नहीं जुटा सका। तुमने अपने दम पर सब कुछ हासिल किया।
- मैंने अपने व्यक्तित्व में बहुत सुधार किया। अब तो मैंने अपने व्यक्तित्व पर ओढ़े सभी झूठे आवरण उतार फेंके है।
- सच, इसी कारण हम अपने निजी जीवन को जैसा है, चित्रित कर पा रहे हैं। हम जो कुछ भी लिख रहे हैं, मेरे विचार से सही पर्सपेक्टिव में ही लिख रहे हैं। लोगों को शायद अच्छी न भी लगे।
- अश्विन, आत्मकथात्मक लेखन हमेशा समाज के कटघरे में खड़ा होता है।
- क्योंकि समाज में जो कुछ होता आ रहा है, अगर सामने आ जाता है, तो समाज ख़ुद कटघरे में आ जाता है न?
- बिलकुल, मेरे विचार से पाठक तीन प्रकार के होते हैं। एक, जो इस तरह के लेखन का निष्पक्ष मूल्यांकन करते हैं। दूसरे, जो इस तरह के लेखन की सराहना करते हैं कि लेखक ने वह लिखा जो हम नहीं लिख सके। तीसरे, जो सबसे ख़तरनाक हैं।
- मैं बताता हूँ। मल्लिका, तीसरे वे हैं जो सोचते हैं- अरे! हम भी ऐसे कई हालात से गुज़रे हैं। हमने लिखा नहीं, तो उनकी हिम्मत कैसे हुई लिखने की?
- ऐश, ये वे लोग हैं जो कुंठाग्रस्त होकर इस तरह के लेखन का पुरजोर विरोध करते हैं। मुझे पूरा यक़ीन है कि हमें पहले और दूसरे प्रकार के पाठक ही मिलेंगे, वे चाहे लेखक/समीक्षक/आलोचक हों या ख़ालिस पाठक हों।

- मुझे भी यही लगता है। आज मुझे टीनेज की एक और घटना याद आ रही है, शायद किसी को अच्छी न लगे।

- याद आई है तो बता ही दो।

- मैंने तब टीनेज में क़दम रखा ही था। हम वी.एस. हॉस्पिटल कैंपस में स्टाफ़ क्वार्टर्स में रहते थे। हमारे क्वार्टर्स से कुछ ही दूरी पर मॉर्ग था। उस तीन मंज़िला बिल्डिंग में एक दंपति कर्मचारी के रूप में कार्यरत था, लेकिन उन्हें रहने के लिए कोई क्वार्टर अलोट नहीं किया गया था।

- क्या वे लोग कहीं और से अपने काम पर आते थे?

- नहीं, उनकी ड्यूटी ऐसी थी कि डेड बॉडी किसी भी वक़्त आ सकता था। वे लोग उस मॉर्ग में ही रहते थे।

- ओह माय गॉड! क्या बात करते हो?

- गर्मी के दिनों में जब हम घर के बाहर ही खटिया बिछाकर सोते थे, तब रात को अगर कोई डेड बॉडी आये तो उस बॉडी को स्ट्रेचर में या ट्रॉली में भरकर मोर्ग में ले जाया जाता। आवाज़ से मेरी नींद उड़ जाती और मुझे बहुत डर लगता।

- मुझे तो सुनकर भी डर लग रहा है, ऐश।

- ज्यादा नहीं डराऊंगा। एक घटना के बारे में बताकर अपनी बात पूरी करूँगा। तुम्हारा डिनर बाकी है ना?

- बस अभी लेंगे।

- मोर्ग में काम करने वाले व्यक्ति का नाम 'राम' था, पर सब उसे 'रामला' कहकर बुलाते। कभी-कभी वह हमारे पास आकर बैठता और उसके काम के बारे में बताता। हमें क्यूरिओसिटी हुई और एक बार हम सबने मिलकर रामला को एक डेड बॉडी दिखाने को कहा, वह भी ताज़ा।

- ताज़ा? ये क्या बात हुई?

- रामला ने ही हमें बताया था कि कैसी-कैसी मन को डिस्टर्ब कर देनेवाली डेड बॉडीज आती हैं। हमारा कहने का मतलब था कि डेड बॉडी जो सलामत हो, ख़राब हालत में न हो।

- रामला ने क्या कहा?

- उसने कहा, 'कोई बात नहीं। अगर ऐसी कोई लाश आएगी, तो मैं तुम लोगों को बताऊंगा।' फिर एक दिन हम सब कैम्पस के ग्राउंड में खेल रहे थे, वह आया और बोला, 'मेरे साथ आओ। आज मैं तुम्हें एक लाश दिखाऊंगा।'

- और तुम लोग चल दिए?

- हमें डर लग रहा था, फिर भी हिम्मत जुटाई और उसके साथ चल दिए। वह बेसमेंट की ओर बढ़ा, हम भी उसके साथ सीढ़ियाँ उतरने लगे। अचानक सीढ़ियाँ जहाँ से मुड़ रही थी, उस कॉर्नर पर दीवार से सटी एक महिला खड़ी हुई दिखी! उसके बाल पूरी तरह से खुले हुए थे, उसकी आँखें भी खुली हुई थीं!

- उफ़्फ़! क्या बात कर रहे हो ऐश?

- इससे पहले कि हम कुछ समझ पाते, उसने इशारा किया कि यह लाश है। हमने पहले कभी कोई डेड बॉडी नहीं देखी थी। सब इतने डर गए कि सीढ़ियाँ चढ़कर वहाँ से भागते हुए निकले।

- ऐश, माना कि लाशों के बीच काम करना बड़ा चुनौतीपूर्ण कार्य है, बहुत अजीब तरह की लाशें आती हैं, लेकिन एक महिला की लाश को इस तरह सीढियों पर खड़ा करना क्या रामला की विकृत मनोदशा को नहीं दर्शाता?

- तुम्हारी बात सही लगती है, लेकिन तब तो हमें ऐसी समझ नहीं थी। हमें तो आश्चर्य इस बात का हो रहा था कि यह पति-पत्नी रात को उस मॉर्ग से सटे उस छोटे से बरामदे में कैसे सोते होंगे?

- इस विषय पर अब आगे कुछ न कहना, सच में बहुत डर लग रहा है।

- बस, तुम अपना डिनर लो। गुड नाइट।

- गुड नाइट। तुम्हारा दिन शुभ हो।

13 अक्टूबर 2018, शनिवार शाम 4.50

- मैं जानती हूँ ऐश, तुम अपने काम पर हो, तुम्हारे देश शनिवार की सुबह होने को है। आज तुम अंकल को लेकर क्लब जाने वाले हो तो शायद बात न हो पाए। तुम्हें सुप्रभात कहने से पहले मैं अपनी बात लिखना शुरू करती हूँ। दिनभर में जब भी समय मिले पढ़ लेना। आज मैं एक ऐसी बात लिखने जा रही हूँ, पढ़कर तुम हैरान रह जाओगे! बात थोड़ी लम्बी है और तुम्हारे उठने से पहले समाप्त करनी है। दो दिन पहले सखी नीता व्यास के घर एक मिलन समारोह का आयोजन किया गया था। अन्य सखियों के साथ, वरिष्ठ गुजराती लेखिका आदरणीय सुधा भट्ट जी भी आई थीं।

हमारे चैट की बात हुई, हम इसे उपन्यास के रूप में प्रकाशित करेंगे, इस पर भी चर्चा हुई। यह सुनते ही उन्होंने कहा, 'यह मैत्रेयी देवी की 'न हन्यते' जैसी ही कहानी लग रही है।' मैंने मैत्रेयी देवी के बारे जानना चाहा। उन्हें बड़ा आश्चर्य हुआ कि बंगाल की इतनी नामी लेखिका के बारे में मुझे नहीं मालूम! सच, मैं इस नाम से अपरिचित थी। कॉलेज काल में 1972 से 1978 तक मैंने बांग्ला साहित्यकारों की हिन्दी अनुदित अनेक किताबें पढ़ी, पर कभी मेरे हाथ में मैत्रेयी देवी की कोई किताब नहीं आई। उस समय इंटरनेट की सुविधा तो थी नहीं। फिर मैं लम्बे अरसे तक साहित्य से अलग रही। मैंने उन्हें बताया कि ऑफिस में हिन्दी लाइब्रेरी थी, वहाँ हिन्दी साहित्यकारों की रचनाएँ अधिक थी, जो मैं पहले भी पढ़ चुकी थी। वे बोली, 'ग़ज़ब की किताब है, आप ज़रूर पढ़ना।'

घर आते ही एक छटपटाहट सी होने लगी, मैं इस उपन्यास के बारे में सर्च करने लगी। मुझे इस उपन्यास का बांग्ला ऑडियो रेकोर्डिंग मिला जो ग्यारह एपिसोड में, सुमोना नामक सन्नारी की आवाज़ में है। मैं सुनती गई, सुनती गई....रोती गई, रोती गई....इस कहानी को सुनकर मैं दंग रह गई! पढ़कर तुम भी चकित रह जाओगे, डियर अश्विन।

1930 में मैत्रेयी देवी जब सोलह साल की थीं, तेईस साल का एक रोमानियन युवा मिर्चा इलियाड (यूक्लिड), उनके पिता डॉ. सुरेन्द्रनाथ दासगुप्ता का छात्र बनकर आया। मैत्रेयी के पिता कैम्ब्रिज विश्वविद्यालय से डॉक्टरेट थे। बंगाल के प्रमुख शिक्षकों, शोधकर्ताओं और दार्शनिकों में से एक थे। उनके मित्र पश्चिम बंगाल के सबसे शिक्षित और प्रगतिशील लोगों में से थे, जिनमें कविगुरु रवीन्द्रनाथ टैगोर भी

शामिल थे। मैत्रेयी देवी टैगोर को गुरु के रूप में सम्मान देती थीं।

मिर्चा भारत को बेहतर समझने के लिए भारतीय दर्शन का अध्ययन करने आया था तथा संस्कृत सीखना चाहता था। मैत्रेयी के पिता ने उसे, उनके घर पर ही रहने की व्यवस्था कर दी। कुछ ही दिनों में मिर्चा ने परिवार के सभी का दिल जीत लिया। मैत्रेयी से उसकी दोस्ती हो गई। मैत्रेयी को घर में अमृता नाम से पुकारा जाता था। मिर्चा ने देखा कि उम्र के लिहाज से अमृता की कविताएँ, उसकी गहन जीवन-दृष्टि, सब कुछ चकित करने वाला था। उसने अमृता से बांग्ला भाषा सीखना शुरू किया। उनके घर सात हजार से अधिक पुस्तकों के साथ एक बहुत बड़ा पुस्तकालय था। घर के पुस्तकालय में दोनों का काफ़ी समय व्यतीत होने लगा। नज़दीकियाँ बढ़ती गई और धीरे-धीरे दोनों में प्रेम हो गया।

प्रोफेसर दासगुप्ता एक छात्र के रूप में मिर्चा से बहुत प्यार करते थे। सीधे सादे मिर्चा ने मान लिया था कि यदि वह प्रोफेसर सुरेंद्रनाथ दासगुप्ता से मैत्रेयी का हाथ मांगेगा तो तुरंत मिल जाएगा। प्रोफेसर दासगुप्ता एक तर्कसंगत दार्शनिक थे, लेकिन मिर्चा को इस रूढ़िवादी हिंदू परिवार की कट्टरता के बारे में कोई अंदाज़ा ही न था। सब कुछ ठीक चल रहा था कि एक दिन अचानक अमृता की छोटी बहन ने अपनी माँ से इस प्रेम के बारे में बता दिया। बेटी अमृता के प्रेम की बात पता चलते ही अगली सुबह, डॉ. दासगुप्ता ने मिर्चा को अपमानित कर उसे घर से निकाल दिया, इतना ही नहीं बेटी से कभी न मिलने का वचन भी ले लिया। मिर्चा उसे आख़िरी बार देखना चाहता था, इसलिए अमृता को बरामदे लाया गया। जाते जाते नीचे खड़े मिर्चा ने अमृता को हाथ जोड़कर अभिवादन किया और चल दिया। अमृता शून्य आँखों से जाते हुए मिर्चा को ताकती रही, फिर वहीं ढेर हो गई, उसे अपने कमरे में लाकर सुलाया गया।

मिर्चा और अमृता ने जो आशियाना सजाया था, उसका तिनका-तिनका बिखर चुका था। एक साल बीत गया। अमृता ने लिखा, 'हमारे देश में निंदा एक इंस्टिट्यूशन है। 'चारों ओर अमृता की बदनामी हो चुकी थी। हर किसी ने अलग-अलग तरीके से उस पर लांछन लगाया। अमृता ने प्रेम के दो रूप देखें- एक, जो आपको बहुत ऊंचाई पर ले जाता है, खुले आसमान के उजाले में और दूसरा, जो गले में फाँसी का फंदा कसकर आपको टांग देता है संस्कारों की खूंटी पर, सर्कस के जानवर की तरह! हताशा की चरम सीमा थी, वह अपने गुरु रवीन्द्रनाथ के पास गई। गुरु के बताये पथ

पर चल कर धीरे-धीरे पढ़ाई में ध्यान लगाया और कोलकाता की जोगमाया देवी कॉलेज से दर्शनशास्त्र में स्नातक किया।

माँ जल्द से जल्द बेटी अमृता की शादी कर देना चाहती थी। अमृता को भी लगने लगा था कि वह इस घर से भाग जाना चाहती है। 20 वर्ष की उम्र में उसका विवाह दार्जिलिंग के सिनकोना बागान के तत्कालीन निदेशक डॉ. मनमोहन सेन से हुआ जो उनसे 14 वर्ष बड़े थे। सिर्फ़ 5 दिनों के अंदर सारी तैयारी कर ली गई ताकि इस शादी में कोई विघ्न न आए। दंपति दार्जिलिंग जिले के मुंग्पू में रहने लगा। एक इंसान के रूप में मनमोहन सेन इतने सरल, इतने मिलनसार थे कि अमृता ने जीवन को फिर से प्यार करना सीख लिया। दंपति दो बच्चों के माता-पिता बन गए। सिनकोना खेती अनुसंधान में डॉ. मनमोहन सेन का विशेष योगदान रहा। वहीं अमृता उर्फ़ मैत्रेयी देवी ने भी बंगाल के साहित्य जगत की प्रतिष्ठित साहित्यकार के रूप में अपनी जगह बनाई।

उधर मिर्चा अमृता के साथ उसके प्यार में मिले गहरे दर्द और घावों को अकेले झेलने में असमर्थ था, कुछ समय हिमालय घूमने के बाद वह वापस अपने देश चला गया। उसने योग प्रथाओं पर एक शोध के साथ पीएचडी प्राप्त की। कलकत्ता छोड़ने के तीन साल बाद, 1933 में मिर्चा ने रोमन भाषा में अपने जीवन की सत्य घटना पर आधारित उपन्यास 'मैत्रेयी' लिखा। उपन्यास का फ्रेंच अनुवाद "Les Nuit Bengali" अर्थात "बंगाल की रातें" नाम से हुआ और उसकी नायिका का नाम था अमृता। इस उपन्यास से मिर्चा एलियाड को उपन्यासकार के रूप में अपने देश में रातोंरात प्रसिद्धि मिली। मैत्रेयी देवी को उडती ख़बर मिली थी कि मिर्चा ने अपने उपन्यास में उन्हें नायिका बनाया है, पर आगे जानने की कभी इच्छा नहीं हुई। जीवन के क़रीब बयालीस साल बीत चुके थे। उनके बच्चों की शादी हो चुकी थी, वे दादी भी बन चुकी थीं।

अचानक 1972 के 1 सितम्बर की सुबह बचपन के मित्र गोपाल ने उन्हें फ़ोन किया और कहा, 'अमृता, तुम्हें यूक्लिड की याद है?'

'हाँ, है तो कुछ-कुछ, पर क्यों?'

'उसके देश से एक सज्जन आये हुए हैं, उसके परिचित हैं ये। यूक्लिड तुम्हारे पिता का छात्र रह चुका है। पर वे तो अब रहे नहीं, इसलिए ये सज्जन तुमसे मिलना

चाहते हैं।'

न जाने क्यों, मैत्रेयी देवी ख़ुद को रोक नहीं पाईं और मिर्चा के देश से आये उस रोमानियाई दोस्त सेरगेई सेबास्टिन से मिलने के लिए गोपाल के दिए गए पते की ओर चल दीं। सेरगेई से उन्हें पता चला कि मिर्चा के उपन्यास के कारण अमृता को उनके देश के सभी लोग पहचानते हैं, वे उनके देश की परियों की कहानी की नायिका हैं।

बातों बातों में मैत्रेयी देवी को पता चला कि इस उपन्यास में मिर्चा ने उन्हें अपने सपनों की नायिका बनाया था, लेकिन इसमें सच्चाई के साथ कल्पना का मिश्रण भी था। उस कल्पना में सेक्स, शारीरिक प्रेम था। सुनकर मैत्रेयी देवी को गहरा धक्का लगा। पश्चिमी संस्कृति में, शरीर को बस प्यार के एक अभिन्न अंग के रूप में देखा जाता है, लेकिन भारतीय संस्कृति में यह लांछन के अलावा कुछ नहीं। सेरगेई ने स्पष्टीकरण दिया, 'उसे बड़ा ही कष्ट हो रहा था। आप उस किताब को पढ़ेंगी तो आँसुओं के सागर में डूब जायेंगी। आत्मकथात्मक इस उपन्यास में उसने अपनी यंत्रणाओं के हाथों छुटकारा पाने के लिए कल्पना का सहारा लिया है। आपको तो वह अभी भी नहीं भूला है।'

मैत्रेयी देवी परेशान थीं, यंत्रणाओं से मुक्ति पाने के लिए मिथ्या का आश्रय लेना कहाँ तक उचित है! फिर मिर्चा ने उनके पत्र का कोई जवाब भी तो नहीं दिया था, सुनकर सेरगेई ने कहा कि मिर्चा ने पत्र का जवाब भेजा था, और भी कई पत्र लिखे थे। यहाँ तक कि एक फ़ोटो भी भेजी थी जिसमें उसकी दाढ़ी बढ़ी हुई थी। मैत्रेयी देवी को अचानक संदेह होने लगा कि मिर्चा ने कहीं मुन्ना के हाथों तो पत्र नहीं भेजे, जो उसने उन्हें दिए ही नहीं!

दूसरे दिन वे मुन्ना के घर चली गईं, वह भी अब बहुत बूढा हो चुका था। मुन्ना ने कबूल किया कि मिर्चा ने उसे कई पत्र दिए थे और फ़ोटो भी दी थी, लेकिन उसने मैत्रेयी देवी को नहीं दिए। मैत्रेयी देवी के अनुरोध पर मुन्ना ने अपने पास सुरक्षित रखे तीन पत्र दिए, बाकी के उसे नहीं मिले। मैत्रेयी देवी लिखती हैं कि मिर्चा ने उनके लिए लिखे पत्र, सिर्फ़ दो माइल की दूरी वाले मकान से, उन्हें क़रीब तैंतालीस वर्ष के बाद मिले! मिर्चा ने सारे पत्र मुन्ना के नाम लिखे थे और अंत में लिखा था कि यह पत्र अमृता तक पहुँचा देना। उसने हर पत्र में अपने बारे में लिखा था कि वह क्या कर रहा है, उसे कोलकाता से कितना प्यार है, उसे भारत देश से कितना प्यार है, वह

वेद, उपनिषदों का अध्ययन कर रहा है और ख़ुद को एक भारतीय के रूप में सोचने लगा है।

ऐश, इन पत्रों को पढ़कर मैत्रेयी देवी की रातों की नींद उड़ गई। उन्होंने जीवन भर मिर्चा पर संदेह किया। मिर्चा ने उनके बारे में कल्पना का सहारा लेकर जो भी लिखा, उनके देश में यह कोई बड़ी बात नहीं थी; लेकिन मिर्चा के लिखे पत्र उन तक नहीं पहुँचे, जिस कारण मिर्चा उन्हें समझ ही नहीं पाया! अचानक मैत्रेयी देवी को लगा जैसे उन पर से उम्र का आवरण हट गया था, वे महाकाल के आगोश में समा गई थीं; जिसमें न कोई आदि था न अंत। उनकी लज्जा, उनका भय सब कुछ मिट गया था। उन्हें लगने लगा था कि यह कालजई प्रेम उन्हें समय का महा सिंधु पार कराकर, मिर्चा के पास ले जाएगा। जब तक वे एक बार मिर्चा से नहीं मिलतीं, उन्हें चैन नहीं मिलेगा।

योगानुयोग मैत्रेयी देवी को शिकागो विश्वविद्यालय से रवीन्द्रनाथ टैगोर पर स्पीच देने के लिए आमंत्रण मिला। मिर्चा इलियाड वहाँ दर्शनशास्त्र के प्रोफेसर थे। अपने पति की अनुमति के साथ मैत्रेयी देवी शिकागो पहुँची। उनके जीवन के पहले प्यार मिर्चा को शिकागो विश्वविद्यालय के विशाल पुस्तकालय में मिली। इस ऐतिहासिक पल में वे एक-दूसरे के दिलों में झाँक पाए। बहुत सारी गलतफहमियाँ दूर हुई। मैत्रेयी देवी ने शिकागो से लौटकर 'ला नुई बंगाल' के जवाब में, इतने सालों से छिपे दर्द को दूर करने के लिए "न हन्यते" लिखा, जो 1974 में मूल रूप से बंगाली में प्रकाशित हुआ। उनका यह आत्मकथात्मक उपन्यास मुख्य रूप से उनके प्रेमी मिर्चा इलियाड द्वारा लिखे गए "बंगाल नाइट्स" की प्रतिक्रिया है, जिसमें 1930 से लेकर 1973 तक के उनके जीवन का बहुत ही मार्मिक वर्णन है। बाद में यह उपन्यास अंग्रेजी में "इट डज़ नॉट डाई" नाम से प्रकाशित हुआ।

उस समय के एक रूढ़िवादी समाज में, एक विवाहित बुजुर्ग महिला ने अपने युवा उम्र के प्यार की संपूर्ण घटनाओं को लिखा जो उनके जीवन, उनकी इच्छाओं, उनकी रुचियों, उनके पूर्वाग्रहों को दर्शाता है। मैत्रेयी देवी अपनी इच्छाओं और फैसलों में दृढ़ थीं। प्रेम और आत्मा की अमरता को एकजुट करके, उन्होंने साहसपूर्वक बिना शर्मिंदगी के, बिना पछतावे के, अपने और मिर्चा के प्रेम की सच्चाई को दुनिया के सामने रखा और कहा कि आत्मा की तरह ही प्रेम जन्म-रहित है, शाश्वत व पुरातन है शरीर का नाश होने पर भी वह नहीं मरता। न हन्यते हन्यमाने शरीरे।

मिर्चा एलियाड के “बंगाल नाइट्स” और मैत्रेयी देवी के “इट डज़ नॉट डाई” शिकागो प्रेस की यूनिवर्सिटी द्वारा 1994 में, रोमांस के दो पक्षों को दर्शाते साथी संस्करणों के रूप में प्रकाशित किया गया। दोनों ही पुस्तकों में तत्कालीन भारतीय समाज का सजीव वर्णन है। मैत्रेयी देवी के पास अंतिम शब्द है, ‘मुझे पता है कि मिर्चा को बहुत कुछ सहना पड़ा क्योंकि इस रमणीय, कभी न ख़त्म होने वाले प्रेम संबंध की कोई भौतिक परिणति नहीं थी, लेकिन मैं अपने ग्रहों को धन्यवाद देती हूँ कि कोई परिणति नहीं हुई; अन्यथा प्रेम वहीं ख़त्म हो गया होता। यह ताज़ा उपजी चिरस्थायी तड़प, मुझे अनंत काल की झलक देती है।’

कहानी समाप्त हुई। जितना याद रहा लिख दिया। आज और कुछ लिखने की अवस्था नहीं है। तुम्हारी सुबह का सलाम।

14 अक्टूबर 2018 रविवार सुबह 10.40

- सुप्रभात मल्लिका। अंकल को लेकर क्लब जाना था। आज पूरा दिन बिज़ी रहा। अब अपने कमरे में आ गया हूँ। सुबह चाय पीते-पीते 'न हन्यते' की कहानी पढ़ ली थी। सच में हैरान हूँ मल्लिका! एक सच्ची प्रेम कहानी, वह भी सोलह साल की मैत्रेयी देवी और तेईस साल के रोमानियन युवा मिर्चा इलियाड की, ये कैसे?
- यही तो है, चकित करने वाली पहली बात!
- पढ़ते-पढ़ते मेरी आँखें छलक उठीं।
- मुझे पता था, लेकिन तुम्हें बताये बिना चैन न मिलता, ऐश।
- उस दौर की कुछ एबसर्डिटीज आज भी मौजूद हैं।
- यही तो मैं कहना चाहती हूँ। सुरेन्द्रनाथ दासगुप्ता चाहते थे कि बेटी मिर्चा से रोमानियाई भाषा सीखे, साहित्य और दर्शन का ज्ञान भी प्राप्त करे। उन्होंने, अमृता के मिर्चा से मेल-जोल पर कभी कोई पाबन्दी भी नहीं लगाई थी।
- माँ को जब पता चला, तो उन्होंने अपने पति को समझाने की कोशिश नहीं की?
- ऐश, सबसे पहले तो माँ ने ही तो अमृता के कमरे में आकर पूछ लिया, 'क्या तुम उससे विवाह करना चाहती हो?
- अमृता ने क्या कहा था?
- अमृता का जवाब था, 'हाँ माँ, मैं उससे प्यार करती हूँ।' उस रात मिर्चा ने अपने कमरे में पियानो बजाया। अमृता इस बात से बहुत ख़ुश थी कि सुबह माँ उसे बताएगी, 'पापा ने हाँ कह दी है, तुम्हारी शादी मिर्चा से ही होगी।'
- फिर?
- सुबह जब माँ उसके कमरे में आईं, उनका मुँह सूजा हुआ था। माँ का विचार पूरी तरह से बदल गया था। उन्होंने कहा, 'तुम्हारे पापा इस बात पर राज़ी नहीं है। वे कहते हैं कि हमें उनके वंश का नहीं पता। यह फराशि लोग अच्छे नहीं होते। यूरोपीय सभ्यता अच्छी नहीं होती। यह बहुत बुरा समाज है।

- देखा? विदेशियों से नाता रखने में गर्व करने वाले पिता अपनी बेटी के विदेशी लड़के से प्यार को बर्दाश्त नहीं कर पाए! क्या अमृता की माँ का भी यही विचार था?
- नहीं, पर माँ अपने पति के सुख में ही अपना सुख मानती थी। माँ ने तो कह दिया, 'तुम तो जानती हो कि तुम्हारे पापा को हाई ब्लड प्रेशर की बीमारी है। उन्हें हार्ट अटैक भी आ सकता है।'
- यह तो इमोशनल ब्लैकमेल हुआ।
- ऐश, अमृता को समझ में नहीं आ रहा था कि पापा को उसकी प्रेम कविताओं पर विरोध नहीं था, लेकिन उसके प्रेम करने पर इतना कड़ा विरोध क्यों था?
- मल्लिका, यही तो विडम्बना है हमारे सोशल ट्रेडीशंस की! अपनी किशोरी बेटी की प्रेम कविताओं पर निहाल होने वाले पिता ने बेटी के ख़ालिस प्रेम को ठुकरा दिया!
- प्रोफेसर दासगुप्ता जैसे विद्वान् भी एक रूढ़िवादी हिंदू परिवार की कट्टरता को पाले हुए थे। माँ ने अमृता से पूछा था, 'कहीं तुम लोगों ने चुपके से शादी तो नहीं कर ली?'
- अमृता ने क्या कहा?
- अमृता ने कहा, 'नहीं।'
- ऐसा पूछने की कोई ख़ास वजह?
- माँ हमेशा चौकस होती है न? अगर ऐसा कुछ हुआ हो, तो समाज से कैसे लड़ेंगे?
- अमृता तो माइनर थी और मिर्चा मैत्रेयी के पिता का प्यारा स्टूडेंट था, इसलिए उसने गुपचुप तरीके से शादी करने के बारे में नहीं सोचा होगा। वह तो परमिशन की राह देख रहा होगा।
- वही तो। एक बार तो मिर्चा ने हिंदू बनने की बात भी कही थी।
- शायद वह सोच रहा होगा कि उसके हिंदू बनने से उनकी शादी में कोई बाधा नहीं आएगी।
- अश्विन, उसे कहाँ पता था कि हिंदू बनने से कुछ नहीं होगा। जाति, गोत्र भी मिलाना होता है, फिर परिवार सहमत हुआ भी तो रिश्तेदार, समाज विरोध का झंडा लेकर खड़ा हो जाता है।

- सहमत। मिर्चा को अपमानित करने और घर से निकालने के बाद अमृता की मानसिक स्थिति क्या रही होगी?

- अमृता की मानसिक स्थिति को मैं शब्दों में कैसे बयां करूँ? अगले दिन अमृता और मिर्चा का एक कॉमन फ्रेंड मुन्ना, जो इस परिवार का आश्रित भी था, चुपचाप अमृता के कमरे में आया और बोला, 'मिर्चा ने तुम्हारी कविता की किताब माँगी है, जल्दी ले आओ। मैं उसे दे दूंगा।

- मिर्चा कहाँ चला गया था?

- अमृता के पूछने पर उसने बताया कि मिर्चा उसी एंग्लो इन्डियन कॉलोनी में रहने चला गया है, जहाँ पहले कुछ दिन रहा था। अमृता ने जल्दी से अपने कविता-संग्रह की एक प्रति ढूंढ़ी, उसके आख़िरी पेज पर अंग्रेजी में लिखा, 'Mircea, Mircea, Mircea, I have told my mother that you have only kissed me on my forehead…' उसके अक्षर पूरे बिखर रहे थे!

- ऐसा क्यों लिखा?

- ऐश, उस दिन माँ ने अमृता से यह भी पूछा था, 'मिर्चा के साथ तुम्हारा रिश्ता कहाँ तक आगे बढ़ा है?' जवाब में माँ को जो कहा होगा, वही मिर्चा को भी लिख दिया।

- अमृता ने मिर्चा को ख़त भी तो लिखा था?

- बिलकुल लिखा था। उसी दिन अमृता ने झट से एक कागज़ लिया था और उस पर केवल दो पंक्तियाँ लिखीं थी, 'मिर्चा, आई शैल नेवर फॉरगेट यू, आई शैल वेट फॉर यू।' इन दो पंक्तियों से ही उसने वह पूरा कागज़ भर दिया था और मोड़ कर मुन्ना को दे दिया था।

- और कुछ दिनों बाद मुन्ना ने आकर ख़बर दी कि मिर्चा उस एंग्लो इन्डियन कॉलोनी का घर छोड़कर हिमालय चला गया है। अमृता की चिट्ठी का मिर्चा ने कोई जवाब नहीं भेजा है। यही कहा न मुन्ना ने?

- यही कहा ऐश। मुन्ना ने मिर्चा का कोई ख़त अमृता को दिया ही कहाँ? वह उनके घर का आश्रित जो था। डर रहा होगा कि पकडे जाने पर मालिक उसे काम से ही न निकाल दें।

- यही पढ़कर मैं बहुत रोया मल्लिका कि अमृता को टूटकर चाहने वाला मिर्चा, ख़त का जवाब न दे ऐसा हो ही नहीं सकता! देखो, सच सामने आ ही गया।

- पिता का विरोध किस हद तक था, जानकर तुम्हें बहुत दुःख होगा। कुछ दिनों के बाद अचानक वे अमृता के कमरे में आए और अलमारी में सजाई किताबों में से उन किताबों को निकालने लगे, जो मिर्चा ने उन्हें उपहार में दी थी।

- क्यों?

- मिर्चा ने उन किताबों कें पहले पृष्ठ पर कुछ पंक्तियाँ लिखी हुई थी, जैसे गिफ्ट देते हुए कोई लिखता है। सारी किताबों में से वे पहला पृष्ठ फाड़ने लगे।

- उफ़्फ़!

- जर्मन कवि गेटे की एक किताब थी, जिसके पहले पेज पर मिर्चा की लिखी पंक्तियाँ सलामत रह गई थीं क्योंकि वह पेज किताब में लगे कवर की आड़ में चला गया था!

- अमृता ने ख़ुद को कैसे संभाला होगा, मल्लिका?

- ऐश, उनके पास तो मिर्चा की कोई तस्वीर भी नहीं थी, जिसके सहारे उसे याद रखा जा सके! प्रेम ही उनका संबल बना।

- अमृता और मिर्चा तो एक दूसरे से प्यार करते थे। मेरे प्रति तुम्हारे प्रेम के बारे में तो मुझे पता ही नहीं था मल्लिका, फिर भी तुमने मेरी तस्वीर को संभाले रखा!

- जीवन का पहला प्यार था न। एक तरफ़ा हो या दो तरफ़ा, भुलाये नहीं भूलता।

- तुमने यह साबित कर दिया। मैं हैरान हूँ मल्लिका, अमृता उर्फ़ मैत्रेयी देवी ने घर बसाया, तुमने भी। अमृता के पति इतने सिंपल और फ्रेंडली थे, तुम्हें भी पार्थो जैसा काइंड हार्टेड पति मिला। गज़ब की सिमिलारिटी है, हमारी और उनकी कहानी में। क्या ऐसा भी होता है?

- हुआ न, अश्विन!

- मैत्रेयी देवी लेखक थीं, तुम भी बन गई।

- और देखो, कोलकाता छोड़ने के तीन साल बाद मिर्चा लेखक बन गया और तुम कॉलेज छोड़ने के बयालीस साल बाद!

- ये भी कमाल है!

- दोनों ने अपने जीवन पर अलग-अलग किताबें लिखीं और हम साथ मिलकर एक किताब लिख रहे हैं।

- अब समझ में आया कि तुम्हारी सहेली ने क्यों कहा, हमारा उपन्यास ‘न हन्यते’ से मिलता-जुलता है।

- जीवन का पहला प्यार! फ़र्क बस इतना है कि पैंतालीस वर्षों तक मेरा प्यार अनकहा रह गया! जब तुमने मेरी फ्रेंड रिक्वेस्ट एक्सेप्ट की, मुझे भी वही अनुभूति हुई थी जो गोपाल की बात सुनकर अमृता को हुई थी।

- कैसी?

- अमृता ने लिखा है, एक हल्की ख़ुशी की बिजली उनके तन-मन के भीतर दौड़ गयी, मन बह चला बयालीस वर्ष पूर्व नवयौवन के निश्छल, निष्पाप प्रेम के सहज और अबोध दिनों की ओर।

- तुम भी पहुँच गई थी, भवन्स कॉलेज कैम्पस में!

- और तुम्हें भी वहाँ ले गई। अच्छा ही हुआ हम मिले, वरना कितनी सारी गलतफहमियाँ रह जाती।

- हाँ, और अच्छा ही हुआ अमृता भी मिर्चा से मिलीं।

- अश्विन, न सिर्फ़ उनके बीच की गलतफहमियाँ दूर हो गई, मैत्रेयी देवी ने इतने सालों तक छिपे दर्द को दूर करने के लिए शिकागो से वापस आने के बाद 'ला नुई बंगाल' के जवाब में 'न हन्यते' लिखा।

- अद्भुत मल्लिका! प्यार और आत्मा की अमरता को एकजुट करके, मैत्रेयी ने साहसपूर्वक अपने और मिर्चा के प्यार की सच्चाई को दुनिया के सामने रखा।

- अपने प्यार को ऐसी दिव्य गरिमा देने की शक्ति हर किसी के पास नहीं होती। अधूरे प्यार की ऐसी कहानी जो मृत्यु को पार करती है, प्यार में विश्वास को बनाए रखती है।

- मैं हैरान हूँ यह जानकर, एक सी उम्र और एक से धर्म की साम्यता, समय और स्थान की एक सी दूरी!

- अश्विन, जब वर्ष 1972 में बयालीस वर्ष पूर्व बिछड़े दो तरफ़ा प्रेम की एक कहानी लिखी जा रही थी, उसी वर्ष काल की जमीं पर बिखरी एकतरफ़ा प्रेम की एक और कहानी के बीज बोये जा चुके थे, जो पैंतालीस वर्ष बाद 2018 में लिखी जानी थी!
- सही, एक उपन्यास रूप धरने वाला था- नए रूप में, नई शैली में, नए अंदाज़ में! कभी ऐसे भी इतिहास का पुनरावर्तन होता है, मल्लिका?
- विषय एक, पर कहानी अलग। मैत्रेयी का प्रेम समाज की वेदी पर बलि चढ़ गया और मैंने इसी डर से मेरे प्रेम को दिल में ही दफ़न कर दिया।
- दफ़न कहाँ हुआ मैडम? फूल बनकर खिल गया और खुशबू सारे जहाँ में फैल जायेगी।
- यह अवसर नियति ने मुझे दिया ऐश। मैत्रेयी कहती हैं कि प्रेम में अगर सौंदर्य नहीं है, तो वो प्रेम कहाँ रहा? शरीर का सुख ज्यादा नहीं चलता लेकिन मन का सुख चिरस्थाई होता है। बस एक प्रश्न है।
- क्या?
- अधूरा प्रेम क्या किताबों में ही अमर हो पाता है?
- इतिहास तो यही कहता है।
- तुम्हारे बिना यह उपन्यास लिखना संभव ही नहीं था। मैत्रेयी और मिर्चा के पास अलग-अलग कहानी-लेखन की सामग्री थी क्योंकि उन्होंने एक साथ कुछ समय बिताया था। मैं अकेली 'तुम मुझे बहुत अच्छे लगते हो।' इस एक पंक्ति से ज्यादा क्या लिख पाती? इस उम्मीद के साथ रुकती हूँ कि हमारी दोस्ती सदा सलामत रहे।
- तथास्तु।

15 अक्टूबर 2018 सोमवार सुबह 10.25

- गुड मॉर्निंग गृहिणी। तुमने नाश्ता किया?
- लगता है, काम से निपटकर अपने कमरे में आ गए हो। अभी-अभी एम.टी.आर. के रेडीमेड आटे से उत्तपम बनाकर खाया।
- बहुत खूब! अकेले-अकेले खा लिया?
- नहीं, साथ में चटनी भी थी।
- अब तुम भी मज़ाक करना सीख गई।
- गुरु तुम हो। वैसे खाते समय मुझे अहमदाबाद रेलवे स्टेशन की कैंटीन याद आ गई और तुम भी।
- मैं क्यों?
- तुमने कहा था न, पहले पता होता तो मुझे रेलवे स्टेशन पर छोड़ने आते?
- हाँ, फिर रेलवे स्टेशन की कैंटीन में इडली या दोसा खाते। इसी सन्दर्भ में गुलाम मोहम्मद कासिर की ग़ज़ल एक शेर लिखता हूँ, तुम्हें पसंद आएगा।

कश्ती भी नहीं बदली दरिया भी नहीं बदला,
और डूबने वालों का ज़ज्बा भी नहीं बदला!

- गज़ब सोचते हो दोस्त, मतलब डूब गए? फिर अगले शेर के बारे में क्या कहोगे?

है शौक़-ए-सफ़र ऐसा इक उम्र से यारों ने,
मंज़िल भी नहीं पाई रस्ता भी नहीं बदला!

- कुछ नहीं कहना। इतना ही कहूंगा कि तुम्हारी तरह अगर कोई अपने ज़ज्बे पर अड़ा रहे, तो शायद उसे मंज़िल मिल जाए।
- सहमत। ऐसी ही एक और ख़्वाहिश थी मेरी।
- कोई और ख़्वाहिश भी थी? पूरी हुई या नहीं ये भी बताओ।
- एक बार पहले भी बताया था, पूरी नहीं हुई।
- यार पहेलियाँ मत बुझाओ, नींद आने लगी है।

- सड़क पर दुपहिया या चौपहिया चलाने की ख़्वाहिश थी।
- ये क्या है?
- टू व्हीलर या फोर व्हीलर व्हीकल चलाने की ख़्वाहिश थी।
- उफ़्फ़! मैं तो पता नहीं क्या सोच रहा था। क्या तुम सिम्पल हिन्दी में बात नहीं कर सकती?
- इससे सिम्पल हिन्दी तो नहीं आती भाई। नाराज़ मत होना। वैसे साइकिल और स्कूटर, दो में से एक भी ठीक से चलाना नहीं आया, लेकिन टू व्हीलर का पक्का लाइसेंस लिया था।
- अच्छा? जब ठीक से चलाना ही नहीं आया, लाइसेंस कैसे लिया?
- हा...हा... ये बात और भी इंटरेस्टिंग है।
- बताओ।
- हमारी ऑफिस में एक लड़का था सुरेश पंजवानी, जो आर.टी.ओ. ऑफिस से लाइसेंस बनवाने में सब की सहायता करता था। अब किसी ने मुझे स्कूटर का लर्निंग लाइसेंस लेने की सलाह दी।
- यह तो सच में इंटरेस्टिंग बात है।
- छोड़ो, नहीं बताना।
- नाराज़ क्यों हो रही हो डियर? थोड़ा हंसी-मज़ाक तो बनता है न?
- बदला ले रहे हो न...लो। मैंने पंजवानी की मदद से लर्निंग लाइसेंस बनवाया।
- लर्निंग लाइसेंस बनवाकर कांकरिया लेक के आसपास 'लाला' से सीखने की कोशिश की।
- अरे वाह! तुम्हें याद है?
- तुमसे बात करने के लिए सब याद रखना पड़ता है। पक्का लाइसेंस कब लिया?
- कांकरिया लेक के आसपास कुछ दिन चलाया, लेकिन कॉन्फिडेंस नहीं आ रहा था। ऑफिस में ही किसी ने बताया कि पक्का लाइसेंस निकलवा लो तो कॉन्फिडेंस भी बढ़ेगा और रोड पर बिना डर के स्कूटर चला सकोगी।

- बात तो सच है।

- इसी सिलसिले में जब मैं पंजवानी से मिलने गई तो उनके बगल में रमेश लिंबाचिया बैठे थे, जो हमारे सहकर्मी और मित्र भी थे। मेरी बात सुनकर वे बोले, ‘मल्लिका, मुझे भी पक्का लाइसेंस लेना है। मैंने स्कूटर चलाना सीख लिया है लेकिन मेरे पास स्कूटर नहीं है।’

- तुमने क्या कहा?

- पार्थो के पास स्कूटर था। मैंने रमेश भाई से कहा, 'हम एक काम करते हैं। दोनों पंजवानी के साथ जाते हैं। मुझे ठीक से चलाना नहीं आता, तो मुझे आपकी सहायता की आवश्यकता है।’ उन्होंने मुझे आश्वस्त किया कि वे मेरी सहायता करेंगे।

- ग़ज़ब! जब पार्थो तुम्हारी मदद नहीं कर सके तो वो कैसे करते?

- यही तो इंटरेस्टिंग बात है। पंजवानी बोल उठा, ‘फिर देर किस बात की, चलो आज ही निकलते हैं।’ हम तीनों ने अपने-अपने बॉस की अनुमति ली। मैंने पार्थो को फ़ोन किया कि वे अपना स्कूटर लेकर आर.टी.ओ. ऑफिस पहुँच जाए।

- एक लाइन नहीं बोल सकने वाली लड़की की हिम्मत देखकर हैरान हूँ!

- छोड़ो कल की बातें, कल की बात पुरानी।

- छोड़ दी। आज की सुनाओ।

- दिल्ली दरवाज़ा तक पहुँचे थे कि पंजवानी ने पूछा, ‘आप लोगों के पास पासपोर्ट साइज़ के फ़ोटो हैं? मैंने कहा, ‘नहीं।’

- मतलब, कहता भी दीवाना, सुनता भी दीवाना।

- मैं तो सिर्फ़ तुम्हारी दीवानी थी।

- अगर मुझे पता होता तो तुम्हें सारे व्हीकल सिखा देता। फिर तुम कहोगी- छोड़ो कल की बातें। फिर क्या हुआ?

- उन्होंने ऑटो को किनारे पर रुकवा दिया और कहा, 'यहाँ एक झटपट स्टूडियो है, जो तुरंत फ़ोटो निकाल कर देता है। हम लोग उस स्टूडियो में गए, पासपोर्ट साइज़ फ़ोटो खिंचवाई, कोपी ली और आर.टी.ओ. ऑफिस पहुँचे।

- फिर?

- हमारे पास 'लैम्बी' स्कूटर था, जिसकी मशीन बीच में होती है, इसीलिए गिरने का डर ज्यादा नहीं था। वहाँ पहुँचकर हमने डिसाइड किया कि पहले रमेश लिंबाचिया स्कूटर पर बैठकर अंग्रेजी का आठ बनाएंगे और स्कूटर को बंद नहीं करेंगे। मैं उस पर बैठ जाऊंगी और मैं भी 'आठ' बना लूंगी।

- याद आ गया, मैदान में उनके द्वारा बनाये हुए अंग्रेजी के आठ के निशान पर टू व्हीलर चलाने में कैपेबल होने के बाद ही पक्का लाइसेंस मिलता था। मुझे तो वो सीन भी दिख रहा है।

- आगे का सीन और भी मज़ेदार है। पंजवानी ने कहा, 'कोई बात नहीं। काउंटर पर जो बैठे हैं, मेरी पहचान वाले हैं, तो समस्या नहीं होगी; लेकिन किसी भी तरह अंग्रेजी का 'आठ' तो बनाना ही होगा।

- वैसे प्लान गज़ब का बनाया।

- तय किए गए प्लान अनुसार हम काउंटर के सामने पहुँच गए, जहाँ लाइन लगी हुई थी। पंजवानी काउंटर पर बैठे सज्जन से कुछ कहकर आ गए। थोड़ी देर बाद उन्होंने रमेश भाई का नाम पुकारा। रमेश भाई ने स्कूटर स्टार्ट किया और उस पर बैठ गए और उन्होंने झट से 'आठ' बना लिया। स्कूटर चालू कंडीशन में ही था। वे बोले, 'मल्लिका, जल्दी से पोजिशन ले लो, बैठ जाओ।'

- काउंटर पर बैठे सज्जन ने कुछ नहीं कहा?

- नहीं। उन सज्जन ने अब मेरा नाम पुकारा। तब तक मैं स्कूटर पर बैठ गई थी। उन्होंने मेरी तरफ़ देखा और बोले, 'अब स्टार्ट करो।'

- स्कूटर तो स्टार्ट किया हुआ ही था न?

- हाँ, मैंने पता नहीं कैसे, स्कूटर को आगे बढ़ाया और 'आठ' बना लिया, लेकिन मुझे तो स्कूटर बंद करना भी नहीं आता था। जैसे ही 'आठ' का सर्कल पूरा हुआ, स्कूटर बंद हो गया, जैसे चमत्कार हुआ! रमेश भाई ने स्कूटर थाम लिया और मैं उतर गई।

- ऐसे चमत्कारिक तरीके से तुम्हें पक्का लाइसेंस मिला?

- होवे....मिल गया, लेकिन उसके बाद मैंने कभी रोड पर ट्रैफिक में स्कूटर नहीं चलाया।

- घर से तो समझो कि पार्थो स्टार्ट कर देता, रास्ते में कहीं भी रुकता तो तुम स्टार्ट कैसे करती?
- इसलिए तो नहीं चलाया।
- मैं भी पागल हूँ कि तुम्हें कार ड्राइविंग सीखने के लिए कह रहा था।
- पर मैं थोड़े ही पागल हूँ? अगर तुम्हें याद हो तो मैंने तो तुम्हें साफ़-साफ़ 'ना' ही लिखा था।
- हाँ याद है, अब सो जाना ही ठीक है। तुम्हारी बातों का कोई हिसाब नहीं मिलता।
- मुझे तो अपनी ज़िंदगी का हिसाब भी नहीं मिलता।
- ज़िंदगी भर हिसाब-किताब का काम किया, फिर भी?
- फिर भी। अब मैं तुमसे ज़िंदगी का गणित सीख रही हूँ।
- हा...हा... मैं तुम्हें वह सिखा रहा हूँ, जो मैं नहीं सीख सका!
- ऐसा ही होता है डियर, हम अपने जीवन से सबक लेकर ही दूसरों को सिखा सकते हैं। एक बात बताना भूल गई। आज षष्ठी है, आज से दुर्गा पूजा शुरू हो रही है। कल बात नहीं हो पाएगी। परसों रात को कोशिश करूँगी कि थोड़ी देर बात कर पाऊं।
- सारुं त्यारे, आवजो।

17 अक्टूबर 2018 बुधवार रात 10.35

- गुड मॉर्निंग भाई साहब, चाय पी ली?
- मैं आज देर से उठा था, बहन जी। चाय, नाश्ता, दवाई सब ले लिया। वॉक से भी आ गया हूँ। तुम बताओ। दुर्गाष्टमी का दिन कैसा बीता?
- दोपहर दुर्गा पूजा पंडाल में 'पुष्पांजलि' का कार्यक्रम अटैंड किया।
- 'पुष्पांजलि शब्द तो सुना है, हाथ जोड़कर पुष्प अर्पित करने की क्रिया है न?
- जी हाँ, 'पुष्पांजलि' दुर्गा पूजा के दौरान की जाने वाली एक रस्म है। हालांकि, दुर्गाष्टमी का दिन देवी दुर्गा को अंजलि अर्पित करने के लिए सबसे शुभ और महत्वपूर्ण माना जाता है। अधिकांश बंगाली यह सुनिश्चित करते हैं कि वे दुर्गाष्टमी के दिन अंजलि अर्पित करें।
- पुष्प अर्पित करने के साथ मंत्र भी बोलते है न?
- वाह! तुम्हें तो सब कुछ पता है। ताज़े फूल और बेलपत्र को अंजलि में धारण किया जाता है। ब्राह्मण पुजारी पुष्पांजलि मंत्र का पाठ करता है और जो लोग अंजलि अर्पित करने के लिए इकट्ठा होते हैं, वे पुजारी के साथ मंत्र दोहराते हैं। मंत्र का पाठ करने के बाद माँ दुर्गा के चरणों में फूल और बेलपत्र चढ़ाए जाते हैं।
- कौनसे मंत्र बोले जाते हैं?
- तीन अलग-अलग पुष्पांजलि मंत्र है, जिन्हें तीन बार लगातार दोहराया जाता है।
- ज्यादा नहीं पूछूँगा, एकाध मंत्र बता दो।
- तुम्हें क्या लगता है मुझे नहीं आते? पहला मंत्र है-

  ॐ जयंती, मंगला, काली, भद्रकाली, कपालिनी।
  दुर्गा, क्षमा, शिवा, धात्री, स्वाहा, स्वधा नमोस्तु ते।
  एष सचन्दन गंध पुष्प बिल्व पत्रांजलि ॐ ह्रीं दुर्गायै नमः।
- वाह! आगे नहीं पूछूँगा, लेकिन इस मंत्र का अर्थ?
- जयंती, मंगला, काली, भद्रकाली, कपालिनी, दुर्गा, क्षमा, शिवा, धात्री, स्वाहा और स्वधा- इन नामों से प्रसिद्ध माँ दुर्गा, पुष्प और बिल्वपत्र की अंजलि देकर हम

आपको नमन करते हैं।

- सरस। वैसे हिंदू धर्म के कर्मकांडों में ये दो शब्द हमेशा आते हैं 'मंत्र' और 'श्लोक', इन दोनों में क्या अंतर है? गुस्सा मत करना, बस थोड़ी सी क्युरिओसिटी है, इसलिए पूछ रहा हूँ।
- गुरुजी, मुझे पता है कि आप हिंदू धर्म के बारे में बहुत कुछ जानते हैं। मैं जितना जानती हूँ, जवाब दूंगी। तुम्हारी तरह मैदान छोड़कर नहीं भागूंगी।
- कर लो बात, मैं कब मैदान छोड़कर भागा?
- क्यों, भूल गए? सेंट ज़ेवियर्स लोयला स्कूल से अपने दोस्त के साथ भागे थे?
- ओह! वो तो अंग्रेजी की एग्जाम के दिन। अंग्रेजी के आल्फ़ाबेट ही समझ में नहीं आते थे तो क्या करते?
- फिर पूरा क्वेश्चन पेपर ही लिखकर आये थे, आन्सर शीट में।
- तुम भी गज़ब हो यार, कहाँ से कहाँ चली जाती हो?
- तुम्हें चिढ़ाने में मज़ा आता है, बुरा मत मानना। अब जवाब पर आती हूँ। मैंने पढ़ा है कि 'मंत्र' और 'श्लोक' की भाषा और व्याकरण तो लगभग समान होते हैं, लेकिन फ़र्क इनके लिखे जाने को लेकर होता है।
- मतलब?
- वेदों में आई ऋचाएँ मंत्र कहलाती है क्योंकि माना जाता है कि वे स्वयं प्रकट हुई थी। इन्हें किसी ने लिखा नहीं था। वैदिक काल में ये मंत्र गाकर पढ़े जाते थे।
- तो श्लोक किसे कहेंगे?
- श्लोक का अर्थ वह है, जो किसी के द्वारा लिखा गया। जैसे रामायण या महाभारत ग्रंथ के श्लोक ऋषि मुनियों ने लिखे हैं।
- 'मंत्र' और 'श्लोक', दोनों संस्कृत में ही होते है न?
- बिलकुल।
- मैंने सुना है, मंत्रों की शक्ति से कुछ आश्चर्यजनक कार्य किए जाते थे?
- सही सुना है। जब चाहे बारिश लाना, जंगली प्राणियों को वश में करना, युद्ध में शत्रुओं को मात देना, रोगों को मिटाना आदि कार्य मंत्र शक्ति से किए जाते थे।

- अब ये मंत्र शक्ति काम क्यों नहीं करती?
- अश्विन, पहले साधक मंत्र का प्रयोग करने से पूर्व स्वयं को साधते थे।
- मतलब?
- वे सत्य, अहिंसा, ब्रह्मचर्य, त्याग, पवित्रता जैसे अनिवार्य नियमों का पालन करते थे, तो उन्हें मंत्र शक्ति का लाभ मिलता था। साधना के इन नियमों का आजकल पालन कहाँ होता है?
- मेरी गुरु माँ, समझ गया। रात में कल्चरल प्रोग्राम अटैंड नहीं करना है?
- नहीं। आज तो जल्दी सो जाना है क्योंकि पुष्पांजलि अर्पित करने के बाद, वहाँ भोग प्रसाद लेने के लिए रुके थे। बहुत भीड़ थी, लाइन में देर तक खड़ा रहना पड़ा। फिर शाम को आरती देखने गए।
- डिनर कहाँ लिया?
- हमने आज डिनर भी पूजा पंडाल में ही लिया, इसलिए तो घर लौटते देर हो गई।
- पूजा पंडाल में डिनर?
- हाँ, पंडाल के पास तरह-तरह के फूड स्टॉल भी लगाए जाते हैं। वहाँ लगे ग्वालिया स्टॉल से हमने छोले पुरी और मिष्टी दहीं खाया।
- अरे वाह! फिर तो पूजा के समय अहमदाबाद आना पड़ेगा। कल्चरल प्रोग्राम के साथ खाने-पीने का इंतज़ाम भी हो, ऐसा उत्सव किसे न पसंद आए!
- तुम्हारा स्वागत है मित्र, जब चाहे आ जाना। अपने परिवार के साथ आना, तो उत्सव का आनंद दुगुना हो जाएगा।
- ज़रूर, अब तुम सो जाओ। कल फिर जाना होगा दुर्गा पूजा पंडाल में।
- ठीक है, कल सुबह से ही पूजा पंडाल में चले जायेंगे। फिर रात को कल्चरल प्रोग्राम भी अटैंड करेंगे। परसों दशहरा, माँ दुर्गा की प्रतिमा के विसर्जन का दिन है। दो दिन बात न हो सकेगी, नाराज़ न होना बन्धु।
- तुमसे नाराज़ होकर कहाँ जाऊँगा? गुड नाइट।
- तुम्हारा दिन सुहाना बीते।

20 अक्टूबर 2018, शनिवार सुबह 09.30

- कल दुर्गा पूजा का त्यौहार पूर्ण हुआ। विजया दशमी की आतंरिक प्रीति और शुभेच्छा, अश्विन।
- तुम्हें भी डियर। प्रीति नाम तो मैंने तुम्हें दे दिया है, अब तुम चाहो तो मुझे 'शुभेच्छा' या 'शुभ' कह सकती हो।
- हा...हा...बांग्ला में कहना होगा 'शुभो'। दुर्गा पूजा का पर्व शरद ऋतु के अश्विन माह में ही आता है, तो तुम तो वैसे ही जुड़े हो इस पर्व से।
- ग़ज़ब! हर जगह मुझे देख लेती हो।
- वैसे तुम्हारे इस अंदाज़-ए-मोहब्बत पर कोई भी लड़की ख़ुद को कुरबान कर देगी।
- अभी तक मुझे ऐसी कोई जानकारी नहीं मिली है कि मेरी मोहब्बत में किसी का मोन्यूमेंट बना हो।
- अभी तो मैं ज़िंदा हूँ, ज़िंदा लोगों के मोन्यूमेंट नहीं बनते, पगले।
- मुझे याद आ गया, माँ दुर्गा के महिषासुर मर्दिनी स्वरूप को पूजा जाता है। अब विषय बदल लेते हैं।
- बच गए।
- अब मैं तुम्हारे मूड को पकड़ लेता हूँ।
- एक बात बताऊँ?
- हर बात क्या पूछकर बताती हो?
- ना रे। पास होते तो पहले तुम्हारे कान मरोड़ती, फिर बताती।
- चलो मैंने ख़ुद ही अपने कान मरोड़ दिए। दंड बैठक भी कर लेता हूँ, अब बताओ।
- मुझे पता है कि तुम्हारे वहाँ शुक्रवार की रात है, तुम्हें कल काम पर जाना है और तुम अपने बिछौने पर पैर पसारे बैठे हो। डिनर ले लिया है, कुछ ही देर में सोने की तैयारी करोगे।
- बाप रे! हज़ारों माइल की दूरी से भी इतना कुछ देख लेती हो?

- तुमने ही तो कहा था, मेरे दिल में भी आँखे हैं।
- सही कहा था न? अब बताओ।
- ऐश, मैं बचपन से ही परफेक्शनिस्ट थी। जब मैं स्कूल में थी, नोटबुक के उस पेज को फाड़ देती थी जिस पर लिखने में एक भी गलती होती।
- फिर तो मैं बाल बाल बच गया मल्लिका, क्योंकि मेरा तो कोई काम परफेक्ट नहीं होता है। सोचो, कितना मुशक्कत करनी पड़ती? मैं तो नोटबुक का पेज भी नहीं हूँ जिसे तुम फाड़ कर फेंक देती!
- अश्विन, मुझे नहीं लगता वैवाहिक जीवन के हर पेज पर सब कुछ सही लिखा जाता हो। पार्थो का भी कोई काम परफेक्ट नहीं होता, फिर भी मैंने उनका साथ नहीं छोड़ा। उनकी जगह तुम मिले होते तो तुम्हें भी साथ लेकर चलती।
- कुहू कुहू बोले कोयलिया....फिर मेरी गलतियाँ सर पे चढ़ के बोलती... क्या से क्या हो गया तेरे प्यार में....चाहा क्या, क्या मिला!
- हे भगवान!
- शुकर करो, तुम्हें पागल होने से बचा लिया! अब सोचता हूँ, क्या होता मेरा?
- तुम्हारा कुछ न होता, मैं डूबकर मर जाती तुम्हारे झगड़ालू प्रेम के महासागर में।
- कल्पना के घोड़े दौड़ाने में तुम भी पीछे नहीं हो छोरी!
- मैंने जो कुछ भी सीखा, तुमसे सीखा।
- सब कुछ सीखा हमने न सीखी होशियारी।
- सही कहा।
- मैं तुम्हारी बात कर रहा हूँ।
- और मैं तुम्हारी, हा...हा... समझ गई कि तुम्हें नींद आने लगी है। नींद में अक्सर लोग बिना सिर-पैर की बातें करते हैं।
- तुम्हारी तो सुबह है, फिर भी?
- लेकिन मैं तो सीधी बात कर रही हूँ।
- माफ़ करो माँ, सीधी बात बताओ।

- मैं कल देर रात तक पूजा पांडाल में ही थी, पापा। विसर्जन के रूप में माँ दुर्गा की बिदाई के बाद जब लोग पूजा पांडाल में लौटते हैं, सभी के ऊपर शान्तिजल छिड़का जाता है। फिर डिनर के बाद एक फ़िल्म दिखाने का आयोजन भी होता है।
- वाह! कौनसी फ़िल्म थी?
- बांग्ला फ़िल्म थी, मेरी प्रिय जोड़ी उत्तम कुमार और सुचित्रा सेन की।
- कहानी क्या थी?
- बच्चे, अब सोने की तैयारी करो। मुझे किचन में जाना है।
- एक बात और कहनी है, कल बात नहीं होगी। अंकल के घर एक गेट टुगेदर है। उनके बेटे भी परिवार के साथ आने वाले हैं, बहुत बिज़ी रहूँगा। तुम्हारे लेखन का प्राइम टाइम सलामत रहेगा।
- मेरे प्राइम टाइम में तुमसे बात करना भी शामिल हो गया है, समझे?
- इस बार माफ़ करना डियर।
- जाओ माफ़ किया। वैसे भी हम मित्रों, रिश्तेदारों को विजयादशमी की शुभकामना देने जायेंगे। गुरुजनों को प्रणाम करेंगे और छोटों को आशीर्वाद देंगे।
- मुझे भी आशीर्वाद दे दो।
- गुड नाइट बेटे।

22 अक्टूबर 2018, सोमवार सुबह 10.40

- गुड मॉर्निंग।
- अपने काम से फ्री हो गए?
- हाँ, फ्री हो गया तभी तो गुड मॉर्निंग लिखा। अंकल सो गए हैं और मैं सोने की तैयारी कर रहा हूँ।
- फिर तो लोरी गानी पड़ेगी, जो मुझे नहीं आती।
- तुम्हारी बातें भी लोरी से कम है क्या?
- फिर तो कोई फ़ायदा नहीं। मैं लिखती रहूँ और तुम खर्राटे लेना शुरू करो। वैसे आज एक अच्छी ख़बर सुनानेवाली थी।
- बुरा मत मानना डियर। तुम्हारी हर बात की पेशकश इतनी निराली होती है, मैंने उस अर्थ में कहा था। वैसे कौनसी अच्छी ख़बर सुनानेवाली थी?
- आज शाम सात बजे अहमदाबाद के भवन्स कॉलेज के ऑडिटोरियम में एक सांस्कृतिक कार्यक्रम देखने जाना है।
- यानी गीता हॉल?
- जी हुजूर, जहाँ तुम लोग नाटक के रिहर्सल किया करते थे, तुम्हारी पसंदीदा जगह।
- मैं वहाँ होता तो इस कार्यक्रम को देखने ज़रूर जाता।
- मैं जाऊंगी न, फिर एक बार तुम्हारी यादों को साथ लेकर।
- बाय द वे, देखना भवन्स कॉलेज में भटकती मेरी आत्मा तुमसे मिलने न आ जाए!
- तुम्हारी आत्मा तो तब से ही मेरे साथ है दोस्त, जिस दिन पहली बार तुमको भवन्स कॉलेज के प्रांगण में देखा था। बाय द वे, ये भी बता दूँ कि ज़िंदा इन्सान के शरीर से आत्मा बाहर नहीं जाती।
- लेकिन आत्मा तुम्हारे पास है, तो मैं ज़िंदा कहाँ रहा?
- ईश्वर क्षमा करें। बातों में तुम मुझे ऐसे उलझा देते हो कि समझ में नहीं आता क्या लिखूं?

- प्रेम पत्र लिखो। यही दरअसल प्यार के इज़हार का सबसे बेहतरीन तरीका है।

- प्रेम पत्र और तुम्हें? कभी न लिखूं।

- वैसे तुम मुझे दो पत्र लिख चुकी हो।

- दरअसल हम बात कर रहे थे आत्मा की।

- कुछ लोग कहते हैं कि दुनिया में आत्मा जैसा कुछ नहीं है, लेकिन दूसरी तरफ़ ऐसे लोग हैं जो आत्मा के अस्तित्व में यक़ीन करते हैं। अब ठीक है?

- बिलकुल ठीक। अब मैं कुछ बोलूं?

- बोलो माते।

- संपूर्ण ब्रह्मांड परब्रह्म ऊर्जा से संचालित होता है, जिसमें यह पूरी सृष्टि समाहित है। हम उस अनंत उर्जा को परमात्मा कहते हैं, जिसका न आदि है और न अंत।

- फिर?

- पढ़ा है, परमात्मा का एक अंश प्रकाश पुंज के रूप में निकल कर एक शरीर को धारण करता है, तो वह आत्मा कहलाता है।

- यानी परमात्मा का अंश आत्मा बनकर देह में वास करता है।

- बिलकुल, जब यह आत्मा परमात्मा रूपी उर्जा से बाहर आकर कई शरीरों के माध्यम से वापिस परमात्मा से जाकर मिलती है, तब आत्मा को मोक्ष की प्राप्ति होती है और उसकी आध्यात्मिक यात्रा समाप्त हो जाती है।

- वाह! तुम्हारे आध्यात्मिक ज्ञान का जवाब नहीं!

- सराहना के लिए धन्यवाद। तुम्हें पता है? आत्मा के बारे में सुनकर ज्यादातर लोग घबरा जाते हैं। उन्हें लगता है, आत्माएँ डरावनी होती हैं और लोगों को परेशान करती हैं।

- सही कहा मल्लिका, कभी-कभी हमें अपने आस-पास कुछ ऐसी चीजें महसूस होती हैं। ऐसा लगता है कि हमारे आसपास कोई है जो हमें देख रहा है।

- उस वक़्त हम उन शक्तियों को देख नहीं पाते हैं, इसलिए घबरा जाते हैं।

- एक ऐसी ही घटना याद आ रही है।

- मैं भी जानना चाहूँगी।

- तब शायद मैं छठी या सातवीं कक्षा में पढ़ता था। तुम्हें तो पता है, उस ज़माने में ख़ासकर गुजरात में, गर्मी के दिनों में लोग बाहर खटिया बिछाकर सो जाते थे। हमारे परिवार के सात लोगों के लिए लोहे से बने सात फोल्डिंग खाट थे, जिन्हें बिछाकर बिस्तर लगाने का काम मुझे ही सौंपा गया था।

- तुम्हें क्यों सौंपा गया था?

- वे खाटें इतनी भारी थीं कि घर में बस मैं ही उन्हें उठा सकता था।

- मतलब बचपन से ही पहलवान थे। आगे बताओ।

- रात को क़रीब ग्यारह-साढ़े ग्यारह तक सब अपने-अपने बिस्तर में सोते हुए एक दूसरे से बात करते रहते, फिर अचानक मेरे पापा कहते, 'अश्विन, अब तू अंदर कमरे में जा और पढ़ना शुरू कर।

- और तुम एक अच्छे बच्चे की तरह उठकर अन्दर चले जाते।

- सच्ची, मुझे जाना पड़ता। कमरे में एक सोफ़ा टाइप का झूला था, जिसे टांगने की जगह नहीं थी; उसे सोफे की तरह फ़र्श पर रखा हुआ था। मैं हाथ में किताब लेकर वहीं बैठ जाता।

- क्या तुम सच में पढ़ते?

- मैं क़रीब तीन बजे तक पढ़ता।

- तुम्हारा भी जवाब नहीं, दोस्त! कोई चाहे मान ले, मैं तो नहीं मानती यह बात।

- मैं हाथ में किताब लेता और मेरी आँखें बंद होने लगती।

- मतलब तीन बजे तक तुम हाथ में किताब लिए सोते रहते।

- बाप रे! तुम तो हर घटना की शिनास्त ऐसे करती हो, जैसे पुलिस अफसर!

- ऑडिट करते हुए आदत हो गई है कि हर घटना को बारीकी से जाँचा जाए।

- जी मैम। एक दिन ऐसा हुआ कि हाथ में किताब लिए बैठा था, मेरी नज़र सामने की दीवार पर गई जहाँ तीन तस्वीरें थी। एक में जीसस का सिर्फ़ चेहरा था, दूसरी तस्वीर मदर मेरी की थी और तीसरी जीसस की कृसीफाई वाली तस्वीर थी। मेरा ध्यान बार-

बार उन तस्वीरों पर जाने लगा, अचानक उन तस्वीरों में से एक फ्लड लाइट जैसा कुछ बाहर आया और बिल्कुल मेरे पास आकर रुक गया।

- फिर?

- मैं घबरा गया और बाहर आकर बिस्तर में मुँह छिपाकर सो गया। अगली सुबह मैं फिर वहाँ जाकर बैठ गया। मैंने महसूस किया कि उस फ्लड लाइट का औरा अभी भी वहाँ मौजूद है। मैंने उस सोफ़े को दो तीन बार छूकर नमन किया।

- किसी ने ऐसा करते हुए तुम्हें देखा नहीं?

- नहीं। इसका इफेक्ट कई हफ़्तों तक रहा। एक बार मेरी दीदी ने सोफ़े को नमन करते देख लिया और डाँट भी दिया कि पागलों की तरह ये क्या कर रहा है? मैं चुप रहा, यह सोचकर कि कोई मेरा मज़ाक न उड़ाए।

- अश्विन, विज्ञान के अनुसार मानव शरीर पंच तत्वों से बना है – धरती, वायु, जल, अग्नि, आकाश। मैंने पढ़ा है, जब तक हम जीवित होते हैं, हमारे अंदर धरती तत्व सबसे अधिक मौजूद होता है; इसलिए हम धरती से जुडी चीजों को आसानी से देख सकते हैं। लेकिन मरने के बाद आत्मा में केवल वायु तत्व बचता है, इसलिए हम उसे देख नहीं पाते।

- क्या बात! कभी-कभी कोई सुपरनैचरल ताकतें हमें मदद करती है। मैं तो उन्हें एंजल ही कहूंगा।

- सही कहा ऐश, कभी-कभी चमत्कारिक रूप से हमें मदद मिल जाती है।

- एक और अनुभव है मेरा, जिस दिन मेरी कोलोन कैंसर की सर्जरी हुई थी।

- क्या हुआ था?

- सर्जरी के दूसरे ही दिन मेरा शुगर लेवल बढ़कर 350 से अधिक हो गया। इंसुलिन के इंजेक्शन भी कोई रिज़ल्ट नहीं दे रहे थे। अर्ली मॉर्निंग मुझे अचानक महसूस हुआ कि सफेद कपड़ों में एक आकृति मेरी दाहिनी ओर, ठीक मेरे पास खड़ी है। मैं तुरंत 'जीसस', 'जीसस' कहने लगा।

- फिर?

- कुछ देर बाद नर्स आई जो नाइट शिफ़्ट में ड्यूटी पर थी, रात को उसने कई बार मेरी

शुगर चेक की थी। सुबह आकर उसने कहा, 'जाते-जाते एक बार फिर मैं आपकी शुगर चेक करना चाहती हूँ।' उसने चेक किया, आश्चर्यजनक तरीके से शुगर लेवल 110, यानी बिल्कुल नॉर्मल था!

- वह बोल उठी, 'ओह माय गॉड, इट्स मिरेकल!' मुझे भी आश्चर्य हुआ, पर मैंने उसे कुछ नहीं बताया।
- किसी अदृश्य शक्ति ने तुम्हें मदद की।
- ईश्वर की आज्ञा पालन करने वाली विशिष्ट आत्मा, ऐसे एंजल के बारे में बाइबल में बहुत कुछ लिखा गया है।
- ऐश, हर धर्म में ऐसी अलौकिक शक्ति का ज़िक्र है। हम उसे देवदूत कहते हैं, जो मनुष्यों की रक्षा करते हैं और उन्हें मार्गदर्शन भी देते हैं। उन्हें परमेश्वर का संदेशवाहक समझा जाता है।
- क्या तुम्हें पता है? आत्मा को महसूसने के लिए लोग कई तरीकों से आत्माओं से संपर्क करने की कोशिश करते हैं?
- मैंने सुना है, प्राचीन काल से ही आत्माओं को बुलाकर उनके माध्यम से जीवन की समस्याओं का समाधान खोजने का प्रयास किया जाता रहा है।
- मल्लिका, तुमने मुझे एक और बात याद दिला दी! 'प्लेनचिट' आत्मा को बुलाने का एक तरीका है। हमने भी ऐसे प्रयोग किये थे।
- क्या बात करते हो? कब?
- टीनेज की यह घटना है। हमारे दोस्तों का एक ग्रुप था, उनमें से कोई ये बात लेकर आया कि प्लेनचिट करके हम किसी आत्मा को बुला सकते हैं तो हम सब ने मिलकर तय किया कि हम आत्मा को बुलाएंगे।
- आत्मा को बुलाने के लिए तुम लोग क्या करते?
- वैसे तो आत्मा को बुलाने के कई उपाय होंगे, लेकिन एक दोस्त के ज्ञान से हम एक थाली को उल्टा रखते और उस पर स्टोव रखते।
- कौनसा स्टोव?
- केरोसिन से जलने वाला पीतल का स्टोव।

- जिसमें हवा भरनी पड़ती?
- वही, हम एक बिना केरोसिन भरा स्टोव लेते, तीन दोस्त मिलकर उस पर हाथ रखकर फिर मन ही मन एक आत्मा को बुलाते।
- किस आत्मा को बुलाते?
- वह दोस्त यह जानकर लाया था कि 'नारसिंगा' नामक एक आत्मा है, तो हम उन्हें बुलाते।
- क्या सचमुच वे आते?
- हाँ मल्लिका, स्टोव अपने एक पैर को ऊँचा करते हुए सरकने लगता तो उनके आने का एहसास होता।
- क्या बात करते हो! फिर?
- सिखाए गए अनुसार हम सवाल पूछते। जैसे एक लड़का बोलता, 'बताओ आज कौन सी तारीख़ है?'
- स्टोव तारीख़ कैसे बताता?
- जैसे अगर चौथी तारीख़ है तो स्टोव का एक पैर ऊंचा होगा और अपने आप चार बार जमीन से टकराएगा। फिर हम छत पर प्लेन सरफेस ढूंढ़कर उस पर स्टोव को चलाते।
- ओह गॉड!
- एक दिन किसी ने हमें देख लिया और बहुत डाँटा कि क्या तुम लोग जानते हो कि यह विद्या कितनी ख़तरनाक है? अगर ऐसी कोई आत्मा आ गई तो लेने के देने पड जाएंगे। उस दिन से हमने यह खेल बंद कर दिया।
- मुझे सुनकर भी डर लग रहा है। क्या तुमने कभी भूत को देखा है?
- मैंने कभी भूत नहीं देखे।
- अश्विन, मैंने सुना है कुछ भूतों में छूने की शक्ति होती है, कुछ में नहीं। वे किसी भी देहधारी व्यक्ति को अपने अस्तित्व का अहसास करा सकते हैं।
- कुछ दिन पहले मेरे भांजे हेतल ने मुझे एक कहानी सुनाई।

- कौनसी?

- जब वो अहमदाबाद में रहता था, उनकी हाउसिंग सोसाइटी में रहने वाले एक फ़ैमिली की टीनेजर बेटी को किसी से प्यार हो गया था। पता चलने पर घरवालों ने खूब हंगामा किया तो उसने अपने शरीर पर केरोसिन डालकर आग लगा दी और फिर घर के बाहर दौड़ी चली आई।

- ओह! फिर?

- उसे हॉस्पिटल ले गए, बहुत ज्यादा जल गई थी। उसकी मौत हो गई।

- ------------------

- उसी रात क़रीब बारह बजे हेतल चलते-चलते सोसायटी के बाहर, थोड़ी दूरी पर एक नया मकान बन रहा था, वहीं दालान में बैठकर दोस्तों का इंतज़ार करते हुए सिगरेट पीने लगा। अचानक कुछ दूर खड़ा एक पेड़ हिलने लगा।

- फिर?

- हवा बिलकुल नहीं चल रही थी, फिर भी पेड़ जोर-जोर से हिल रहा था। मानो कोई उसे अपनी ज़बरदस्त ताकत से हिला रहा हो। कुछ देर बाद बिलकुल नज़दीक में एक दूसरा पेड़ भी उसी ज़बरदस्त ताकत से हिलने लगा। उसी पल उसे लगा कि कोई पास ही घास पर चल रहा है।

- उसे तुरंत वहाँ से उठ जाना चाहिए था न?

- उसने वैसा ही किया। वह जल्दी चलकर घर पहुँच गया। इतना बीमार हो गया कि मेरे पापा ने उसे हॉस्पिटल में एडमिट कराया, तब जाकर कुछ दिनों में वह ठीक हुआ था।

- ऐश, मैंने सुना है, मृतक का अपने जीवनकाल में जिन जगहों से सम्बन्ध रहा हो, उसका सूक्ष्म शरीर कुछ समय के लिए वहीं घूमता रहता है। उस लड़की का सूक्ष्म शरीर वहाँ घूम रहा होगा।

- हो सकता है।

- अब मुझे डर लग रहा है। देर हो गई है, अब तुम सो जाओ। डरना नहीं।

- ओके, बाय।

23 अक्टूबर 2018, मंगलवार शाम 05.15

- हैलो, डियर। तुम्हारी मंगलवार की सुबह होने को है, गहरी नींद में हो और परियों के देश में घूम रहे हो, क्योंकि परियाँ ही राजकुमार का सपना देखती है और तुम किसी राजकुमार से कम नहीं। हम जैसी साधारण लडकियाँ भी राजकुमार का सपना देखती हैं, लेकिन अक्सर वह सपना ही बना रहता है; कभी सच नहीं होता। सुबह उठकर यह पढ़ोगे फिर सोचोगे, यह सब क्यों लिख रही हूँ? आज मेरा जन्मदिन है और कल ही तुमने कहा था कि तुम्हें एक प्रेम पत्र लिखूँ तो मूड कुछ ऐसा बना है कि तुम्हें एक प्रेम पत्र लिखूँ। पढ़कर बताना कैसा लगा?

  मेरे प्रिय बन्धु,

  सुनते ही आई थी कि प्रेम एक अद्भुत एहसास है। मैं भी इस अहसास से गुज़रना चाहती थी। मेरे क़िस्मत की किताब तो खूब लिखी नियति ने, लेकिन जिस पृष्ठ पर 'प्रेम' लिखा था उस पृष्ठ को जोड़ना ही भूल गई! मैं प्रेम ही लिखना चाहती थी। कितना कुछ था मेरे पास प्रेम लिखने के लिए, नहीं थे तो बस तुम!

  कैसे भूल सकती हूँ मैं, मेरी उम्र का सोलहवाँ साल! वर्ष 1972, अहमदाबाद की भवन्स कॉलेज में मेरा पहला वर्ष। तुम्हें कॉलेज के बाहरी गेट से, भवन के गेट तक आते हुए देखने के लिए मैं कॉलेज की तीसरी मंज़िल के कोरिडोर में खड़ी रहती। तुम्हारे प्रति मेरी बढ़ती दीवानगी के एहसास को शब्दों में बयां करना संभव नहीं है। साबरमती नदी के तट पर खड़ी यह कॉलेज मुझे किसी प्रेम की इमारत से कम न लगती! जिस दिन मैंने तुम्हें पहली बार देखा था, शायद मैंने ख़ुद से वादा किया था कि मैं जीवन भर तुम्हारी यादों को संजो कर रखूंगी।

  मेरे सहाध्यायी थे तुम और एक अभिनेता भी थे। यूथ फेस्टिवल के कार्यक्रमों में तुम्हें स्टेज पर परफॉर्म करते देखना मेरे लिए एक रोमांचकारी अनुभव था। तुम नाटकों में, टीवी सीरियलों में, टेलीफ़िल्म्स में अभिनय करते, इसलिए नियमित रूप से कॉलेज नहीं आ पाते। जिस दिन तुम नहीं आते, मेरी निगाहें तरसती रह जातीं! मैं तुम्हें कहना चाहती थी, 'तुम मुझे बहुत अच्छे लगते हो।' कभी-कभी तुमसे कुछ औपचारिक बातें हो पाई, लेकिन कभी अपने मन की बात कहने का साहस कभी नहीं जुटा पाई। कॉलेज की अवधि समाप्त हो गई और तुम्हें नज़र भर देखने का कोई उपाय नहीं बचा।

मेरे एकतरफ़ा प्रेम ने मेरे अस्तित्व पर हमला किया, लेकिन मेरे दर्द ने कभी शोर नहीं मचाया। तुम्हें देख पाने का एक मात्र ज़रिया कॉलेज की "आकार" पत्रिका थी, जिसमें एक अभिनेता के रूप में तुम्हारी तस्वीरें थी। मैंने उस पत्रिका को अपने पास सुरक्षित रखा। धीरे-धीरे तुम्हारे प्रति मेरा आकर्षण समाप्त हो गया और वहीं से मेरा तुमसे प्रेम शुरू हुआ। इतना ही नहीं लगातार हावी होता चला गया। कितना गुणा-भाग, जोड़-घटाव कर लिया, पर तुम्हारा नाम मेरे दिल से नहीं मिटा सकी।

जो राह मिली उस पर मैं चलती रही, मंज़िल का पता नहीं था। देखो, क्या चमत्कार हुआ! नियति ने फिर से मेरे जीवन की किताब खोली और उस गुमशुदा पृष्ठ को जोड़ दिया। वह पृष्ठ जो बरसों तक हवाओं में, फ़िजाओं में तिनके की तरह, फिर भी सुरक्षित उड़ता रहा। मेरे सपने भी कहाँ मिटे थे, जो 'प्रेम' से जुड़े थे? कॉलेज की अवधि समाप्ति के लगभग इकतालीस वर्ष के बाद सोशल मीडिया, फेसबुक पर तुम्हारा नाम देखकर मेरे दिल में ख़ामोशी का आवरण ओढ़े दफ़न प्रेम का बाँध ऐसे टूटा कि मेरा समूचा अस्तित्व केवल एक स्त्री के रूप में उभरकर आया। एक नया रूप जो न माँ थी न बेटी थी, न बहन थी न पत्नी। केवल एक स्त्री, सभी सांसारिक बन्धनों से मुक्त!

तुमने मेरी फ्रेंड रिक्वेस्ट स्वीकार कर ली, उसी क्षण मेरे दिल की सूखी सतह पर सदियों से खड़ा प्रेम का वह शिलाखंड पिघलने लगा और प्रेम की वह पवित्र धारा बह निकली, जो मेरे पूरे पथरीले अस्तित्व को पिघलाकर अपने साथ ले चली! मैंने अपने व्यक्तित्व पर ओढ़े सारे आवरण उतार फेंके और अपने चेहरे पर से मुखौटा भी उतार दिया।

आज तक तुम मौन बनकर मेरे हृदय में छुपे रहे, मैं भी ख़ामोश रही। जब तुम शब्दों के रूप में मेरे सामने आए तो मुझे लगा कि आज भी अगर मैं तुमसे अपने मन की बात नहीं कह पाई तो यह पछतावा जीवन के अंत तक बना रहेगा। हमेशा चुप रहने वाली इस लड़की ने इतना साहस जुटाया कि "लोग क्या कहेंगे?" पंक्ति को अपने जीवन के शब्दकोश से मिटा दिया! मुझे निश्छल प्रेम देने वाले मेरे जीवन साथी पार्थो मेरे साथ थे, फिर मुझे 'लोग क्या कहेंगे' की फ़िकर न रही।

मैं तुम्हारी बातों की मिठास में घुलकर वाचाल होती चली। दिल को यह एहसास हुआ कि सपने तो कई थे मेरे पास, लेकिन कुछ टूट गए, कुछ छूट गए। कुछ खो गए, कुछ जल गए। कुछ ने धोखा दिया। न जाने क्यों, तुम्हें अपने मन की बात कहने का

एक असंभव सपना अब भी मेरे दिल के वीराने में कहीं साँस ले रहा था! मैंने कह दिया, तुमने मेरी पीड़ा को महसूसा और तुम अतीत में लौटकर मुझे अहमदाबाद की उसी भवन्स कॉलेज के प्रांगण में ले गए, जहाँ मैं सोलह वर्ष की मुग्धा बन खड़ी थी! तुमने मुझे इस पीड़ा से मुक्ति दिलाने हेतु सारे सांसारिक बंधनों को लाँघकर मेरे प्रेम को स्वीकार किया।

बात करते-करते हम दोस्ती के उस मुकाम पर पहुँच गए जहाँ प्रेम का सर्वोच्च रूप होता है। हमारा प्रेम अपनी-अपनी जगह असीम था। हमारे भीतर मौजूद प्रेम की तीव्र भावना ने ही हमारे बंधन और साहचर्य को मजबूत बनाया। हमने हमारे जीवनसाथी का साथ हर परिस्थिति में उतनी ही इमानदारी से निभाया। संवाद से ही हमें पता चला कि कई मुश्किलों का सामना करने के बाद भी हमने अपने दिमाग को कभी अपने दिल पर हावी नहीं होने दिया। जीवन के गहन उदासी के पलों में भी हम मुस्कुराते रहे।

प्रेम, सौन्दर्य, देवत्व और सत्य की उस अनंत मधुरता का पूर्ण स्वाद मुझे संवाद से ही प्राप्त हुआ। तुम ही हो जिसने मुझे इस सृष्टि में हर जगह बिखरे प्रेम की अतुलनीय सुंदरता से परिचित कराया। मुझे यह अनुभूति हुई कि प्रेम, आत्मा की तरह अमर है। हमारा आत्मबंधन एक रहस्य रहा है और रहेगा क्योंकि इस बंधन को शब्दों में व्यक्त नहीं किया जा सकता। यदि किया भी, तो जो प्रेम को नहीं जानते, वे इसे नहीं समझेंगे।

तुम्हारे लिए मेरा प्रेम मानो भीतर से प्रकट हुआ था। अनजाने में ही सही, शायद मैं यह खोजना चाहती थी कि क्या मानवीय रिश्तों से परे प्रेम की कोई संभावना है? मेरी इस खोज को परिपूर्ण करने ही इतने लम्बे अंतराल के बाद मेरा अवचेतन मन तुम तक पहुँचा और तुमने मेरे असंभव सपने को साकार करने में मेरा साथ दिया। तुमने मुझे एहसास कराया कि प्रेम चेतना की एक अवस्था है। तुमसे बात करते हुए मैंने प्रेम में पूर्णता पा ली अश्विन। तुम मुझे प्रेम के उस अंतिम छोर तक ले गए, जहाँ पहुँचकर सब कुछ मिट जाता है।

> कितने करीने से उम्मीद बनकर, तुम्हारी पलकों को सजाया मैंने,
> कितने सलीके से तसल्ली बनकर, मेरी आँखों को हँसाया तुमने।
> क़िस्मत की लकीरों में है, धरती के किसी छोर पर मिलेंगे हम,
> दूरियाँ भी हैं शर्मिंदा, रूहानी रिश्ते को इस कदर निभाया हमने!

मैं जानती हूँ, मुझसे बात करते-करते एक बार अपनी जन्मभूमि को देखने की तुम्हारी इच्छा तीव्रतर हो चली हैं। तुम मौत से नहीं डरते, बस एक बार अहमदाबाद आना चाहते हो, अपनी मातृभूमि की मिट्टी को एक बार छूना चाहते हो। यह तुम्हारा आख़िरी सपना है। मैं ईश्वर से प्रार्थना करती हूँ कि तुम्हारा यह सपना पूरा हो। मैं तुम्हारा इंतज़ार करूंगी।

23 अक्टूबर 2018, मंगलवार रात 08.25

- जन्मदिन मुबारक हो, डियर फ्रेंड।
- अहा! परियों सा अहसास होने लगा।
- तुमने इतना संवेदनशील ख़त लिखा कि पढ़कर मेरी आँखों से आँसू छलक पड़े। शिकायत यह है कि नीचे अपना नाम भी नहीं लिख पाई और तुम्हें परियों सा अहसास होने लगा!
- नाम में क्या रखा है अश्विन? यह ख़त मुझ जैसी किसी भी लड़की का हो सकता है। हर कोई अपने जीवन में किसी ख़ास व्यक्ति के आने का इंतज़ार करता है, जिसे बाउल की भाषा में 'मोनेर मानुष' कहते हैं। मैं सांसारिक बंधनों से परे आध्यात्मिक बंधन की बात कर रही हूँ।
- मैंने 'बाउल' संगीत के बारे में पढ़ा है। हर किसी को 'मोनेर मानुष' नहीं मिलता न?
- अगर हम शिद्दत से चाहें तो किसी न किसी जनम में ज़रूर मिल सकता है। हमारे जीवन में कब, क्या घटित होगा, यह जानना बहुत मुश्किल है, लेकिन कुछ संकेत विधाता हमें ज़रूर देता है।
- मल्लिका, हमारी मुलाकात से तो ऐसा ही लगता है। इस मुलाकात ने हमारी आत्मा पर गहरा प्रभाव डाला।
- मैंने कॉलेज की "आकार" पत्रिका को पैंतालीस साल तक संभालकर इसलिए रखा कि तुम मुझे दुबारा मिलने वाले थे और हमें साथ मिलकर यह उपन्यास लिखना था।
- सच में, इतने लंबे समय के बाद तुमने अचानक फेसबुक के ज़रिये मेरे जीवन में दस्तक दी और मेरे आश्चर्य का कोई ठिकाना न रहा!
- ऐश, तुमसे इस तरह मेरी मुलाकात महज संयोग नहीं हो सकता; हमारी मुलाकात ब्रह्मांडीय शक्ति द्वारा निर्मित है।
- मल्लिका, हमने एक-दूसरे के सामने अपने सारे पछतावे कबूल कर लिए, अब हमारी बाकी ज़िंदगी अपने-अपने परिवारों के साथ उत्सव की तरह बीत जाएगी।

- काम चाहे कुछ भी करें, मनुष्य का जीवन उत्सव की तरह होना चाहिए; अब समझ में आया।

- बिलकुल सही। अब कहो, आज का दिन कैसा रहा?

- बीते ज़माने की यादों के समंदर में गोते लगाते, ज़िंदगी का आकलन करने में दिन बीत गया ऐश। सोहम और आकांक्षा अपने काम से आ गए हैं। विवान भी तैयार है, अब थोड़ी देर में डिनर के लिए निकलेंगे।

- ओके। एन्जॉय यॉर बर्थडे, बाय।

- तुम्हारा दिन संगीतमय हो।

24 अक्टूबर 2018, बुधवार रात 9.30

- तमारी शुभ संध्या, सखी। कल का डिनर एन्जॉय किया होगा।
- तुम्हारी शुभ सवार मित्र। परिवार के साथ बाहर जाना बहुत अच्छा लगता है।
- बहुत सही कहा, फ़ैमिली हैपीनेस मन को शांति देता है। रात को लौटने में भी देर हुई होगी।
- हाँ, रोज थोड़ा बहुत पढ़ने की आदत है तो घर आकर शून्य पालनपुरी की कुछ गुजराती गज़लें पढ़ी। उनका ये शेर मुझे बहुत पसंद आया-

  किस्मतमां कोईना, कदी एवी न प्रीत हो,
  जेमां मिलनना होठे जुदाईना गीत हो।

- क्या बात! अब तुम भी गज़ल लिखना शुरू कर दो।
- अहा! तुम्हारे मुँह में घी-चने।
- क्या? 'तुम्हारे मुँह में घी-शक्कर' सुना है। मुहावरा बदल गया क्या?
- तुम्हारे कारण बदलना पड़ा। तुम्हें शक्कर खाने की मनाही है।
- ओह गॉड! शक्कर का पर्यायवाची शब्द चने है, आज पता चला। ख़ैर, शून्य पालनपुरी का ये शेर मुझे भी पसंद है-

  किस्मत में किसी के, कभी ऐसी न प्रीत हो;
  जहाँ मिलन के होठों पर जुदाई के गीत हो।

- अरे वाह, ऐश! तुमने इंस्टेंट हिन्दी अनुवाद भी कर दिया!
- लेकिन मुझे लगता है, ऐसा भी लिखा जा सकता है-

  किस्मतमां कोईना, कदी एवी पण प्रीत हो;
  जेमां जुदाईना होठे मिलनना गीत हो।

- वाह...वाह! अश्विन अमदावादी! कहेवुं पड़े हों! तुम तो गज़लकार बन ही गए।

  किस्मत में किसी के, कभी ऐसी भी प्रीत हो;
  जहाँ जुदाई के होठों पर मिलन के गीत हो।

- तुमने भी तो इंस्टेंट हिन्दी अनुवाद कर दिया, मल्लिका!
- तुम्हारी कृपा है। जुदाई के होठों पर मिलन के गीत हो।- ये तो 'प्लैटोनिक लव' की बात हुई।
- 'प्लैटोनिक लव' क्या होता है?
- मुझे पक्का पता था कि तुम्हारा अगला सवाल यही होगा।
- तुमसे सुनूंगा तो अच्छे से समझ पाऊंगा।
- मुझे याद है कि तुम्हारी स्कूल के टीचर ने क्लास के एक होनहार छात्र को तुम्हें गणित और विज्ञान पढ़ाने का काम सौंपा था।
- ठीक वैसे ही, अब एक होनहार टीचर मिल गई है।
- तुम्हारा संभाषण सुनने से अच्छा है, तुम्हें 'प्लैटोनिक लव' पढ़ा दूँ।
- बताइये मैम, आपकी जुबानी सुनना चाहूँगा। फिर कई प्लेटों में रखकर आपके सामने पेश करूंगा।
- तुम मेरा सिर घुमा रहे हो, फिर भी बताती हूँ कि 'प्लैटोनिक लव' यानी एक ऐसा संबंध जो नॉन- रोमेन्टिक है, लेकिन उतना ही घनिष्ठ है। इसका नाम ग्रीक दार्शनिक प्लेटो के नाम पर रखा गया है, हालांकि प्लेटो ने कभी भी इस शब्द का इस्तेमाल नहीं किया।
- तुम्हारे भीतर ज्ञान की गंगा ऐसे ही बहती रहे! 'प्लैटोनिक लव' मतलब एक गहरा लगाव।
- ऐश, इसे महज आकर्षण नहीं कहा जा सकता क्योंकि आकर्षण समय के साथ कम हो जाता है, 'प्लैटोनिक लव' समय के साथ बढ़ता जाता है।
- मतलब बहुत सारे जज्बातों से भरे इस प्यार में कोई स्वार्थ नहीं होता और इसी कारण सालों-साल सेफ भी रहता है, दिल के तहख़ाने में।
- हम्म... प्लेटो का मानना था कि प्रेम मूलत: मनुष्य का पूर्णता की ओर अधिगमन है, इसीलिए स्त्री-पुरुष अपने जीवन में एक ऐसे साथी की तलाश में रहते हैं, जिससे जुड़कर पूर्णता प्राप्त करें।

- दिलवालों क्या देख रहे हो इन राहों में, इन राहों में,
  हद-ए-नज़र तक ये वीरानी साथ चलेगी, साथ चलेगी..
- मतलब?
- मतलब प्यार करने वालों के दिलों में प्यार की पूर्णता की प्यास बनी रहती है, जो उन्हें जीवन भर तडपाती है।
- गज़ब! अश्विन, क्या तुमने इंडो-अर्जेंटीना फ़िल्म 'थिंकिंग ऑफ हिम' फ़िल्म के बारे में सुना है?
- नहीं तो, तुम बताओ।
- अर्जेंटीना के मशहूर फ़िल्म निर्देशक पाब्लो सीज़र और भारतीय प्रोड्यूसर सूरज कुमार ने मिलकर यह फ़िल्म बनाई है, जिसमें अर्जेंटीना की प्रसिद्ध लेखिका विक्टोरिया ओकैम्पो तथा भारत के कविगुरु रवीन्द्रनाथ टैगोर के आध्यात्मिक रिश्ते की कहानी है।
- बांग्ला साहित्य से मेरा थोड़ा बहुत परिचय है मल्लिका। विश्वकवि टैगोर की गुजराती या हिन्दी में ट्रांसलेटेड कविताएँ पढ़ी है। उनकी कुछ प्रेम कहानियों के बारे में भी सुना है, जिनमें विक्टोरिया ओकैम्पो का नाम भी था। ज्यादा नहीं पता, थोडा डिटेल में बताओ।
- नवम्बर 2017 में भारत में आयोजित 48वे अंतर्राष्ट्रीय फ़िल्म फेस्टिवल में यह फ़िल्म प्रदर्शित हुई थी। मैंने इस फ़िल्म का ट्रेलर ही देखा है, टैगोर कह रहे हैं- दिज़ लव बिट्वीन यू एंड मी इज़ सिम्पल एज़ अ सॉन्ग-
- अहा! प्रेम जब गीत बन जाए...
- और सुदूर क्षितिज तक अपने पंख फैलाकर आसमान को पूर्णता से भर दे, तो कहीं ऐसा रिश्ता जनम लेता है।
- तुमने मेरे मन की बात कह दी।
- तुम्हारे मन को मुझसे बेहतर कौन पढ़ सकता है? और ये भी पढ़ा है कि 34 वर्षीय विक्टोरिया, टैगोर की 'गीतांजलि' का फ्रेंच अनुवाद पढ़कर टैगोर से बहुत प्रभावित हुई। 1924 में टैगोर पेरू की यात्रा के दौरान बीमार पड़ गए और उन्हें अर्जेंटीना के ब्यूनस आयर्स में रुकना पडा। ख़बर पाकर विक्टोरिया टैगोर से मिलने होटल पहुँचीं।

- फिर?
- होटल का माहौल उतना अच्छा नहीं था तो विक्टोरिया ने ख़ास तौर से टैगोर के लिए एक घर किराये पर लिया और क़रीब दो महीने तक उनका ध्यान रखा।
- फिर तो दोनों के बीच एक भावनात्मक रिश्ता बनना स्वाभाविक था।
- ऐश, टैगोर अपने जीवन में महज दो बार विक्टोरिया से मिले। दोनों की दूसरी और अंतिम मुलाकात साल 1930 में पेरिस में टैगोर की चित्रकला प्रदर्शनी में हुई, जिसका आयोजन विक्टोरिया ने ही किया था। दोनों के बीच 1941 तक यानि टैगोर के निधन तक पत्र व्यवहार चलता रहा।
- इसका मतलब शारीरिक आकर्षण से दूर, दोनों के बीच साहित्यिक और पोएटिक कनेक्शन बना।
- सही कहा। कई भाषाओं की जानकार विक्टोरिया से टैगोर इस कदर प्रभावित हुए थे कि उन्होंने विक्टोरिया को अपना एक कविता संग्रह 'पूरबी' समर्पित किया। अपनी कविताओं में टैगोर ने उन्हें 'बिजॉया'(विजया) नाम से संबोधित किया है।
- 'बिजॉया' नाम से संबोधित करने का क्या कारण हो सकता है?
- विक्टोरिया का ही भारतीय नाम 'बिजॉया' हो सकता है।
- इससे पता चलता है कि साहित्यकार मूल रूप से कितने संवेदनशील होते हैं।
- टैगोर की मृत्यु के बाद विक्टोरिया ने उनके बेटे रथिन्द्रनाथ को पत्र लिखा था, जिसमें एक पंक्ति 'थिंकिंग ऑफ हिम' भी थी, जो फ़िल्म का नाम है। 1979 में विक्टोरिया की मृत्यु के बाद उनके घर को रवीन्द्रनाथ टैगोर मेमोरियल में तब्दील कर दिया गया।
- टैगोर के जीवन के बारे में जानना अच्छा लग रहा है।
- क्योंकि तुम एक संवेदनशील व्यक्ति हो।
- मल्लिका, सुना है टैगोर के जीवन में कुछ महिलाओं का काफ़ी इन्फ्लुएंस है।
- टैगोर के जीवन में उनकी भाभी कादंबरी देवी का सबसे ज्यादा प्रभाव है ऐश। टैगोर केवल आठ वर्ष के थे जब दस वर्षीय कादंबरी देवी उनके बीस वर्षीय बड़े भाई की पत्नी के रूप में आईं।
- फिर तो दोस्ती टैगोर से होनी ही स्वाभाविक थी।

- वही हुआ, कादंबरी देवी उनकी बचपन की दोस्त, सबसे बड़ी आलोचक, सबसे बड़ी प्रेरणा थीं। सुधीर कक्कड़ ने अपनी किताब 'यंग टैगोर' में लिखते हैं, भाभी कादंबरी देवी उनका पहला प्यार थीं और उनके जीवन के आख़िरी दिन तक यह प्यार बरक़रार रहा।

- इस रिश्ते की कोई परिणति तो थी ही नहीं।

- यही तो। टैगोर की शादी के चार महीने बाद ही कादंबरी देवी ने ख़ुदकुशी कर ली थी।

- हाँ, यह मैंने पढ़ा है, कादंबरी देवी की आत्महत्या टैगोर के जीवन की अत्यंत दुखद घटना थी, जिससे वे बहुत व्यथित हुए थे।

- क्योंकि कादंबरी देवी टैगोर की सफलता का बहुत बड़ा हिस्सा थी, दोनों को कविता से प्रेम था। एक और घटना अन्नपूर्णा तुरखुद की है जो उनकी टीचर थी।

- इस घटना के बारे में भी जानना चाहता हूँ।

- मात्र सत्रह वर्ष की उम्र में पढ़ने के लिए लंदन रवाना होने से पहले टैगोर के बड़े भाई ने उन्हें अंग्रेजी तहज़ीब सिखने के लिए बॉम्बे भेजा, जहाँ उनके मराठी दोस्त आत्माराम तुरखुद की इस सुन्दर बेटी अन्नपूर्णा ने उन्हें भाषा की बारीकियाँ सिखाई। नजदीकियाँ बढ़ी और प्यार हुआ। लड़की के पिता तो राज़ी थे मगर कवि के पिता देवेंद्रनाथ ने यह कहकर रिश्ता ठुकरा दिया कि लड़की उम्र में बड़ी है।

- मल्लिका, इससे ही पता चलता है कि 'प्रेम' किसी भी ज़माने में एक्सेप्टेबल नहीं था!

- भारतीय परम्परा में हर समय रूढ़िवादी परिवार और समाज ही केन्द्र में रहा है। टैगोर की शादी मृणालिनी देवी से हुई जो उनसे बारह साल छोटी थीं। मात्र पचीस वर्ष की उम्र में बीमारी की वजह से मृणालिनी देवी की मौत हो गई!

- इतनी छोटी-छोटी लड़कियों की शादी कर दी जाती थी जैसे उनकी अपनी कोई मर्ज़ी ही नहीं!

- वैसे स्त्रियों के कल्याण के लिए पुरुष समाज सुधारकों का योगदान भी कम सराहनीय नहीं है ऐश। बंगाल से ही राजा राम मोहन राय ने कट्टर हिन्दू रीति रिवाजों और रूढ़ियों जैसे सतीप्रथा और बालविवाह के खिलाफ़ आन्दोलन चलाया था।

- तुम सही कह रही हो। राजा राम मोहन राय ने महिलाओं के लिए विडो रिमैरेज का राइट और प्रॉपर्टी रखने के राइट का कैंपेन भी चलाया था।
- हाँ, विषय बदल गया लेकिन याद आया तो लिख दिया।
- कोई बात नहीं मल्लिका, भले ही मज़ाक से बात शुरू हुई लेकिन तुमने मुझे प्रेम के ऐसे निस्वार्थ रूप से परिचय करवाया, जिस में दो दिल जुड़ते हैं।
- अश्विन, दो व्यक्ति के बीच शरीर सम्बन्ध न होते हुए भी उनके बीच बहुत मजबूत रिश्ता हो सकता है, ऐसी सभी संभावनाओं को समाज द्वारा पूरी तरह नकार दिया गया है। इस पर हिन्दी के बहुचर्चित साहित्यकार मुक्तिबोध की एक कहानी है 'मैत्री की मांग'। नेट पर मिल जायेगी। तुम ज़रूर पढ़ना।
- ज़रूर पढूंगा। बहुत सही कहा तुमने, बॉडी-बेस्ड रिलेशनशिप्स ही समाज के फोकल पॉइंट बन गए हैं।
- ऐश, हमने पहले भी 'प्रेम पर ओशो के विचार पर' चर्चा की है। ऐसा अनोखा रिश्ता हर किसी के दिल की बगिया में लहराते ख़्वाब की नाज़ुक शाखा पर, कोमल कली की तरह झूलता रहता है।
- लेकिन वह फूल बनकर महकेगा या डाली से तोड़कर कुचल दिया जाएगा, यह समय तय करता है।
- यही तो विडम्बना है दोस्त, 'प्रेम' शब्द को ही मान्यता नहीं देता हमारा समाज। 'न हन्यते' को ही ले लो, इस उपन्यास ने मैत्रेयी देवी के जीवन में तीव्र आलोचना को जन्म दिया था। उनके रिश्तेदारों और कई दोस्तों ने तो उनके साथ संबंध तोड़ दिए।
- इस अलौकिक अनुभूति को पहचानना हरेक के बस की बात नहीं है।
- जानती हूँ।
- इस उम्मीद के साथ मैं यहाँ रुकती हूँ कि हमारे संवाद कभी ख़त्म न हो।
- ओके दोस्त। मैं भी अब फिर थोड़ी चाय पिऊंगा, शुभ रात्रि।

25 अक्टूबर 2018, गुरुवार शाम 7.30

- तुम्हारी गुड मॉर्निंग डियर। वॉक पर निकला था, अभी लौटा हूँ। चाय लेकर बैठा हूँ।
- क्या बात, आज नींद जल्दी खुली? प्रातःकाल के मनभावन दृश्य से मुलाकात हुई होगी और उन फूलों से भी जो हर रोज़ तुम्हारे स्वागत में मुस्कुराते हैं!
- बिलकुल हुई, मल्लिका। तुम्हारी इस बात पर मुझे वो मंज़र याद आ गया, जब मैं अपने एक बुज़ुर्ग पेशंट को सुबह समन्दर किनारे ले जाता।
- समन्दर किनारे और सुबह का वक़्त, क्या बात!
- वे रेत पर इज़ीचेयर पर लेटे हुए सनबाथ लेते और मैं टहलता रहता। फिर आकर उनके पास बैठता और डायरी में कुछ लिखता।
- तुमने पहले भी बताया था कि तुम डायरी हमेशा अपने पास रखते।
- डायरी ही मेरी दोस्त थी, डियर। वर्क ही ऐसा था की बात करने के लिए कोई न होता मेरे साथ। समन्दर किनारे, सुबह क्षितिज से धीरे धीरे उठते सूरज को देखना एक आह्लादक अनुभव था...उस दृश्य को देखते एक बार अंग्रेजी में एक कविता जैसा कुछ लिखा था जो एक महिला ने यहाँ के एक अंग्रेजी मैगज़ीन में छापा था।
- क्या बात! भेजो, मैं भी तो देखूं।
- मैं तुम्हें उस पेज की फ़ोटो कॉपी भेज रहा हूँ। अब मैंने एक कवि से दोस्ती कर ली है, तो मैंने इसे हिन्दी में ट्रांसलेट भी की है।
- मैंने कहा था न? एक दिन तुम कवि बन जाओगे।
- यह लैपटॉप में ही है, उसे भी भेजता हूँ। थोड़ा रिवाइज़ भी किया, मेहनत भी की है।

> प्रातःकाल,
> सूरज की कोमल किरणों के संग,
> एक नए दिन की शुरुआत!
> चमकीले, मुस्कुराते सागर की
> प्रेम भरी लहरों का नर्तन।
> अनंत अंतरिक्ष की छटा,

अलौकिक दिगन्त!
आनंद की अनुभूति,
खुशियों की बौछार!
दिल से उठी एक ईश्वरीय पुकार-
कितनी अद्भुत तेरी रचना!
अप्रतिम सौन्दर्य,
आँखों में न समाय!
हे मानव,
यह प्रकृति तेरे लिए रची ईश्वरने,
उसका जतन कर।

- ब्यूटीफुल! जस्ट ब्यूटीफुल! यही वह प्यार है जो प्रकृति के कण कण में बिखरा है। एक अनमोल संदेश और एक ख़ूबसूरत अहसास!

- प्यार की छुअन से हर कोई कवि बन जाता है।

- धन्यवाद, दोस्त। तुमने जीवन के प्रति मेरा नज़रिया इस तरह बदल दिया कि मैं नए सिरे से मुझसे मिलकर हैरान हूँ!

- यही बात दोनों ओर लागू होती है।

- अश्विन, हमारी यह मुलाकात, प्रत्यक्ष मुलाकात से भी कहीं ऊँची है, जिसे दुनिया की किसी भी दौलत से खरीदा नहीं जा सकता।

- हमने आत्मा के उस हिस्से को खोज लिया मल्लिका, जो सब से सुंदर है, जहाँ सत्य के सिवा कुछ भी नहीं।

- देह से परे किसी आत्मा से प्रेम करने की अनुभूति तुमसे मिलने के बाद हुई। कभी मैंने ये दो पंक्तियाँ लिखी थी-

  आत्मा तो है परे मृत्यु से, नाश नहीं होता है जिसका;
  अमर्त्यता के गहन हृदय में वास सदा रहता है उसका।

- अद्भुत! शरीर का नाश होने पर भी आत्मा नहीं मरता।

- बिलकुल, ठीक उसी तरह प्रेम भी नहीं मरता। बातों बातों में याद ही नहीं रहा, तुमने चाय पी?

- बस पी रहा हूँ। मेरी चाय तो फीकी होती है, पर तुम्हारी बातें उसमें मिठास घोल देती हैं।

- फिर मैं बातों को यहीं विराम देती हूँ, ज्यादा मीठी चाय तुम्हारी सेहत के लिए अच्छी नहीं है।

- तो ये कहो ना। मैं फीकी चाय ही पी लूँगा।

- अरे! इतनी बातें जो की, उसे मिला लो। मुझे डिनर लेना है।

- ठीक है एम&एम, भूखे रहना भी अच्छा नहीं है, आवजो।

- जब तुम इंडिया आओगे, मेरे लिए एम&एम कैंडी लाना न भूलना।

- मुझे याद है, कैंडी लाने पर भी मुझे बुलेटप्रूफ़ जैकेट पहनकर आना होगा।

- मेरा इरादा अब बदल गया है, मैं बस एक बार तुम्हें गले लगाना चाहती हूँ।

- सावधान कभी भी आ टपकुंगा...!

- ये बात पहले भी कही है तुमने। याद रहे, मेरे साथ अहमदाबाद में चाय भी पीनी है।

- नदिया किनारे दिल ये पुकारे, तू जो नहीं तो मेरा कोई नहीं है...

- तुम नहीं सुधरोगे, अश्विन। चाय याद करवाई तो गीत लिखने लगे, वो भी गलत?

- गलत कहाँ?

- सही शब्द 'सागर' है 'नदिया' नहीं।

- समझा करो यार, साबरमती नदी का किनारा याद आ गया। भवन्स कॉलेज की कैंटीन में चाय पियेंगे, फिर नदिया किनारे बैठकर दालबड़े भी खाएंगे।

- पर साबरमती अब न नदिया है न सागर, बन गया है- साबरमती रिवरफ्रंट। वैसे बहुत ख़ूबसूरत जगह बन गई है - बोटिंग भी है, बगीचा भी है।

- तो दालबड़े खरीदकर वहीं चले जायेंगे। हमें बैठने की जगह तो मिलेगी न? तुम्हारा गुस्सा बढ़ने से पहले 'शुभ रात्रि' कह देता हूँ।

- इस बात पर गुस्सा नहीं आया रे।

- देखो, मनोज खंडेरिया ने मेरे लिए क्या लिखा है-

  मने सद्भाग्य के शब्दो मळ्या तारे नगर जावा,
  चरण लई दोडवा बेसुं तो वरसोना वरस लागे!

  तेरे शहर में आऊंगा एक दिन।

- ये शहर पहले तेरा है दोस्त, मेरा तो बाद में बना। मेरे शब्दों में तुमने तुम्हारा शहर देखा, अब हवाई जहाज में बैठकर आना; चलकर आना चाहोगे तो सालों लग जायेंगे जैसा मनोज खंडेरिया ने कहा।

- ज़रूर, एक दिन हमारे शहर में फिर मिलेंगे।

- अहा! चित्र तुम्हारा आकर ठहरा नयन-द्वार पर... इंतज़ार रहेगा मेरे सखा।

- मुझसे ऐसी ही मीठी बातें करती रहना माय फ्रेंड, गुड नाइट।

- तुम्हारा दिन मंगलमय हो।

मल्लिका मुखर्जी

23 अक्टूबर, 1956 को चंदननगर (पश्चिम बंगाल) में जन्मी मल्लिका मुखर्जी की शिक्षा गुजरात में हुई। उन्होंने गुजरात विश्वविद्यालय से अर्थशास्त्र में तथा इग्नू से हिंदी साहित्य में एम.ए. किया। बचपन से ही साहित्य के प्रति उनका लगाव रहा। कार्यालय प्रधान निदेशक लेखापरीक्षा (केन्द्रीय), गुजरात, अहमदाबाद से वरिष्ठ लेखापरीक्षा अधिकारी पद से अक्टूबर 2016 में सेवानिवृत्ति के बाद अब स्वतंत्र लेखन में व्यस्त हैं। गुजराती, बांग्ला, हिन्दी एवं अंग्रेजी में वे अपनी रचनाएँ लिखती हैं।

साहित्यिक उपलब्धियाँ-

1. "मौन मिलन के छन्द"- काव्य-संग्रह (2010)
2. "एक बार फिर" - काव्य-संग्रह (2015)
3. "यू एंड मी...द अल्टिमेट ड्रीम ऑफ लव - भाग-1" हिन्दी चैट उपन्यास सह लेखक श्री अश्विन मैकवान (2019)
4. "मेरा स्वर्णिम बंगाल" - यात्रा संस्मरण (2021)

प्रकाशित अनुवाद कार्य-

1. "नयन जे धन्य" (2016)
   माननीय प्रधानमंत्री श्री नरेन्द्र मोदी के गुजराती काव्य-संग्रह "आँख आ धन्य छे" का बांग्ला काव्यानुवाद.

2. "भारत की आज़ादी की लड़ाई के अमर शहीद" (2020)
   वरिष्ठ गुजराती साहित्यकार सुश्री स्मिता ध्रुव की गुजराती पुस्तक "भारतनी आज़ादीना अनामी शहीदो" का हिन्दी अनुवाद.
3. "जलेर ओपारे" (2021)
   सुप्रसिद्ध कथाकार श्री प्रबोध गोविल के हिन्दी उपन्यास "जल तू जलाल तू" का बांग्ला अनुवाद.
4. श्री निरुप मित्र लिखित बांग्ला एकांकी नाटक "अनात्मज" का गुजराती अनुवाद तथा श्री गौतम राय लिखित बांग्ला एकांकी नाटक "चक्षुदान" का हिन्दी और गुजराती अनुवाद.

छह साझा कहानी संकलन/काव्य संकलन में कहानी/कविताओं का प्रकाशन

सम्मान-

वर्ष 2008 में गुजरात राज्य, हिन्दी साहित्य परिषद द्वारा आयोजित 'काव्य प्रतियोगिता' में द्वितीय स्थान तथा वर्ष 2010 में 'कहानी प्रतियोगिता' में प्रथम स्थान प्राप्त करने पर प्रशस्ति पत्र एवं रजतपदक से सम्मानित।

मानव संसाधन विकास मंत्रालय के केंद्रीय हिन्दी निदेशालय द्वारा संचालित 'हिन्दीतर भाषी हिन्दी लेखक पुरस्कार' योजना के अंतर्गत काव्य-संग्रह "एक बार फिर" को वर्ष 2016 के लिए प्रशस्ति पत्र तथा ₹1,00,000/- का नकद पुरस्कार मिला।

गुजरात साहित्य अकादमी, गांधीनगर द्वारा संचालित 'हिन्दी साहित्य अकादमी' द्वारा वर्ष 2019 के श्रेष्ठ पुस्तक पारितोषिक की मौलिक गद्यलेखन श्रेणी में उनके हिन्दी चैट उपन्यास "यू एंड मी...द अल्टिमेट ड्रीम ऑफ लव" के लिए प्रशस्ति पत्र, ट्रॉफी तथा ₹7,000/- का नकद पुरस्कार मिला।

संपर्क सूत्र : 18, शुभकामना सोसायटी, कनक-कला-1 के पीछे,
श्रीकुंज अपार्टमेंट के पास, आनंदनगर रोड, सेटेलाइट,
अहमदाबाद - 380015

मोबाइल नं : +91 9712921614

ई मेल : mukherjee.mallika@gmail.com

अश्विन मैकवान

23 जुलाई, 1949 को अहमदाबाद (बॉम्बे स्टेट, अब गुजरात) में जन्में अश्विन मैकवान ने गुजरात विश्वविद्यालय से अर्थशास्त्र में स्नातक होने के साथ-साथ अहमदाबाद के गुजरात कॉलेज के ड्रामा विभाग से अभिनय का डिप्लोमा कोर्स किया। गान्धर्व महाविद्यालय से संगीत की शिक्षा भी ली।

अहमदाबाद की भवन्स कॉलेज के छात्र अश्विन मैकवान ने कॉलेज में युवा महोत्सव (1972-76) के सांस्कृतिक कार्यक्रमों के तहत आयोजित प्रतियोगिताओं में सक्रिय रूप से भाग लिया। इसरो के स्टूडियो में अपने कार्यकाल के दौरान, उन्होंने स्टेट एजुकेशन टीवी में डेप्युटेशन पर प्रोडक्शन असिस्टेंट के पद पर भी कार्य किया।

स्कूली जीवन से ही उन्हें नाटकों में बहुत दिलचस्पी थी। पहले नाटक "किंग ऑफ किंग" में उन्होंने "हेरो राजा" की भूमिका निभाई और "डॉ कागालो" में "डॉ. लॉग" की भूमिका निभाई। गुजरात कॉलेज के नाटक विभाग में अभ्यास के दौरान प्रथम वर्ष में उन्होंने "रामलो रॉबिनहुड" नाटक में सचिव और वित्तमंत्री की भूमिका निभाई। सुप्रसिद्ध गुजराती नाटककार सी.सी. मेहता के नाटक "होहोलिका" (भवाई), "रक्तचाप" आदि में अभिनय किया। कॉलेज में सुप्रसिद्ध गुजराती नाटककार मधु राय के नाटक "झेरवुं" के लिए युनिवर्सिटी के कुलपति से विशेष पुरस्कार मिला। 1984 तक वे अभिनय के क्षेत्र से जुड़े रहे।

रेडियो स्टेशन के नाटकों में अभिनय के साथ साथ इंडियन टेलीविज़न के प्रोग्राम के तहत कृषि, राष्ट्रीय एकीकरण, शिक्षा, जैसे विकासात्मक टेलीविज़न कार्यक्रमों में, टेलीफ़िल्मों में बतौर एक्टर अभिनय किया। दीपक बावस्कर के डायरेक्शन में एक टेलीफ़िल्म 'प्रतिशोध' यादगार है।

गुजरात के प्रसिद्ध नाटककार प्रोफेसर जशवंत ठाकर की नाट्य संस्था 'भारत नाट्य पीठ', भरत दवे की नाट्य संस्था 'सप्त सिन्धु' और अरुण ठाकोर की नाट्य संस्था 'रंगमंडळ' के तहत अनेक एकांकी, त्रिअंकी नाटको में अभिनय किया। महाभारत पर आधारित त्रिअंकी नाटक 'परित्राण', बादल सरकार का 'एवं इन्द्रजीत', निमेश देसाई के दिग्दर्शन में 'ढोलीडो', फ़्योदोर दोस्तोएव्स्की के उपन्यास 'क्राइम एंड पनिशमेंट' का सुभाष शाह द्वारा किया गया गुजराती नाट्य रूपांतर 'अंतर नो अपराधी' मुख्य है।

गुजराती तथा हिन्दी फ़िल्मों में चरित्र अभिनेता के किरदार भी निभाए।

लेखन में रुचि रखते हैं। कविता, कहानियाँ, संस्मरण आदि लिखते हैं। बहुभाषी लेखिका मल्लिका मुखर्जी के साथ उन्होंने "यू एंड मी...द अल्टिमेट ड्रीम ऑफ लव" भाग-1 हिन्दी चैट उपन्यास (2019) लिखा। गुजराती कविता संग्रह प्रकाशनाधीन है। वर्ष 1984 से अपने परिवार के साथ लॉस एंजेलिस, कैलिफ़ोर्निया में रह रहे हैं।

संपर्क सूत्र	:	अश्विन मैकवान 1757, प्रीउस रोड, लॉस एंजेलिस, कैलिफ़ोर्निया- 90035	Ashvin Macwan 1757, Preuss Road, Los Angeles, California-90035
मोबाइल नं.	:	+1 310-430-0997	
ई मेल	:	ashvinmacwan79@gmail.com	

साबरमती रिवर फ्रंट, अहमदाबाद

साबरमती रिवर फ्रंट, अहमदाबाद

www.ingramcontent.com/pod-product-compliance
Lightning Source LLC
LaVergne TN
LVHW040421051026
849517LV00002B/416
* 9 7 8 9 3 9 4 6 0 3 4 3 1 *